陈应松中篇小说集



# 黑艄楼

陈应松 著

江苏凤凰文艺出版社
JIANGSU PHOENIX LITERATURE AND ART PUBLISHING, LTD

# 目　录

# 黑艄楼

船头的啸水正撕扯着我的头发，水从我的身上流过，浸入腹腔，肚里的一切都漂荡起来；我的皮肤一点儿也不是多油质的，像一块隔夜的馊馒头，缺少阳气，只会吸水，直到把自己泡得稀烂为止。

“矮子，拿斧头来！”上面说。

我看看舱顶，一只巨大的木疖离我很近，那剖开的中心如年轮，卡在船板缝里。两边是舭龙骨，又称减摇板。我的尖舱没有窗子，两个放锚缆的小孔看不见外面，因为很低。晚上这两孔便是我的鼻腔，换气。

“矮子，木榔头呢？”上面说。

船头的啸水轻轻重重，像一个紧跑慢行的人，我贴近它——或者说它缠着我——我听见了长江的呼吸。我的头顶还有一个舱盖，四四方方：这是唯一可以活动的东西，揭开它便能看到一方天空，仿佛是特地为我定制的，通过只有四级的旧木梯，我可以出去，也可以进来。从甲板上朝这小小的舱口看，你不会相信，这是我做梦的地方。

“矮子，拧紧点儿，插进去，插，插。”上面说。

柱子上的马灯会碰着我的头，什么都会碰着我的头。我一米八的竹竿一样的身材，而从舱底到舱顶才一米七。

如果有一支烟便可布置下茫茫大雾，因为烟雾散不出去。僵硬的床铺也如一个馊馒头，慢慢地吸饱水分，再把这湿气往我每一个骨节深处传送。有一天，老鼠偷跑了我四双袜子，后来我在船后黑艄楼放藕煤的角落里发现了它们，正依偎着一窝溜滑可爱的红幼鼠。盖上舱盖连一个屁也不可能放出去，老鼠是怎么找到一条通往艄楼的甬道呢？

黑艄楼离我很远。

“矮子，扎紧点儿。”上面说。

黑艄楼是他们的艄楼。黑艄楼蹲在甲板之上，有居室、厨房，有放碗的碗柜，有水缸、堆煤处，有米瓮——一大一小，大的是他们的，小的是我的；有吃饭的桌子，有挂衣服和臭鞋的木钉。还有钓竿、团鱼枪以及用糨糊粘得紧紧的过时年历画。一支深黄色的艄尾在舵的信信摆动下摆动，像一杆古老的毛瑟枪搜索着草丛。那艄尾被一些死茧的手和汗垢擦亮，攥细，色泽迷人而悲哀。

黑艄楼是他们的艄楼，在我来之前，在我来之后。他们三个：驾长，他的老婆和他的儿子。在我来之后，他总想率先干一点儿什么而让我和他的儿子跟着干，表现出一船之主的姿态，即使他干一件完全无意义的废事也像煞有介事的认真。他有一种领导和指使人的渴望，那渴望时时烧灼着他，催督着他。他的皮肤绛红而健康，那绛红里有酒酚之潮，无法突破皮肤外流，胡乱地淤积在深处，形成一股六月乱水，那酒酚醺醺凝为一团使用不尽的力气，纠缠着，冲撞着，透过偶尔睁大的眼睛，无知、朦胧而恍惚地看世界：那双充血的眼睛使我总觉陌生。

“矮子，拉紧！紧！紧！”上面说。

我疑心那声音是为我提高和扯紧的，他不会叫我，但是我必须去跟着他干，干一切他干的事。在这里，我无法主动永远当他的下手；在这里我没有才智，没有幽默，没有痛苦和悲伤，一切都跟着他干。在这里，我跟他的儿子矮子是并肩的。矮子也是水手，不过是属家属子弟安排，在他的父母的船上拿船业社的工资，而我是知青招工。矮子凭着他船工的血统，还可以在驾长明指和暗示下主动干一些事，如垫靠球、撑篙、接缆甩缆、挖锚。矮子矮，腿短，但行动迅速，悟性与感应力强，常常船头船尾、船上船下干得漂亮。而我总是垂着双手，腿脚笨拙，站在一边不知如何是好。那些事是极简单的，而往往让矮子捷足先登了，在驾长的眼里我只有一次次留下遗憾。我连矮子也不如。

我想我应该出去了。我知道他们父子又在甲板上修理那盘永远修理不好的嵌丝（钢缆）。或者在柴油盆里刷洗嵌丝的铁锈，抹黄油。或者在修理一块船板，拔出钉子又钉进钉子，合拢了再把它锯开。或者扎一把拖把，锤打被撞瘪了的吊桶。

船正在航行，两岸青山如黛。拖轮在前面远远用一根尾缆吊拖着我们，我们也用一根尾缆连着一长溜儿黑艄楼。我们是一个完整无缺的拖队，被无端地由一根缆绳牵着走。我们在各自的船上，各自的天地里互不来往，四面水限制了我们。每一只船都是一个流动的孤岛。而驾长和他的儿子是不是在这寂寞的航程中，用无数不能称之为劳动的活动来消减这种寂寞呢？我不寂寞，我几乎是在一种紧绷着的提心吊胆的心情中适应着这船上的一切：也就是适应这船上的三个人，这三个人的性格、生活方式。我希望找出一个规律来。我总是在驾长心怀叵测地走动和突然的敲敲钉钉声中，以及对他儿子的喝令中得到一种指令，在我闲着的时候，我必须不忘这种突发和经常的“指令”，就像一个下等驯兽团的一只脏猴，时时刻刻都等待着拉出去进行那种不分场次、随到随看的滑稽表演。脏猴是强迫的，而我是在暗示中自觉行动。而且我也觉出来了它有一种不可违抗的胁迫力。

我从矮子的手里歉意地接过一把榔头，我去钉他们钉了很久的一颗钉子。我显得很卖力，到后来我相信十二级狂风也不能把它拔出，再沉的货物也奈它不何，我还得要钉，要在那种“指令”中学驾长一样像煞有介事地，认认真真地，一丝不苟地钉，直到钉盖钻进船板深处，我还要再钉几下。

矮子在干另一件事。

矮子总是有事干。他的父亲——驾长下到我的尖舱去拿出一根失去了韧性和弹力的老牌嵌丝，矮子搬来铁砧和錾斧早站在一边跃跃欲试了。他们刚才已经接好了一根断缆，不知现在又要做一个什么缆套。驾长在甲板上把那根锈涩的嵌丝扑打了几下，开始錾击，我蹲下来，用双手握住那根多毛刺的嵌丝。他的每一声都錾击在我心上。

我去端出油盆。

我找到了两把钢丝刷。

我把刷面在手上试了试。

我用一把起子死死卡在老牌的七股嵌丝之中，让驾长把另一头的七股编到这七股中来。

“别松手啦！”驾长说。

我不松手。我的无处出卖的力气用到他满意之处正是时候。这比闲着等待突发的“指令”而总是惴惴为好。驾长，我永远这样卡紧起子当你的下手好吗，我这样就是舒畅的，而这样的舒畅太短暂了，驾长哎。

“矮子，拿根烟来。”驾长说。

我马上揩了满手的黄油，掏出烟来递给他，他懒懒地转过头来。我又递一根烟给矮子，我先给他们依次点燃，我也点燃。都衔着冒烟的烟开始收拾东西了。这时我伸起腰来，听见前面的拖轮拉出一声不长的汽笛，不知是下游有船还是见了接岸标。那汽笛是我朝江天释放的一口大气。

“涨水了。”驾长说。

“靠头了我去钓鱼。”矮子说。

“钓鱼吗？”我说。

“石首的笔架鱼肚可是有名的啦。”

“过了。”矮子说。

“石首过了？！”我说。

“好快。过了。”矮子终于惋惜地说。

“有竿子就能钓，没有竿子就钓不成。有多的竿子么，小郑？”我问。

“没有。”矮子说。

矮子坐在不高的将军柱上，一双脚吊晃在空中。矮子的驾长父亲满意地看着他，想象着鱼的味道，矮子一派憨憨的神气。矮子的母亲在黑艄楼里缝一件衣服。

矮子确切地说还不配是矮子，矮子算不上矮子。矮子一般是极有比例的按正常人缩小，而他只能被称为侏儒。他的两只粗手像两只肉勺，两条腿内圈，大脚板像木偶里的动画片，走路两肩一提一下。他的脑袋长着很厚的额角，使他本来正常的眼睛鼻子嘴巴也不正常了。然而大家都叫他矮子。矮子读了五年书，三个一年级、两个二年级，后来就内招到父母船上。矮子很帅，穿着特制的粗条纹的衬衫，上街戴墨镜。矮子上街很多人看，然而矮子很大度不朝任何人看，矮子上街该干什么便干什么：买菜，逛商场，算命，吃冰激凌。总之，矮子很潇洒，像一个长江上跑惯了的工人阶级。

矮子很逗人喜欢，每当船队泊岸头，各个艄楼的人都蹽过舷干到这边来。矮子二十岁了。那些高兴的人遇上最高兴的时候就垮他的裤子，他的父母亲不制止，就躲到一边去朝这边笑，那些男男女女的就四肢扯了他“淘米”。矮子提起他又粗又短的裤子就喊他们：“牛日的，牛日的。”然后，就去坐在缆桩上很响地擤鼻孔和看夕阳。矮子没有脾气，憨粗粗的任人放肆地摆弄和善意地取乐。那是一种亲热。矮子像一筒压缩饼干。应该说，我们的这只船是最热闹的，矮子是一个纽带，他理应是他父母的骄傲。

每当这种时候我只能在一旁袖手旁观地笑，我和矮子有一段距离。我和他们所有的人都有一种距离，这种距离是注定无法弥合的。如果我去垮他的裤子和拉他的手脚那就是侮辱。我也不能跟着他们包括他父母喊他矮子，我只能称他小郑。我没有这个权利。看来争取也无济于事，它要付出代价。而付出的代价和得到同他亲昵的权利，是因为他们祖祖辈辈都干着共同的行当，都是船古佬、水老鼠；他们从生下来就被别人了如指掌，没有半点秘密，他们在共同的生活中达到了现存的佳境，心照不宣。而我是谁，我来自何处？他们只知道你是从下放知青招工来的，你招工到这样一个单位跟他们入伙也觉得你不过如此。好听的话叫新船员，共同的印象是生人。你没有他们祖先拉纤时遗传下来的罗圈腿，没有他们的黑皮肤，你如此之高的身材是一个错误，干净的脸是一个错误，不佝偻的腰时时撞着船上的木头是一个错误。你即使能喝酒，但也得处处小心不能像他们那样进入佳境发酒疯。他们发酒疯是正常的，你发酒疯却不够资格。你明白你在一条木船上而不是在客船上，你睡在猪窝般的尖舱里而不是三等、四等舱室，你穿着同他们一样印满了相同油污的衣服而不是看江鸥翻飞凭栏远眺。你一切都得学着他们的样子，你跟在他们屁股后头，而不是他们有求于你。你难道没在矮子——那个侏儒含着戒备的眼睛深处发现什么吗？你难道不觉得那种戒备是由来已久的吗？你知道它代表了什么？通过侏儒这双多少还坦直的眼睛，向你无声警告了什么。而且，你还更可悲地看出来，侏儒父母的眼光比他更老练，更恶毒，也更自豪和偏执：当你在侏儒后面干一件事而显得动作迟缓，不知所措时，他们那不屑的一顾，给予你这条高头大汉的怜悯，不是使你真实地自我菲薄，以为这河马样的身坯真他妈废物，比侏儒都矮了一截吗？后来你可怜了自己一番后，就想到应该尽量维持他们那种良好的自我感觉，不要同侏儒站到一起，以你的身材老在他们面前晃动，勾起他们的不快。在工作的时候要下架、努力，闲聊的时候不要显露你的大闻博识，不要提起跟那帮有才学的哥儿们一块儿下乡时怎样怎样，也不要老提你出生在一个中学教师家庭，使他们相信你的确是傻蛋一个，河马般的身坯的确毫无用处，不过多长了几寸骨头和皮，吃了些不该吃的干饭。对于他们船上的生活来说，多余的骨头完全是一种负担，显得既不实惠也不真诚，他们有天然的理由瞧不起你，应该十万分地相信你不会比他们的侏儒儿子强了多少。一头黄鱼多长呢？三米。一只动物园的长颈鹿多高呢？十二米。但是在这条船上它们能抵上侏儒水手吗？

侏儒是他们唯一的儿子，他们完全有理由无限信赖他，无限热爱他。父母之心，天下皆然。

我看见矮子和他的母亲把被子和棉絮都搬到甲板上来，用一根绳子从桅杆拉到艄楼。矮子在帮他母亲洗床单被套什么的，一双短脚在脚盆里踩出大窝大窝的洗衣粉泡沫。这是一个难得的好天气。矮子在泡沫的簇拥下像一个神。

他们把脚盆清完了倒掉脏水，女的朝我喊："小陈呀，洗吗，你洗吗？"

我说："洗吗？"我摇摇头。

矮子说："脚盆漏水。"是跟他母亲说的。

我马上附和道："要打桐油。"

矮子说："现在不是打桐油的季节。今天说不定能钓两条肥鲴子的。"

矮子准备把脚盆拿回艄楼中去，去钓鱼。我就说："我懒得洗。晒吗？晒鬼。"

我看见他们都很满意我的这种懒惰和窝囊。那时候，我把头发蓄得很荒，完全没有样子。那时候我很少打肥皂，那时候我的枕巾经常当抹脚布。因为我看见驾长的衣服总是差两颗扣子，而他的老婆视而不见。他跑长水的时候就趿着一双不是拖鞋的布鞋，鞋帮踩平得像一块黑膏药。

在让他们适应我的同时，我也去适应他们。我的小米瓮摆在他们的艄楼里，还有我每次开航前买的足够一个航次吃的菜、酱油、盐、胡椒粉。我的两个碗放在他们碗柜的老下格，一个饭碗、一个菜碗。我的碗老是挪动，碗沿印满了他们的手迹。蒸饭是同在一个锅里蒸的。打自己的米，炒菜呢？要等他们的菜炒完腾出火来我再去。吃饭，他们在艄楼的一张桌子上，我便拿着饭碗与菜碗到艄楼后或船头去吃。我的小米瓮占了他们艄楼的地方，同我一样形神猥琐。每次驾长的老婆喊“蒸饭啦小陈打米”时，我揭开它，揭开我的小米瓮，我看见小米瓮欲言又止，企求我的保护，它同我一样待不下去，在孤单中打量着这个黑色的艄楼，它在问我吃了这些米究竟何用，上一餐与下一餐究竟有什么不同？我的小米瓮喂养着我，我的小米瓮是一个孤独者，独自在别人的艄楼陪伴着我的碗、酱油瓶和胡椒粉；它想象着我的耐心，为什么一次次把它掏空又一次次把它填满，每一个航次在起航的时刻都有没忘记它；它想象着它的主人为什么没有自己的艄楼，而为什么让它在别人的扫帚、拖把和板凳腿的经常教训下生活？

吃饭是一桩让我伤心的事，使我想到我像一个旧社会的小媳妇或长工。吃饭的时候，他们三口在艄楼里，充满着一种殷实和谐的家庭气氛，矮子总是坐在上席，由他的母亲把碗、筷子和酒杯递到他手里——矮子也能像条好汉那样喝酒。他们的桌上还有一桩漂亮的家常菜：泡菜，泡豇豆、辣椒、冬瓜皮、白菜梗、骚瓜。那不是一桩好菜，酸，据说吃多了得癌症。但那鲜亮的色泽以及咬得脆嘣响的声音勾起我无限往事。我知道他们消耗泡菜的本事特别大，越是有肉鱼、有好酒的时候。我看见每天那个女人就坐在艄楼里择着红的辣椒、绿的豇豆和白的菜梗。而我的每一餐就那样胡乱对付了，味如嚼蜡。我端起空了的饭碗和剩余的菜碗随便从哪一根缆桩上站起来，打着很不像样的饱嗝去洗碗放筷子，然后用一根烟的滋味来尽快消除吃饭的滋味。我听说矮子每天临睡前都要吃三根泡豇豆和两个肥厚的泡辣椒，这使我嫉妒得要死。

然而排泄更是一桩让我头疼的事。每天我都盼着天快黑，快进入深夜，艄楼里的闲聊和一桌撮牌该收场了，我也就该到空荡荡的甲板上来做事了。船上没有厕所，女人用的是便盆，男人就在露天。我佩服他们的坦荡和自由，在光天化日之下，一边同男女说着什么一边背过身去，瞄准长江就干。而我对着伟大的长江却尿不出来。后来我找到一个装桐油的陶钵，这个陶钵成了我的便壶。大便他们也可以在光天化日之下倒立着屁股消受。不管船上的人，不管上下游擦肩而过的船舶，也不管岸上的行人。仅仅听那倾泻到水中的声音也觉得他们是完全开放的，宽松、畅通无阻。我无法拥有这种本领，我要等到夜深人静。

我谛听着那黑艄楼里的响动，直到谁噗地吹熄了灯。前面的拖轮吭吭发着昏沉的呓语，桅灯朦胧，后边一尊尊模糊的黑艄楼闭上眼皮跟踵潜行。我打开舱盖爬出来，像一条见不得天日的蚯蚓，像一只心怀歹意的野猫，无声无息地弓身于甲板上。直到我相信黑艄楼的舱门的确是关上了，他们也带着一天的满足安然入梦，我便开始寻找位置。我必须在将军柱和黑艄楼的中间选择立足之地。将军柱前面是不准排泄的，驾长说要冒犯什么。他也搞不清楚这其间的门道，反正是祖宗定下的规矩，代代船工都得遵守。那么也不能离艄楼很近，如果我弄出的声响惊动他们，我也会前功尽弃。我找准最佳位置褪了裤子蹲下来，发现草纸已经在手心捏出了汗。

现在我必须全神贯注，气沉丹田，进入一种万物皆空的自在状态，然后尽快了结这桩每天必不可少又无实际人生意义的多余之事。我蹲在舷干上，半脚踏空，以防流下去的废物污了船帮。舷下的水哗哗流，有无数磷光明灭，寒气冲人。我拽紧缆桩，害怕舷边有水鬼将我拉入江底。有一天晚上，我就看见一具浮尸紧贴着我们的左舷依恋地迟迟不愿漂去。等我克服了水鬼的恐惧后，我便机警地朝黑艄楼看，我老疑心那艄楼和瞭望玻璃里有一双眼睛朝我窥视，知道了我此刻的全部秘密。黑艄楼像一尊古堡在水中摇晃着向我走近，如一个装疯的醉汉，准备出其不意地给我一击。黑艄楼的顶盖像英国剑桥大学的博士帽，黑艄楼胸有城府，鄙睨地无声嘲笑着我这个干脏事的下贱家伙。

我害怕那舱门突然打开，走出来驾长或者矮子。我看看周围，没有一点儿隐蔽物，头上的天也黑得不那么爽快。我发现我的目标是太大了，即使蹲下来也还是一大堆。我干吗要长这么大个苕个子呢，就没留个后路想到我有一天会招工到这船上来？我如果像矮子——那个侏儒多好，站着和蹲下都那么一点点，不占位置，不碍别人的眼，干什么都方便。

我瞎蹲了一场，把草纸丢到江中，等到躺到床上又觉得腹中胀得瘟疼。

我常常彻夜不睡算计着怎样把白天装到肚里的三餐快快倒出去。我多么希望能在那条船上响亮地放屁，大大咧咧地大便，像他们一样。我在航行中掰着指头数到目的港的日子，上岸的第一桩事就是寻找厕所。当我一身轻爽地从厕所出来，看艳阳高照，觉得人生美事也不过在于拉一泡屎罢了。

果然在涨水，在矮子母亲的一声惊呼之后，我看见矮子靠在艄楼的舱门口眼睛无神。他的靠也像蹲，蹲也像站着，使你分不清他那双腿的曲直。他的两只手无处搁，就暂放在双膝上依然如肉勺舀着空空暮色。我闻到一股草腥味，果然是川水发了，长长的白沫挟带着挣扎着的枯枝败叶和腐烂的芦柴等植物。我点燃一盏风灯后，转过身来看见驾长虎视眈眈地盯着我。他的眼睛在暮色中消融着暮色，像两块僵硬的石头凸出死湾。我想一定是我刚才多看了矮子一眼。

“油加了？”

“加满了。”

“摁几下，捻大些。”

我捻大些。

“摁几下晓得吗？”

我说：“没有缝隙。”

他仍然极不信任地看着我，最后竟夺过去我手中待挂的灯，摆弄了几下。

“擦罩子放在嘴上呵几口气。”

我说：“呵了几口气。”

我当然知道呵几口气，我每天早晨起来就挖鼻孔中的黑烟，马灯我认识它。

结果他去把灯挂在船头锚梢上。我站在那里，等于这件事又干砸了。

我知道我们此刻在走一条不熟悉的航道。

那川水的草腥味令我直作呕。

矮子穿着一件臃肿的棉袄，我知道现在已是下半夜了。我看后头的一溜儿黑艄楼，都有不熄的灯，在船头有人撩水。矮子站在我的身旁，我和他各拿了一支钩篙，我们都无声地站着，钩篙上歇一轮月亮。不知什么时候，矮子到那边去拉屎，稀稀拉拉得很响。我知道他是吃了船上装的这批淀粉，也许是未经处理的工业淀粉，也许质量太差。他们说这叫靠山吃山靠水吃水。矮子许是拉软了，钻进了黑艄楼。

黑魆魆的岸影冲着我而来，现在我一个人了，我的烟头烧退着这困盹无边的暗夜。

不要困岸，就是这样吧？我站在命运错误安排给我的位置上，我想人生应该得到无数次惩罚。我的钩篙和我直指青空，我像一个远古的武士，我的船板破烂不堪，我感到了我自己呼吸的热力。一个活人，一个值夜班的水手。

不要困岸，就是这样吧。那拖轮拖着我们，像一支夜袭的部队，紧张而寂寞无声。我的钩篙时时去抵抗碛坝，岸沙陡立的崩坍激起一片水花。我是玩龙灯中的一个，我的船舷不扫到岸，其他船也不会扫到岸，我们在自己的船上配合别人。天空高高的，并不是我第一个来到一条船上。我听到河流在唱着荒凉的母亲之歌，兽皮帆绷着峡谷的强风，一个祖先的独木舟像一支银针消失进太阳之潮。我是一个有头脑的人，而现在是一个值夜班的水手。

“困岸了，鸡巴日的！打野了？！”

我猛然醒来，听见后面另一条船上的人在黑暗中喊。

一袋袋淀粉如一具具白色的死尸被一场古老战争的浩劫带往何方？我沉默着，没有还嘴。但是我突然发现黑艄楼的人都没有睡；驾长在艄把旁架着腿，他的老婆把一团淀粉在手中揉过去揉过来，矮子坐在他母亲膝下。黑艄楼的灯光是暗红的，很低，有一团纠缠不清的缆绳在他们舱壁上挂着。

“矮子值上半夜，你值下半夜。”我去艄楼喝水的时候，驾长说。

我在这话中听到了警告性的“指令”。而我并没有打野，船很正常。矮子的一只肉勺在他母亲膝下，沉重的大头一栽一栽的。我听见驾长打了一个很响的嗝儿示意要我出去。

船行得真慢，远山如城堞。那岸上一声清晰的鸡啼使我清醒了许多。我想到又该上工了，赶着牛，背着犁，卷起高高的裤腿；女知青们戴着大大的草帽，在朦胧的晨光中大地的哈欠打过了，水塘清冽冽地游动着蚂蟥，谁的脚踩到一根草绳惊叫起来，女知青隔夜的气息是那么好闻。晚上肯定有男女往黄麻地跑滚得一身草渣，有人在抄柯蓝的散文诗和苏联的《喀秋莎》，有人偷了一口袋队里没熟透的瓜因而手榴弹一样扔得满墙都是白色的瓜瓤和瓜子儿。

天亮了，我看到一切都很正常，淀粉依然是淀粉，艄楼顶上铺上了一层露水，有女人在往河中倒便盆。我拖起洗把，从船头至船尾一点点地抹了一遍，把缸里吊满一缸水，再用明矾把它澄清，然后揭开我的小米瓮，淘洗好几把米，加上适量的水把碗放在锅台上等待驾长的老婆把它放进蒸锅，然后再提出一捆蔫黄的白菜来择我的早餐。

天亮了，船还在航行，永不疲惫。

我向驾长请假回去一趟。

现在，算算，我昔日的同学——知青战友混得都比我强了，我现在深深地懂得了这一点，当我走到昔日的街上，看到匆匆的自行车流、百货商场和坐在柜台中懒懒不动的服务员，看到一些算命的瞎子和推着旧童车卖雪糕的老太婆。那些能说会道的通过"贫下中农推荐"上大学了，早就远走高飞离开了这个小城，去创造他们前程似锦的生活，另一些人招工到国营工厂，把他们印有叫得响的厂号的工作服拿回来给家人穿。只有我最劣，我是最后一个离开知青点的。也许我只是个中学教师的儿子，没有多少油水给那个神经质的大队女支书，最后还是在大彻大悟下给当时灯罩奇缺的女支书送了两个灯罩，但是已经彻悟得太晚。等她答应让我招工时，只有这个船业社的指标了，不过当时还相当满意，心想这一辈子终于又能吃到粮票，再不必去队部称谷子，挑去打米房打，打了筛，筛了簸。我当时买了几个擂炮准备在女支书早晨没开门的时候放的，但是后来我还是默默地挑着我的行李走了，我把那几个擂炮丢在了身后坎坷的路上，满怀希望地朝我的新岗位走去。

我在街上无聊地溜达，看女人。船上没有女人，现在我来到陆地见到花枝招展的女性，又为凡心所动，我记起我已经二十二岁。我想我已经参加工作了，不管工作咋样，毕竟拿着几张工资，我要为女人而花。

我去见昔日知青点上的一个女友，那是我唯一接触的女性。我当时看她还漂亮，就用刻钢板的字抄了一本歌曲给她，后来她害怕参加劳动就弄到县花鼓剧团当演员。但是后来我发现她只有上妆后才有些看头，在阳光底下她不知怎么就生了很多毫无生气的蝴蝶斑，她由于过分修饰表情而失去了人情，跟她在街头碰见谈上几句也觉得够了。我们好像通过几封信，我把她的那些大大咧咧的信曾塞进枕套里，晚上走神时就拿出来读，想在那大众化的语言中读出什么暗示来，结果发现完全是徒劳。

"船业社吗？"她恍然大悟地说，表示世上一切都逃不出她掌心。

"现在改成'水运公司'了，是大集体所有制，很可能转国营。"我赶紧说。

"这我晓得，这我晓得。"

"我们公司的书记是国家干部，过去从银行转过来的。"

"船业社……对水运公司。"

"嗯，水运公司。"

"据说派出所在册的流盗扒在你们单位就有二十多个。蔬菜队最多，三十八个，搬运站……对对，装卸公司，也有二十多个，装卸公司跟你们是一个系统吧？"

"交通局。"

"交通局尽集体单位。你拿多少工资？"

我说："二十七块，青工，青工嘛。"

我说："你们现在演什么戏？"

我说："你比过去苗条多了。"

她说："《洪湖赤卫队》。"

她说："你姐姐还在日杂公司吧？卖灯罩？"

我说："当然是卖灯罩。"

我一个人下了她们剧团那曲折的木楼梯，见一个断了线的电话机在过道里落满灰尘。我想她的胸脯也"苗条"了，全身也"苗条"了，像一根失去了弹力的皮筋，皮筋女人还有多少意义呢。

我提前回到了船上。

我闷在尖舱里睡了两天，继续休我的假。我晚上撒过尿之后散了热气糊里糊涂地咬开瓶盖喝了很多酒，酒醒之后就很后悔。我想她瞧不起我因为我是船工，而船上的人瞧不起我因为我不是船工。那么我究竟是谁，我是干什么的？我跑到这墓穴一样的尖舱里睡是谁指使我来的？为什么没有人赶我走？你为什么到这里来并且必须经过一块颤悠悠的跳板，这八辈子没想到的一个木船的尖舱为什么容忍了你这幽灵活鬼，无所事事的游尸舞荡的疲草包，从岸到岸从水到水，即使叩首三遭而拜，惊撞石脉之音又能唤醒自己？艄楼里一个侏儒的家族侏儒的后代限制了你想笑便笑且歌且舞的漂流壮举。舷水拍打着发出古老的沉响，而黑艄楼永不覆没，让我到陆地再去找个事干干。这空阔的水侵蚀我给我以什么启示？已经到了最后的耻辱和最后的光荣的分界时辰？我分明无法自欺欺人，像驾长那样永远自我感觉良好，而我感到了一个船工种族的兴旺，在我之外的一个纪元一种自由，独独留下了我随时可能遭到的灭顶之灾。

航行备缆：首缆、尾缆、前倒缆、后倒缆、腰缆、撇缆。

结：渔人结、反手结、套圈结、咬索结、缩帆结、双重结、双跨结、丁香结。

风：突然起大块黑色浮云，西北上空起黑色的坎子。三月三，九月九，无事不在江边走。南丝北蟒。水面如有蜘蛛丝就会起大南风；水面如有飞虫便起大北风。

国际信号旗：RY

航标志：过河标、接岸标、导标、过河导标、首尾导标、桥涵标、泛滥标、沉船标。

左舷通过：两长两短声；右舷通过：两长一短声。

锚：无杆锚（霍尔锚）、有杆锚（海军锚）、燕尾锚（大抓力锚）。

船位、地名、航向、舱角、气候、风向、风力、流向、流速及航道情况、水面船舶动态、会让意图、航行灯光、信号情况。

我要当驾长！

我找了所有有关的书来读，《船员手册》《内河航行知识问答》《航道图》《驳船操作规程》。

我要当驾长，既来之则安之，我要当黑艄楼楼主，坐在艄把旁饮酒吃泡菜。我要找一个娘儿们，我当然不会生一个龌龊的侏儒。我也要让这个矮子这个侏儒有事可干的，我要让他睡我的尖舱去，让他把一堆煤在河里洗白，晚上我就用四颗钉子把尖舱盖钉死，像钉一口棺材那样，让他闷死在里面，让这种侏儒船工绝种，而我堂堂七尺男儿的身材就可以理直气壮地站起来，面对长河落日，散霞飞流。

刚才已经是抛锚了，船却还在走，顶流而行。

进了洞庭湖口。

前面拖轮两侧都有很多人拿着测篙测水，篙竿间错，浪涌与雾气时时淹没我的视线；拖轮像一个病妇，那风中的雾号拉得嘶嘶哑哑。

“刚才矮子喊你没听见吗？”

我看见驾长跪在船头拉着打锚的嵌丝，他的脖子涨得很粗，那嵌丝硬绷斜插进水里，他像在水中拉一条大鱼，又像是被轻易地蛊惑后同一头水怪拔河。我也去拉。

“打艄去！”

我站起来往后头走，我站得很艰难走得也很艰难，扶住一切可以扶住的东西，黑杆齐水了，浪像章鱼的触须飞掠上来缠绕我，我感到一种下沉的快感。矮子也在扶住乒乓作响的艄楼舱门，他的母亲大白着屁股正拼命往便盆里撒尿。我往艄楼里走去，我的头发叫嚣着古怪的尖声。

“矮子，尿！矮子，尿！快撒！”

二十岁的矮子便紧张而富有激情地往他母亲尿过的便盆撒。

我抓住了艄把，木疖光滑而温柔。艄把感应着船尾之水，我听见艄把像一个娘儿们依偎着我在不绝地惊恐中向我低泣，我说：我来了。

“这边！这边！那边是浅水，听着嘛！”

驾长喊。我看见那边是一道粗粗的黑杠——流沙在奔涌，陷埋着胆敢靠近它的一切，当然包括小小的船和小小的人。

雾像一张网，使我们如在画里，艄楼舱门的乒乓声令人胆战心惊。

我看见矮子和他的母亲已经跪叩船头，高举便盆，向天而拜。我瞅了瞅后头的黑艄楼，雾里浪里也有影影绰绰向天而拜的便盆。

一溜儿的便盆在艄楼之上，被病妇似的拖轮带着鱼贯而拜，在风里浪里；谁家孩子的哭声。

矮子母亲的衣襟敞开着，那油黑的乳房如树上风中的硕果。这果实生长着喂养了一个侏儒，这果实柔软而多汁，是一罐真正的生命之水。

驾长，交出钥匙来！看船尾耥平江河如镜，晨光如处子。你剔亮了艄柱的桅灯又把它轻轻吹熄，有一只蓝鸟在艄楼之上令人心醉地叫，因为你攥着艄把着生命的舵。

“矮子帆布矮子帆布！小陈你聋了吗？你没聋吧！你雷打痴了！”

船尾出现了又高又陡的泥浆水卷花浪。打张了？挖篑了？

驾长向水中啐了一口，他的脸完全扭曲了，他的全身像一块礁石顶着扑向他的水沫，他依然毫不手软地同水中那神秘的怪物僵持。只要等风过了就好了，雾会大开。只能走，慢慢地走。锚便是根，水老鼠船古佬的生命之根。

驾长，交出你装过止咳露的酒杯！对，是我，新来的驾长，年轻的驾长，一船容不下二主，咱们分手吧，各走各的路，回你的川东老家安度晚年去吧。当然得把矮子留下，矮子是一个活宝，奇物，矮子永远是水手，是猪猡一样的三等水手。让他接过你那把祖传的龙头水手刀——同我一样的尖舱的孤独，让他在孤独中成为荒野之兽。

“撇住！抵住！篙呢，篙？……姓陈的，用脚蹬，搁浅了！姓陈的，你的脚呢，你的蹄爪呢！！”

驾长，交出你的性命来！是性命，我一点儿也没说错。如果你需要的话，当然可以拿来他的性命，你让他的呼吸慢慢止熄在一个船工的传说中，跟水一样久远而不可捉摸。人类回到最初的位置去是没有道理的。驾长你安息吧，锚链上扁绿的神话草划出轻轻的水响，栈道上飘跌下一支仙笛，铜版画片的倒影伏在蜃气波动的梦中，驾长你就此睡去永不醒来。

"矮子，我的妈耶！"

我看到矮子的母亲终于晕倒在水迹斑斑的船头。这时一线天光骤开，风平浪静，船上的便盆浪渣也熟睡得像一个个婴儿。艄楼大汗淋漓。所有的人都端坐船上，哑哑无言。世界恍若在隔世的梦中，幽邃而多情。

艄楼舱壁上那一盘纠缠的缆绳是白棕绳，像失血一样美丽，映着凶险的湖光。白棕绳又叫马尼拉绳。

整整一个冬天，我们就在一个叫修坪的地方装运石头。

石头是自己抬到船上，这样可以拿到比工资高出两倍的力资。

下坡我总是在前面，上坡我总是在后面，我的奇怪的身高就可以同他们保持一种平衡，两不吃亏。我们喊着简单的号子，号子像一团灰色的云在河滩散堆的石头上徘徊。我们把最肮脏最破烂的衣裳拿出来穿着。我们在石头上对烟和喝酒。在石头缝里撒尿和屙屎。我们有时候用十六根杠棒抬一块石头，把跳板压得吱吱乱响，像抬一口贵人的棺材那样在冬日黄昏的路上走向墓地。我们流了很多鼻血，以及被石头撞破手指与脚踝的血。我们每天要在那很短的路上沉重而繁复地走几十个来回，硬着头皮看脚下每一颗熟悉的石子混着泥泞。我们也到修坪镇上打了一只野狗来壮阳补肾，在狗肉锅里放一把把的尖辣椒，吸溜着干冷的北风吐很浓的酒气。

然而矮子不这样。

矮子和他的母亲跟我们拿同样的力资。矮子母亲的职务是炊事员，炊事员就只烧饭而她并不炒菜，矮子是那挞子水老鼠中唯一读过五年书的人，知识分子。矮子穿着很漂亮的皮鞋，小黑提包里露出半截算盘来。而他们并不知道我也能打小九规更能打大九规，疯狂地爱里姆斯基－科萨科夫的舍赫拉查达交响组曲，不知道我会画画，会拉手风琴和写得一手好毛笔字并且在农村小学当过班主任。也许他们知道但是他们并不需要我的这些，他们要的是你的力气和好水性，是像一条狗那样可以随时使唤的水手。而结账的事不过加加石方和平衡分出一个人能拿多少钱，这一点矮子足够了。

矮子经常到采石指挥部去跟一些大官们办交涉，矮子坐在指挥部的木靠椅上像一个幼儿园的老朋友。矮子画方单因此还有指派调拨船的权利，采石指挥部的人便经常围着他转，到我们船上来给矮子敬烟。矮子的耳郭上经常各夹着一支烟，上衣口袋里挂着二至三杆笔。

矮子矮子矮子

嗯

矮子矮子矮子，先支一点儿吧，没钱打酒了

嗯

矮先生

嗯

矮大哥

嗯

没酒了抱夜壶拱嘴

牛日的

给他们一点儿吧

最后，矮子的父亲驾长解围说。矮子便拿出黑提包来，橡皮筋、夹子、米达尺，复写纸、垫板、一叠叠方单发票。矮子慢吞吞地把那些重新收拾一遍后才看清来人。来人早拿出私章来在口里呵了气站在一旁，矮子便在密密麻麻的名单上找来人的名字，用指甲点住，又去数钱。矮子的动作不卑不亢，钱交过去后便接过一支烟来。矮子在艄楼里扒拉着算盘很是风光。在冬季有力资的时候，他们便不垮矮子的裤子了，但是矮子仍要骂人。

到时我也要找矮子去领力资的。矮子平分了我的力资，我却要在他手上拿力资，仿佛那钱是他施舍给我的。

我排着队，轮到我了，我就想应该接过矮子的那杆笔把名字签得很流利很随便很潇洒，我想这一点是没有问题的。三个字应该代表我的学识、水平、教养，而实在不是他们一沓子的祖传水老鼠，让他们或多或少稍微敬佩我一下。在这个艄楼里我只有一次这样显露自己真实本质的机会，我决不会放过它，我等待了多久，想到有一天我总会在他们面前提起笔来的，而不仅仅是提起珠泪串滴的撑篙，提起丑陋臃肿的靠球和空空的水桶。

我签下了我的名字。

但也许是因为太紧张，对笔太生疏了的缘故，我发现我的三个字不会比矮子的好，至少看不出来特别的优秀，我发现艄楼里的人包括矮子根本没注意我的签名，都在口中念念有词地算计他们的进项。我后悔莫及，我沮丧得要死。我想也许是快一年没摸笔杆了，我很难再轻易驾驭它，在这船上不必要用笔。我又想也许是这展露的条件太有限，仅仅在三个字上是不能看出什么的，但现在只允许你写三个字：只许你写上自己的名字然后赶快放下笔来让下一个。仅仅给了你三个字的机会，天哪！

我拿着矮子发给的钱退到艄楼的一个角落里去抽烟，我发现我的手颤抖得很苦。我的手已经不适应握笔写字了，我的手对笔有了一种恐惧和排斥。

仅仅能写三个字。

我想这一辈子怕只能写这三个字了：我的名字。在当我要领取我用劳动换来的钱时，我就去握别人的笔在他们限定的地方写上这三个字。它不能代表知识、智慧、痛苦和一切，只表示“此钱本人已领”。我没有任何写字的地方。

三个字：

**陈应松　陈应松　陈应松　陈应松**

**陈应松　陈应松　陈应松　陈应松**

**陈应松　陈应松　陈应松　陈应松**

冬天的太阳像蛋黄那样可爱，我坐在舱盖上触摸着那每一寸光线的温暖重量，血管里洋溢着忧伤的情调。我尽情地擂着我的脚丫子，我在一群流浪的石头中间，我已疲惫不堪。我的脚下现在放着两张报纸，是《参考消息》。这是我偶尔一次去采石指挥部偷来的。我非常认真地读它，每一个字都读。安莎社、美联社、法新社、塔斯社，《朝日新闻》《美洲日报》《联合早报》《基督教科学箴言报》。我差不多把每一条消息都能背出来了，我把它从尖舱拖进又拖出。有好几次我准备用它们包卤菜和当手纸，好几次我还是把它留下了，上面落满了我寻章摘句时烟灰烫伤的黑迹。

从岸坡上滚滚的石头在水里砸出哗哗啦啦的声音，船也有时会微微颤簸起来。有人在野蛮地骂着石头，骂着僵硬的抬杠和一不小心就溜到你脚下来的轨道翻斗车。

嘣嘣嘣嘣。

有人在踢我的舱盖，我顶起舱盖一看，是矮子：矮子发亮的老式皮鞋。不知怎么使我想起了德国鬼子的集中营。我，矮子的脚。他的脚离我的头顶并不远。

我说："踢么事呢？"

他在上面，看起来他显得高大。他的脚一点儿也没移动就证明他有足够的胆量在我的头顶静止，而对尖舱下的一切要保持着一种蔑视。我不知怎的就闻到了那种猪皮鞋腐烂的臭味。

"刚吸根烟。"我说。

"翻斗车说我们把他们的轨道堵住了，今日有电影你大概知道吧？"矮子说。

我说："我当然知道，不就吸一根烟吗，火柴才丢呢。"

"他说他要慢一点儿。"矮子往艄楼走时对他的驾长父亲说。

"我没说要慢一点儿。"我大声说。

"你叫他了？"驾长明知故问地问矮子。

"他说要慢一点儿。"

"我没说要慢一点儿。"

"你不是这个意思是什么意思呢？"

矮子躲到驾长身后。驾长拿着长长的杠棒不像是去上岸抬石头，告诉我那东西是可以兼着两用的。

"你叫他了他不动，就别怪到时分不到票子，多劳多得。"驾长护住身后的矮子。

我很想捏一下拳头但又松开了，我拿起麻鞭就臆想着他们把杠棒抡过来而我身边的石头正好每一块都砸在他们头上，这是很方便的。

矮子也没有尽兴，他没想到我这么快就闭了嘴乖乖地下去了，他的喉咙在咽很多涎水。

驾长也没有尽兴，脖子一梗一梗地似乎很不好受，我知道他们一吵起架来就会像妇人那样伤心得要死，嘴巴也会不停的。他们喜欢大干一场。

矮子，你也学学别人，你像个蠢猪！矮子他再喊爷爷你也不理他，你理他干什么呢！他的母亲愤愤地在艄楼里说。

我用麻鞭缆起很重的一块石头，我憋了劲儿就挺起杠棒来，看到驾长那副惨相但是驾长也不得不挣扎着起来。我非常高兴地喊着号子，我像一只受伤的鹰那样让号子插入伤痕，推开一切生命。我活得窝囊，谁都可以侵犯我。我活得高贵。

我深深地陷在自己肩上的石头深处，我相信哪怕一个卑微的人在某一个时刻也是谁都不敢碰他的。每个人都有这种时刻。

每个人都可以给别人以重压，在任何地方。一种漫不经心的重量以沉默或者别的任何方式便可以轻易击倒对手。

晚饭的时候，我发现我碗里的米依然是米。这完全在我的预感之中，也许不是这种情况换一种别的方式反正总要发生的。

“没有蒸我的饭吗，请问一下？”

“都没有蒸，没看见？船上断火了。”

“断火了？”我移开炉上的铝锅，看火已经熄了，只有红色的煤灰，但余温犹在。

“断火了。没煤了。你不买煤就没有吃的哩，大家都不吃哩，还不好说。”

“这一餐？……”

“这一餐我们吃了。”他们口气毫不软弱地说。

“那……”

“那……”

我走出黑艄楼，来到船头的一根缆桩上坐着。渔人已经开始收网了，那寂寞的鱼梆敲得点点滴滴在心头。

煤往常是不需要买的，煤对装煤的船来说多的是。靠山吃山靠水吃水。那底舱陈年堆积的煤跟底舱的黑暗一样多。但是，没有什么好说的啦，买煤去。

“没煤就没得吃哩。”那个女人用女人的声音说。

“那……我明天同小郑一起去拖。”

我回过头去说。

“矮子，他在找你哩。”女人挑逗地说。

矮子靠在艄楼上，玩一块石子。

“那我不管啦，矮子没时候，”女人说，“你告到社里去我们也不怕的，想想你一年用的哪个的煤？不说收钱，你总要做一点儿贡献吧……”

哪个的煤？国家的，偷的。

“我是炊事员，炊事员也没卖给你，烧你一个人的饭，炊事员又不低人一等……”

“总之，矮子不是在玩。”驾长说。

“蜂窝煤？”

“当然是蜂窝煤。”他们三个人异口同声地回答说。

我想他们已经做好的饭肯定在那个角落里藏着。我想他们为我也已经饿了，我想还是别在艄楼絮絮叨叨好。的确，没什么好说的啦老陈，买煤去吧。当然是蜂窝煤。他们叫蜂窝煤而我们叫藕煤。

我揣上了足够的钱上岸，我要到修坪镇上的酒馆子大吃大喝了，我已经受够了。我要吃炒肚片，爆腰花；壮阳补肾的。我要让他们给我把桌子抹得干干净净的，然后拍拍炒菜师傅的肩，说：“嗨，味口搞好一点儿！”我要自己放一些辣椒，跟他讲我是四川人，我要别着四川佬的腔，我还要把脚搭到凳子上，我要把上好的带嘴烟放到酒盅边，把烟灰蓄很长之后弹到吃空的碗里。

这一顿我吃得很舒服，差不多吃去半月抬石头的钱。这一顿我吃到很晚，我打着仇恨的酒嗝儿回到河边。我站在堆满石头的河滩上看去，发现船不见了，船开走了。

艄楼在远远的那边喷吐着黑烟飘然而去。这显然是预谋的，他们提前让拖轮带走了，他们发誓要赶走我，要把我丢下船。他们容不下我。

我在河滩上拼命追赶着船，追赶着黑艄楼。我砸一个跟头起来骂一句。我用脚劈杀冬夜无情的水。我骂得充满了灵感。我拖着我自己绝望的尾音像一个无家可归的游魂，那样快活地在荒凉的河滩上空嗟之、歌之、舞之、蹈之，像玩一根如水的绸带。我笑得肺都快炸了。我从来没有笑得这样庄严过。我像一头砍断了尾巴的公牛。我的声音到处都有共鸣。我是颂歌的尾音部，古老的单音节，我不断创造又不断毁灭了这永恒的美，我宁静，我忧伤，像石头的魅力，像一个面包师的模子搁在午夜河边。我有说不出的幽默。我抬头及时赶到了这个地方，光秃秃的星星把我钉在河边。我敲打着很久以前就冷却了的卵石，以奇异的表情注视着这条河流，我听到河流呻吟不愿睡去，河流像一个伟大的失眠者而它并不认识我。我也不认识它。

月亮残破不堪。

黑艄楼呢黑艄楼？我是一个赶不走的情人？一条癞皮狗？我发出的呼救没有谁能听到，而我却听到了四处的回声真是怪事？

我僵卧在河滩上不自哀，用自己的头枕自己的手，星空如水底。

我在深夜用两只脚一寸寸叩打着修坪镇街上的石子，我同一条在垃圾堆啃骨头的野狗打招呼。我兜里既没有钱也没有介绍信，谁也不能证明我的身份，我自己不能证明我的身份，也许我其实是不存在的。

你现在开始怀念潮湿的尖舱。尖舱之梦。怀念早晨起来挖鼻孔里的黑灰。你怀念不能做扩胸动作的甲板。怀念一只木疖。你现在怀念矮子走路的姿势。怀念闪射着釉彩的小米瓮。怀念黑艄楼。

你想究竟你做错过什么或者他们做错过什么呢？你找不出任何道理被只身搁弃在荒野而又似乎是命中皆然。你在船上并没有手捧语录唤起民众撒传单割资本主义尾巴，你并没有舞文弄墨向他们高谈阔论，你首尾紧缩可怜巴巴。在这条船上你既没追逐过船工家属的女儿也没有与船妇通奸，他们却为什么对你耿耿于怀？你被任意使唤时刻想表现自己的顺从和恭谦，你脱胎换骨想象着自己从来就是一个有海量的水老鼠，在跟他们吃狗肉喝酒的时候总是去舔洒在桌缝的酒沫，你跟他们打扑克的时候也放开喉咙吆三喝四，故意作弊故意输掉一次喝了八瓢凉水，你后来学得也可以跟他们一样扒开裤裆很粗很急地炮轰长江了，你跟他们一样说肮脏的话。这一切你不是都在竭力证明跟他们一样的吗？你希望这样就能与他们贴近，与他们在一条船上共存。

你除了心中的高傲还有什么呢？你自己伪装得像一个魔鬼，一个流氓，一个地痞，不堪造就的棒老二，你把你所有的皮肉都奉献给他们按照他们喜欢的模样捏造出一个孽种来，你没有尊严以为他们就是如此，你没有人格以为他们就是如此，你像一个醉鬼那样生活以为他们就是如此，你出卖隐私以为他们就是如此，你学着他们的豪爽、单纯以为他们就是如此，你趿着破鞋叼着歪烟故意把一颗扣子弄丢以为他们就是如此。你想现在这一切是不是都是白费？你聪明得过头，敏感得糊涂。你没想想一条河的年龄，一个人就是全部的历史，一个人的行动就是种族的记忆。你患得患失，恍恍惚惚，不知道长江的水有几斤几两。

想想他们又有什么错误呢？他们以自己的方式生活着，以不变应万变。是他们接纳了你而不是你接纳了他们。有一次，驾长不是这样喊过你吗："别退，再退就掉下去了。"后退一步便是水——这是他们所知道的长江的秘密和长江的法则。他们就是这样生活过来的，与陆地无缘。就像那种渔人结一样，不用系死，只须缠上几道就可以拴住一条船，又可以迅速拉开。最简单的形式是最伟大最完美的经验，那是智慧，你不理解的智慧，是无数代水老鼠对长江的仇恨所至。

后退一步便是水。你知道吗？

他们接纳你也可以抛弃你。黑艄楼矗立在那里，黑艄楼永远是无声的。黑艄楼张着嘴，像一排牙齿，它可以随时将你像废物般吐掉，或者在它吃饱之后，连肉鱼也会拒绝，或者它风火牙痛，暂时拒绝一切除了空气，或者它的牙齿已经脱落，它吃不下任何东西。

黑艄楼黑艄楼。

黑艄楼你现在在哪里呢？

我回到我装石头的河边。

我把一块大石头掏空，钻进去哆嗦了一夜，我很想大石头塌下来，在我做梦的时候。第二天天亮我起来石头依然悬搁在头顶。

我沿着河流寻找了两天。

那时候我心淡如水。我后来终于回到了那条船上。发现我的东西又都长了纤细的白霉，像女人手臂的绒毛。

冬天冷得厉害，我把一张狗皮垫在下面。我买来了一顶叫狗钻洞的老年人帽，我把能装的都装到帽子里去，只留下出气的鼻孔和看东西的眼睛。我还戴着两个护膝。

但是我发现那几天矮子很神秘，也很有朝气。晚上我经常听到那跳板嘎吱嘎吱的走动声，那声音使我浮想联翩，毛根倒竖。后来，我找来了两个风钩拧在舱盖内面，才等于在我的尖舱里安上了门闩，我也便能安然一宿了。

"这两天鹅叫得太凶。"矮子的父母说，"鹅真讨厌，杀了哩又是送把我们养的，也不肥，吃哩光骨头。"

晚上鹅是叫得凶。这两只白鹅是矮子的一个表嫂送来的。矮子的表嫂抱着个吃奶的娃儿来，大冷的天也把两只奶子露在外头。那吃奶的娃儿曾到尖舱来在我的床上撒了一泡尿。矮子抱着这样吃奶的娃儿经常抛球一样逗他。矮子还把那两只白鹅赶到河滩上去，那两只白鹅叫得河滩很美，矮子也摇摇摆摆很美。

矮子在冬日牧放着两只白鹅。矮子的父母便在船上看着他，抽烟，喝茶。

然而这两天他们向很多人抱怨，使得泊在一起的其他几条船上的人都讨厌起白鹅来。

我晚上被一泡尿胀醒了，听见白鹅果然在叫，那声音被黑艄楼的板壁挡住，往风中呜呜咽咽流去。我不敢下床动那风钩，我极力等待着在白鹅的叫声中还有什么声音。

"鹅嘎……鹅嘎……鹅嘎……"白鹅在叫。

我听到了那跳板的声音如期响来，由远而近，在整个舱底引起了强烈的共鸣，仿佛是无数个黑艄楼黑压压地围拢来，靠近我，占领冬夜。

甲板上也有人。有人很久走动一下的声音。嘴巴在使劲地吧烟头，透过舱盖缝，一点红光烫伤了河面。还有一个女人小声的嘀咕。

一会儿那声音都没有了，被河流吸溜进去，往下沉、沉……我感到退回到一个边缘，我同样触到了河底长眠的纯绿卵石。然而那声音又浮出来，足音、嘀咕和叹气，夹杂着巨大水藻的气息，又冻结在无边无际的冬夜里。

“鹅嘎……嘎……嘎……”白鹅在叫。

“……行吧？……”

“……行……吧……”

我把舱盖悄悄顶起一道缝来，一道冷风把我从头凉到脚。我在清冷的光中看到了两双脚，远远的，像四只怪兽的蹄啸傲北风。一种纯动物的热气丝丝从那边传来，我感到我置身于一个洞穴之口，仔细看看后面依然是黑艄楼，一点儿没变。

“这矮子……”

“……不中用的……”

我怀着绝世的柔情跟他们一起等待着：跟甲板上的驾长和他的老婆，那两个不怕冻的水老鼠。

我想打喷嚏，我赶快退到被窝里打了一个，再爬到原来的位置。

天怎么还没亮呢，星星像一些玻璃球假眼。河面上没有船，一只航标灯一眨一眨在那儿自作多情地给谁暗送秋波？

“……这矮子……”

“……已经三夜了……”

“鹅嘎……鹅嘎……鹅嘎……”白鹅叫得心烦。终于，我和这甲板上两个人共同期待的时刻来临了；黑艄楼的门干涩地打开。我忧喜参半。我看见甲板上的两个人和向舱门走出来的一个人迅速会合，那三个人在黑艄楼的影子中像一蔸树根。

“行吗，他嫂？行吗？……”

“怎么不行呢，我说了的，怎么不行呢，矮子好大的劲儿……矮子像一头牛呢，揉得我……”

“……矮子爬不起来了？”

“矮子还想……”

“矮子爬不起来了？我的娘耶！”矮子的母亲喜得大哭起来。

我全身瘫软地睡在我的狗皮上。我心虚得像一摊烂泥。我的脑袋突然膨大，像一颗吊死在树上的病果。我做噩梦。我乞寒乞冷。

“鹅嘎嘎……鹅嘎嘎……”那白鹅叫得嘹亮悦耳。

直到第二天中午我起来用冷水洗脸的时候，看到矮子的母亲倚在艄楼上同后面船上的船妇大声地说话，边骂边笑。我也终于失望地发现矮子的表嫂抱着娃儿乘晨光离开了船。

“……说我们矮子跟他表嫂就跟哩，这有个么事哦，我们矮子命苦啦！我们矮子找不到婆娘被别个笑话啦！我们矮子长得七拱八翘不像个人样啦！我们矮子干了，干了又么事哦？哦？”

“福气！福气！”另外的女人说，“没哪个说矮子不行。”

“我们两老享不到矮子的福！说我们郑家绝种的，他自已就绝种！矮子干了！干了！干了！”他的母亲发脾气说，“我堆起的钱就是给矮子准备的。”

我兜头浇了一盆冷水。我知道她在发美丽的脾气。我知道她这是在宣告，在炫耀，在自豪，向我，向全世界。我感到那锐不可当的，贵重而可怕的母兽光芒灼伤了这长江。

我相形见绌。矮子终于是有那种能力的，他还行。后来，我听说为了这次试验，矮子的父母给了矮子的表嫂一千块钱。

矮子父母的心落下了，矮子的父母张罗着给矮子说媳妇。

矮子果然就找到了一个媳妇。那天媒人带了一个小女孩上船来。矮子的驾长父亲买了一篮子肉鱼。那小女孩长得还干净，也许并不小了，是一个矮子。发育也还不完全。那女孩谁都不搭理，其他船上的男男女女老老少少都来看，驾长便拿着一包烟，驾长的老婆便剖鱼。到了下午，媒人和小女孩一走，驾长的老婆矮子的母亲就说成了，说双方都满意，女方一嫁过来就可以转城镇户口，吃商品粮。矮子的母亲说那女孩不小了呢，都十七岁了，给了她五百块钱也晓得笑，还蛮有家教地死活不收，要不是那媒婆她姨妈代收了，她还真不要呢。矮子的母亲还说要她报个假年龄马上把结婚证扯了算了，免得夜长梦多,早点儿给矮子完婚了也是一笔事。矮子的母亲还说女孩的手蛮嫩,全然不像乡里伢儿捡过猪粪狗粪的手。

矮子正式到乡下相亲。矮子的父母连夜给他打点相亲的包裹,有上好的烟酒、点心、布料。孝敬丈母娘和女方三亲六戚的。早晨矮子由媒人带着,挑结结实实的一担往船下走去,挑很远了也不换换肩,矮子果然有力气。

"连夜我就把她睡了,"矮子回来红光满面地同几条船上的人吹嘘说,"下雨,她的屋漏,要我跟她弟弟睡一床。屋漏,我就爬到她的床上去,她的弟弟竟没醒。"

大家就又要垮他的裤子淘米,说看看缺了什么没有。矮子说：

"我换了一条牛皮带的,你们拉不开。"

矮子果然换了一条很宽的牛皮带,像民团的子弹袋一样。矮子还说给那个女的也换了一根皮带,有很多机关,都打不开的,只有他打得开,这下就保险了。

矮子的母亲听到就出来骂他：

"你这苕种。"

矮子就闭了嘴。

我已经二十三了,我足足二十三岁,可是我连矮子也不如,矮子干了两个女人。

矮子的父母请来了修坪镇上的一个裁缝,为矮子和他们的新媳妇赶制衣裳。裁缝把缝纫机抬到黑艄楼里来,整天机声轧轧。裁缝是一个不喜欢说话的中年人,常常把一根烟搁在剪刀上,想一下便拿起来抽一口,抽一口便在布料上剪一下,裁缝对着划粉和布料总是敲着那杆竹尺沉思。裁缝在那个黑艄楼幽暗的光线里显得脸很苍白。

那个即将做新娘子的小女孩也来了,裁缝在她的身上细细地量着,她总是站在裁缝的面前。

春、夏、秋、冬的衣裳各做了几套,整个艄楼都堆着矮子和他媳妇那些花花绿绿、小小巧巧的衣服。

嗯嗯，这里是不是稍微要大一点儿呢？

大一点儿。

这里……稍稍，稍稍紧一点儿，紧一点儿好

紧一点儿好

如果这个领子稍微尖一点儿呢就显得大方些正派些，如果这个领子稍微圆一点儿呢就显得活泼些随便些

那就……

那就圆一点儿，圆一点儿好

尖一点儿吧

尖一点儿也好

裁缝师傅依了女孩的，放下像蛇皮一样的软尺又拿起烟来吸了一口，用红划粉在白的布料上画出几道。

四个荷包还是两个荷包

四个荷包

四个荷包是不是加一点儿花样

当然。荷包盖有很多花样，既可以像这种又可以像那种，既可以帮这一块又可以叠下面一块

那就两个荷包，两个荷包好

还是四个荷包吧

四个荷包也好

裁缝师傅依了矮子的，放下像蛇皮一样的软尺又从剪刀上拿起烟来吸了一口，用黄的划粉在蓝的布料上画出几道。

裁缝师傅在船上日夜不停地做了三天，跟着我们四处漂流的船走。裁缝师傅把那两只白鹅吃了，把鹅毛缝到小女孩的棉袄里去，说是羽绒服。裁缝师傅按照那四个鹅掌形状给矮子做了四个别致的荷包。裁缝师傅用完全没有

肉的鹅腿下酒，慢悠悠地啃，慢悠悠地撕，慢悠悠地撕啃着看黑艄楼里他制造的杰作：一些他从没有做过的稀奇古怪的又粗又短又小又巧的衣服，直到把那四根骨头啃得不再像骨头，丢到河里去。

再也听不到白鹅叫了，而裁缝师傅也要走了。

裁缝师傅走的时候，要给那些衣裳烫线。船上没电，裁缝师傅用的是火烙铁，火烙铁下有一个斗，装木柴火屎的。裁缝师傅在甲板上对着北风跪下来吹那些火屎,吹得很红很旺后就放到衣裳上熨。裁缝师傅把衣裳熨得又平又好。矮子不断地加火屎。一根根线缝都熨得棱角分明的。裁缝师傅把那些坍成白灰了的火屎也倒进河里，然后一去不复返了。

“光工钱就花了九十，妈耶！”矮子的母亲说。

剩下来的就是正式迎亲了。

驾长不仅殷勤地帮我把小米瓮、酱油瓶和两个空碗从艄楼里搬出来，还同我商量说，女方那边亲戚很多，船上住不下，你能不能回家休息几天，我放你的假。

我说当然可以。

驾长说床也要借用一下。

我说谈得上借用吗，本身就是这船上的东西，尖舱是从来没有上锁的。

驾长说那也是。

春天的风暖洋洋，卵石缝里生出了青草，还没有涨水的沙滩龟裂得更厉害。我听到一只苇鸟向蓝天打了个呼哨，浪花吐着螃蟹的泡沫，而岸岩是红的，晒在老地方，一些整理桅杆和舵叶的人像能吹动的剪影。春天的风暖洋洋。

矮子结婚了，很多人都说没这么快的，然而矮子的确是结婚了。

我又回到了船上，依然睡我的尖舱。我每天把舱盖打开让一方小小的太阳烘烤着我。我把小米瓮、酱油瓶和两个空碗又搬回艄楼去，在厨房里我的小米瓮更靠近角落，碗也收缩了空间，因为艄楼添了一个人口，一个新媳妇，很小很小的人毕竟是一个人，也有一张嘴，生活，并且走动，并且和一个小小的男人睡觉、亲嘴或者极有可能生儿育女。

黑艄楼人丁兴旺。

“矮子，做大人了的呢。”人们都说。

结婚了就成了大人，而我呢便还是个孩子，我二十三岁，还是个孩子，我无人问津。

矮子戴了一顶簇新的帽子。现在艄楼的餐桌上一人一方了：两男两女是一个完整的家庭。

“还添一点儿，多吃些。”矮子的母亲劝媳妇说。

“驾长你还是驾长而我不是。驾长油麻绳呢前舱的水戽不干怕不是有漏子？我没有堵过。怕不是在哪儿撞了一下？这船光换一块横桁或枞骨怕解决不了问题？”

“还添一些，晚上肚子饿的。这肥肉不肥。”矮子的母亲劝媳妇说。

“有一种堵漏盒这我知道驾长，可是今年的夏季我们将在哪里修船呢？艄楼上的油布钉满了密密麻麻的靴钉，取它的时候是否很难，很难很难？”

“还添一些。好……这里就是你的家了。”矮子的母亲劝媳妇说。

“驾长，你永远是驾长。你添了一个媳妇却没有添一根白发，明年会添一个孙子吗？”

“还添一些。还添一些。”

这是一个非常好的日子，阳光爽爽的没有一片云来打扰，这世界很安静。我看到矮子和他的像小姑娘一样的媳妇坐在艄楼后头的舷干边，这一对新婚的幸福的夫妻无事可干，他们背靠着艄楼。太阳射着他们温柔可爱。他们没有影子，影子是他们自己。我看见他们两个面对面坐着，你拍一下我的手，我拍一下你的手。他们实在无事可做。

你拍一下我的手，我拍一下你的手。

我贪婪地看着他们，我多少有点悲哀。我想起我刚上小学的时候，我们在老师摆成的对对下，唱着：你拍一，我拍一……你拍二，我拍二……你拍三，我拍三……

我看见在舷边的老木头上长着一朵白色的蘑菇，那蘑菇很小，在他们的脚下。

“起跳啦！起跳啦！”

每个船都马上跑出人来下水去抬着长长的跳板。跳板搁在各自的船上，起跳的人爬上船来，脚上带着泥。船又与岸分离了，船又起航了。嚯嚯的哨子声不知道为什么那样慌张和匆忙。我习惯地拿起钩篙被无声的召引带向船头，舷水接着发出青铜一样的钝响。我看见曾向我迎来的山影现在又向我后头倒去，这只是一个时间，一个过程。忽然从那边惊起一群岩鸥，声音凄厉，我万分惊恐地望去：石岸开始崩坍，像一个个骤然中弹的人委下腿来。水猛然上涨了，雷声四伏，陡水如沸，船动荡得像一个摇篮。等那幻景一样的景色消逝后，看那断裂的崖岸，如一颗颗巨神的头颅。

河流又宽了许多。

# 大寒立碑

## 石　匠

石匠坐在石头上，看着他从山里运来的石块。在小巷尽头的木槿篱笆旁偶尔有人走过，而他这里却露出绝对的安静。“他是在制造墓碑，所有被他送过行的人都不会再转来了。”石屑的纷飞中，他的脸几乎触地，用錾子精细地辨认那石上死者的名字。那温柔的锤声一直像安魂的祷歌，忧伤、庄严而神圣。

“好冷啊！”刻碑人呵了呵冻僵的手说，“一直是阴天，风把湖底都吹干啦，好多老人都熬不过来了，像树叶一样。”刻碑的石匠在说这话的时候，望望他周围的石头，又望望石头旁边一棵只剩下枝条的光秃秃的小树；他毫无表情地蹲在这一堆层层叠叠的石块中，我认为他对死亡的认识比我来得要实在些。他痛苦，他却正视痛苦。

“这块碑吗？一百八十元钱，还可以优惠一点儿。”石匠说。石匠用袖子擦擦被北风勾引出来的鼻涕，又问：“是你什么人？”

我说：“父亲。”

“罗师傅吗，罗师傅吗？唉，唉！不好好的？！……脑溢血……高血压？这么瘦的人还有高血压！他还做过我孙儿的兜肚呢，他的兜肚做得最好了，小伢穿了从不会凉肚的。这样吧，一百五十块钱，本来不好意思收钱的，可这石头是从老远的湖南石门运来的，我进山搞了五天，唉……”刻碑人自从学会这门手艺，也就学会了叹息。

“应该有盆火，瞧您的手。”我说。

“火吗？我不要火，有火我眼里就起翳子，那就凿不成了。我干的是一门冰冷的活儿，在石头上刻字，是个精细功夫啊。”石匠说。

石块。巨大的石块、粗糙的石块。已经凿上、还没有凿上名字的，都属于这个小镇。这些人——死去的或活着的，曾讲着一口浸透骨髓的荆州话，走到任何地方都被别人不怀好意地模仿；他们生活在洞庭湖之北的这个省份，多官多匪多洪涝。新中国成立后，它被谙熟中国地理而又具有强烈城市意识的专家们划定为分洪区，他们说，牺牲它来保武汉吧。事实上，这个小镇不过是云梦泽畔一颗遗弃的螺壳，它躺在一片古老的洼地中，空洞、陈旧，为干涸所困，为风雨所洗，阳光打磨着它亘古不变的光泽，最迷人的不过是梦幻，水底藻丛如裙丝，湖畔青蒿似浮云。它接纳浑黄的川水，枯枝败叶；它蓄注南汛，臭鱼烂虾。每当夏季水涨，谣言纷起，人心惶惶，他们是如此地诅咒武汉，令我百思不得其解。他们，古老洼地的子民，龙王的宠儿，偏僻闭塞的一只螺壳，一个神话的余韵，一首临风泣号的渔歌，都将经过刻碑人的手，用尖利的錾子，记下他们默默无闻的名字。

大寒立碑，这是我故乡的丧俗。

“一百五十块钱，好吧。”我说。

石匠用他慈祥的目光看着我。这是我故乡最好的一双眼睛。这双眼睛表明它不再排外，它没有那种高人一等的矜持，虽然我一而再、再而三地称这个小镇为故乡，在各种表格上填着籍贯：黄金口。但是，我是外乡人，我跟我的父亲都是外乡人。我出生在这儿，我的父亲却出生在另一个有名的淡水湖——鄱阳湖，而现在他却埋在这里了：洞庭以北。

“罗师傅罗裁缝吗？他是个结巴。”石匠缓缓地放下他的锤子，用关节僵硬的手摩挲着那些没有简化的汉字。

“唔，我的父亲是个结巴，”我想，“他一辈子说过的话，绝不会有我们镇委书记的一次报告多。”因此他的儿子选择了一门无话找话的、饶舌的职业——写作。他和他的儿子都有一种不良的嗜好：抽烟。沉默的人爱抽烟，一张碎嘴的人同样爱抽烟。

“一百五十块钱，您真是看了我父亲的面子。”我说。

“你选一选看，选一块好石料。”

“不用啦，您随便刻吧。只要是块石头就行了。”

石匠的锤声又在我身后叮叮当当响起来了。那是一种铁石相击的声音，有棱有角的声音，像这个季节一样峭硬。

## 更　夫

我说的是另一个死去的人，他没有碑，因为他没有子孙。

黑夜在追杀着他，雾气像蓝色的梦魇漫漶在小巷深处。我说的是有着发亮街石的巷口，稀疏的排门里泄露出几线灯光，灯光里飞满了细柔的灰尘。这是一更了，更夫准时出现在空旷的巷子里，带着跟小镇同样的麻木和醉意，像一个无家可归的游魂。

五更了，我被尿胀醒，夜壶就在床下，但我怕鬼。隔壁的磨坊在转动了，疲驴在孤单地叫唤，箩柜在撞响了，而这一切都不及湖对岸的榨油声来得悠远凝重：榨木像一个固执的男人，如同命运的单音节，钝沉地榨响在五更深处。那是一种发言。而我想到那些用草绳扎腰的榨工们，他们有着好油水，他们用香麻油泡饭吃，所以令我神往。但更夫的铜锣也在此刻响起了，我害怕他，嘶哑、啰唆、寒意袭人。更夫有一只肥厚的瓮鼻子，那都是酒精害的。他喋喋不休地向人们的梦中告诫着：“水缸挑满哪——，灶门口要扫干净——”然而这个不走运的小镇还是火灾四起。每当大火袭来的时刻（多半在夜间），人们披着衣，打着哆嗦，在各自的门前隔岸观火，更夫的铜锣更是急促地敲打起来，恐怖地战栗在一片红色火光下，持久不散。早晨起来，整个小镇都蒙上了一层黑灰。

他死了。他睡在很厚的干草上，寂然无声，一种非常舒坦的、随遇而安的样子。他的铜锣和几只剥光的死猫死狗挂在一起。

我父亲一手操持了他的葬礼，我父亲当着众人在他油腻而辨不出颜色的遗物中清点着他全部的积蓄，一共是三十多块钱。棺木由铁木合作联社捐送。这三十多块钱，用它买了两挂浏阳鞭炮，余下的扯了差不多四五丈红绸。高贵的、光艳夺目的细软红绸包裹了他的尸体。我看到陈年的汗味、跳蚤和油虱都纷纷从鲜红的绸缎中爬出来，谁也不愿做更夫的殉葬。

入殓、钉棺、放鞭。善良而爱热闹的小镇人都纷纷来观看这个孤老的葬礼，八位义务抬棺的搬运站工人一人腰里吊一双草鞋，草鞋钱是由我父亲出的。

更夫被埋葬在洞庭以北的这块古老洼地上，从此再也听不见那铜锣声了，更夫原来是可有可无的。他忠实地为当地政府服务了二十年，尽职尽责。

我父亲挂上他的那把锁。破絮被收破烂的乌盛卷走了，死猫死狗被银匠邹文斌提去了。我父亲挂上锁之后又回到了他的幽暗的裁缝铺，坐在老式“飞人牌”缝纫机前，干起活儿来。

更夫跟我的父亲一样，是外乡人。他来自上海乡间，他喜欢吃甜粉和咸蛋；他在咸蛋上敲一个孔，用筷头在里面掏，掏出一点儿，喝一口酒，又把咸蛋放下。咸蛋掏空后，壳还是完整的。

这是一个流落到我们小镇的旧军人，跟我的父亲一样。

## 洪水、外乡人和剪子

洪水来临的时候，饿殍遍野。

逃难的人们在土里扒着薯根，发臭的水横流在田陌尽头。墙上、树干上，都有大水漫过的痕迹。

你一个人走在异乡的土地上，初秋的天高朗无言。你揣着一把剪子——活命的根。你占了一门手艺，荒年饿不死手艺人；生了孩子，要穿；死了老人，要穿。生生死死，婚丧嫁娶都离不开它。罗裁缝，你就是一片悲壮的霞色，替这个万恶的人类打扮黎明和傍晚。以你的手艺陪伴他们走完世间的路。你的剪刀剪裁着世态炎凉，人情冷暖。你的针线缝补着岁月的罅痕，让遗憾、秘密、爱与恨，绵绵不断，与天地长存。

你刚才还在那一队困顿的军旅里。兄弟们操着各种口音抱怨说：“娘卖 × 的。总是打着瞌睡行军，要吃的没吃的，天灾人祸，这日子熬不了啦！”你没有说话，你老是想到那个放河南响屁的开封排长踹过你几脚，你放哨的时候就开小差溜啦。你放下枪，拿起了剪子。

罗裁缝，当太阳悠扬地滚上苇尖的时候，你从泥沼中爬起来，吐出一口两年积郁的气，爬上了这片洼地的高坎。

在很远的地方长着一棵小树，树下一匹咴咴长嘶的马。你很自在，向小镇走去。你想，那个放河南响屁的排长再也踢不到你啦，你自由啦，你重操旧业，还怕混不到饭吃！你本来就不想当这个球兵。作为裁缝，靠的是心智；作为兵痞，靠的是狗胆。你这个独子，国民党明说两丁抽一，但抽到你头上，提着脑袋玩命，还要挨打受骂，走遍天下都没有这个理。这下好啦，你两肋生风，步履轻捷，像只游隼飞行在大野之上。

小镇上乱糟糟地挤满了难民，你却分明感到了一股生气。你不向谁乞讨，你后来教我们永远不要向谁乞讨，也不要吃别人的余物。因为你拿着一把裁缝剪子。

在暮色融融的河滩上，一堆老木焕出一种幽幽的磷光，饥饿的人们争相剥着这些暗绿的发光树皮，说只要吃上一片就可保三日不饿。你也剥下一块，不是相信神话，而是好奇。

“唔，树精，真怪呀，这洼子真怪呀。”

你走进一家“箩行”，挑八根系的箩工们一个个伸长了鸡脖睡觉，偎在箩筐里。你抬头看看河下的船，形似铲子，一家一户破烂不堪，却经营着篾货和谷米生意，此刻正炊烟袅袅，“就像我们老家的码头。”你心里说。

你这时候遇见了陈大汉子，这个箩工手大脚大耳朵大，头发硬刺刺地竖在头上像个刺猬。

“做皮袄，对啦，我正想做件皮袄，我打了三只狗子。我把狗肉吃了，狗皮做袄。杂种，我遭过匪，全是你们这些刮民党的零散部队。枪一横，就做匪啦！我跑里甲口弥陀市，我挑一担布匹，就被你们抢啦！枪一横，就抢啦！”

“我、我是裁缝，我、我老家在江西余干县瑞洪镇，我爹叫罗瑞生。我、我十三岁起就学裁缝。”你结结巴巴地亮出你的剪刀说。你尽量把腰弯着，把腿紧夹着。

“剪刀剪径哩，杂种，我看你还老实。”陈大汉子挑起两只箩筐，骂骂咧咧地把你带走了。

你替他硝皮子，你替他做狗皮衣，你把剩下的狗皮做成一顶帽子，让他抵挡这洼地每年冬天刮起的暴风雪。

陈大汉子的老伴儿会一种巫术。她用毛笔蘸上腥臭的烟囱灰墨汁，在不出奶的女人奶头上画，画得像些古人的面具，三日之后奶水便如泉涌。你对这种本地的巫术感到异常亲切。

“这地方真怪啊！”你又说。

你于是做了陈大汉子的女婿，改名换姓。你后来告诉我，陈大汉子是我的外公，巫术女人是我的外婆，而你，便成了我的父亲。

“唔，这是江西剪刀，唔，这是江西剪刀。”外祖父穿着一股臊味的狗毛衣说。

后来我查典籍，才知道文学史上赫赫有名的“公安派”三袁——袁宏道、袁中道、袁宗道，其祖籍也是江西人。

我为此而感到欣慰。父亲，许多人在你之前就已经来到了这异域，一处羁客，两脚尘土，开创了他们封妻荫子的业绩，而你却希望的只是活下来。于是，你活下来了。如今，你走完了命运的路，你留下二男三女。你的一把熟铁剪刀所开创的生活，将永留在你子孙万代的心间。

## 外乡人的定义

外乡人就是不说本地方言的人。

外乡人就是打架没有帮手，发怒让别人感到好笑的人。

外乡人就是处处小心谨慎，不敢高声说话的人。

## 裁缝铺

昏黄的灯光摇曳在裁板上，像一支祭神的佛烛。乌黑的火烙铁里，火屎爆着燃烧的声音。剪刀已经把他右手的有关部位打磨出厚厚的老茧，他抽着烟，把那些布料翻来倒去，一直剪得零零碎碎。但是你只要看到他怎样选择划粉，怎样用划粉在布料上顺着那直尺画出流畅的曲线和直线，你就知道他进入了一种超然物外的创造状态。在寒风怒号的夜晚，他总是这样坐在高凳上，皱着那苦行僧式的眉头，计算着布料的幅宽、长度、缩水性，然后在布料上喷水。他喝一口，喷一口，喝一口，喷一口。他的眼里出现的都是白天在这里量体裁衣的乡下人；那些羞涩的媳妇、胆怯的孩子、邋遢的丈夫。乡下人在裁板面前站得规规矩矩，任裁缝师傅摆弄，一根皮尺能量出所有的尺寸来。问过式样之后他便开单据，吩咐他们几日几时来取衣。乡下人挑着空箩筐，挽着篮子，提着酱油瓶走了，他把他们送走，连连点头，含混不清地说几句乡下人听不懂的江西话，然后把布料按顺序堆放在裁板角上。他用火烙铁烫衣料，有一次裁板上被火烙铁烙出了黑烟，他把一杯茶倒过去。这块有深深烙印的裁板一直跟随着他，直到死去。这块裁板现在成了我家的一扇大门，替他的老伴儿和他的子孙挡御风寒，守护着旧居和记忆。

他和这个裁缝铺都有一张病态的白脸。他和天底下所有的裁缝一样，都有痛苦的痔疮。久坐生痔。

他时常在门边的那块磨石上磨他的剪子和剃刀。剃刀不是刮脸的，是用来裁割皮子的。他蘸着水，细细地磨。更多的时候是在夜晚，他蘸着异乡的月光，细细地磨着他的匠人岁月。他用手试试锋刃，那些成不了大气候的小刀小剪，证明他只能是个苦度时光、聊以自慰的匠人。

他裁累了，从装衣料的篓里寻出个生地瓜来，用剪子削皮，有滋有味地嚼起来。他戴着样板戏里的栾平帽，那种帽子是他自做的，这样看起来，证明他的确做过一个衰亡政府的军人。他笼着袖，在裁板前走来走去，然后搬开机头，给各处上油。再然后，轧轧的机声便响起来了，汇入整个裁缝铺的若干架机声中，为人们赶制寒衣。

鸡叫三遍的时候，大约五更，在更夫的铜锣声中，裁缝们打着哈欠，熄了灯火，各自朝自己的家里走去。寒冷的星星挂在洼地的上空，小镇屋脊的剪影干瘦，风充斥在巷子深处，与沉重的眼皮交织在一起。遇到大雪弥漫的夜晚，裁缝们踩着渐渐增厚的积雪，缩着脑袋去叩家人温暖的沉梦。在最冷的夜晚里，小镇只有裁缝铺灯火辉煌，看着这唯一没有睡意的一隅，大人们围着火盆说：“今年乡下的年成好呀。”小孩们在被窝里想：“快过年啦！”

## 床

父亲，你睡过的床拆啦，我们把它烧掉了，并且写了凭据，让你在阴间收下。你不能再睡到屋里，你落户在我乡下表哥的自留地界上，你躺卧于水塘之阳，面对刈净的稻阪，几朵浮云，数棵野树，高枕无忧了吧？表哥有鱼竿，你自取用，侧身便可垂钓，清水煮鲫，四野风过，无人敢扰，你该自得其乐了吧？

干枯而结实的床架毕毕剥剥地燃烧起来，我为此叩首三遭。睡吧，父亲，这床是你的了。

讨床钱的人还坐床沿上，那时候，他三天两头来，你用四十块钱买下的这张床，还了整整三年。在我们这块只生长洪水蒿蒲的洼地上，最金贵的便是木料，木料的多寡代表着一个家庭贫富的程度。你不得不承认这样一个事实：在我们家里，除了骨头之外，再没有硬朗的东西了。没有木料来支撑家庭的门面，你有什么权利高声喧哗呢？你家徒四壁，两把无背椅，一张钉满木条和钉子的摇摇晃晃的破桌。你的那位篓工岳父是个不积攒财富的酒鬼，新中国成立时成了一贫如洗的土改根子。你的岳父根红苗壮，曾经是一名被人追杀的中共地下党员，在他死后留给你的却只有一间茅屋。屋顶的檩子是些比鸡腿还细的树枝，门窗是分来的浮财，一旦落入你岳父之手，就被跟他一样吃大户的白蚁给蛀空了，所以你家里经常窜进一些一无所获的盗贼、耗子和野狗。

你发誓要种你自己的树，树大成材，你就可以用它来打点儿家具了。你春天买来树苗，杨、柳、椿、楝、柞。你在屋前屋后挖洞。你年年植树，却不见一棵树长大。

我们睡别人的床，我们拥挤在一堆。我们兄弟姐妹走出去穿着你为我们缝制的棉衣棉裤，我们能歌善舞，能画毛主席头像，就是没有自己的床；我们干干净净不挂鼻涕为你争气，就是没有自己的床；我们从不在外惹是生非偷鸡摸狗，就是没有自己的床。

“要还了，要还了，我也等着钱用啰。”讨床钱的人说一口湖南话，我不知道他为什么那么早就坐在我的床沿上，他猥琐的屁股压着我的被角，我不敢动弹，静静地谛听着你的回答。我生怕他会一气之下把床抬走，把我掀出温热的被窝。

“会、会还的，老幺，我说、说话算话。”你说。

后来讨床钱的走了，我上学去了。我回家总是惴惴不安，最想见到的便是那张床。只要床还在，我便会多喊你几声，多喊妈几声，喊得像猪崽的哼哼那么甜。那时候，我九岁，今年我三十三了，是你生下我的那一年的岁数。你死了，你把这张床带走吧。今生今世，我不会让人找我讨床钱的。

已经是一片细白的灰烬了，最结实的木头也会成为朽木，坍塌在冬日的阳光中，一缕青烟飞散。我的林业局的妹夫说：“还是过去的木料牢实。”

我没有听见。火光一直烘烤着我，多暖和呀！火焰的呼吸，火焰的爆裂，像圣哲飘忽的灵感，飞升到茫茫的虚空中。我长久地跪着，像个古老的拜火教徒，不愿起来。

## 一个被拘留过的人

这个人的儿子是邮电所一个穿大头鞋的邮递员，在那辆特制的脱漆自行车上，他驮着邮袋已经蹬了近十年了。这个平和、反应迟钝的邮递员，是我的同学。他经常把一些订户新到的杂志带回家去翻看，看过之后，才迟迟送到订户手里。但是他风里来，雨里去，勤勤恳恳，从来没有丢失过邮件。过年的时候，他会从邮局拿一堆旧报纸，回家糊墙。这些报纸有《人民日报》《解放军报》和《湖北日报》。

这个平和的小伙子可不像他那个胆大包天、因走私逃税而被拘留过的父亲。

我要说的正是他的父亲，我父亲的同行。他姓孝，这个孝裁缝住在临街一个很深的宅院里，宅院后来做了小镇的卫生所，开办了内科、外科、妇产科、中药房和注射室，可见他有一大笔遗产，同样是财富的占有者。他的老婆也是一个大户人家的女儿，生下了邮递员和其他几个孩子，却经常像后娘一样毒打邮递员以及他的弟妹。可以说，邮递员是在他母亲的棍棒下长大成人的。

大户必定是大姓，然而令我奇怪的是，孝裁缝和他妻子的亲戚几乎全在乡下，都是些五大三粗、蛮不讲理的人。

诬告我父亲为纵火犯的，正是这位孝裁缝。多么可鄙呀！我还记得他曾在那个失火的会计的家里窜来窜去的情景，他的老婆长着一张长舌，他的老婆总是喊头疼，却精神很好。这个拘留过的人干得如此放肆，请镇梅书记吃喝，给他做衣不收钱，我不明白，他们为什么要跟你这个无亲无眷的外乡人过不去呢，父亲？

那年裁缝铺会计家失火，后来查明是那个孤老皮袄匠徐树根所为，但他们却偏要怀疑你这个国民党逃兵，因为你是阶级敌人。他们将你和母亲抓起来审问了三天三夜。待外调的材料证明，你是被抓壮丁的，公社的那个梅老虎（书记）才将你们放回了家。你当然不会咽下这口气的，你要找孝裁缝算账。但不到两天，这位孝裁缝竟搬来了他十多位亲戚，多么可笑啊，他带着这些打手般的亲戚直奔我们的茅屋，示威地在我们屋里走了一遭，一个个以鄙夷的神情看着噤若寒蝉的我们。他们是想寻衅打架的。父亲，你有什么能耐，你敢同他们抗衡吗？在晚上，焦急的你同母亲想办法，你让大姐去喊秀婆的丈夫——他们是我外祖母在世时的好友；你让我走几里路去喊我的干爹——一个乡村害有哮喘病的剃头匠。就是这两个与我们亲近些的男人，各拿着手电筒连夜赶到小镇。他们问明情况，抽着你递的烟，只有唉声叹气。父亲，你没有亲人呀，母亲在此地也没有，她是接给陈大汉的养女，她本姓张，她的大哥远在黄石，小哥是个特等残废军人，几块美军的弹片留在颅骨中经常折磨他。我的干爹和秀婆的丈夫，这两门说不上亲戚的亲戚，怎能敌得过孝裁缝的大队人马？那无疑是以卵击石。况且孝裁缝是个被拘留过的人，神通广大，在这个安分守己的洼地小镇里，他的在长沙城里的拘留历史，也成了人们羡慕的标志，谁敢惹他呢？跟铁窗、三两米和手铐打过交道的人，还能怕什么？

你没有办法，父亲，你服帖了，你感受到孤单在外谋生的酸楚。无论你怎样奋斗，在我们这个第二故乡，不会有你的好日子过。一直到后来，你被他们骂到狗血淋头，你在裁缝铺抬不起头来，你也一声不吭。虽然你的技术是那么好。而孝裁缝在他的后半辈子却放下了剪刀，他并不想为他的匠佬职业献身，不想锤炼制作衣裳的精湛技艺，但是他为什么要排斥我的父亲呢？

他后来做了裁缝铺的业务员。他抽好烟，住旅社，穿轻便皮鞋，山南海北地联系到洼地小镇来加工的衣料。他能说会道，后来学会了喝啤酒，肚皮也腆起来了。他手里有上海、杭州、南京、成都和贵阳的公共汽车票和一两及半市斤的粮票，这些花花绿绿的小纸片他经常拿出来，夹在一本硬皮笔记本里。

而我的父亲却还是脸色苍白地坐在他的缝纫机旁，戴着老花镜，含着水朝布料上喷。他整天踩着机子，似乎忘记了他的屈辱和这世界上的纷争。

## 梅老虎

梅老虎就是梅书记。他是一个干部。这个对谁都吃横的人，在我们镇当了至少二十年的书记和镇长。他一手遮天，谁都不敢惹他。他是个文盲。他的那个笔记本上，除画着几个常用汉字外，其他的全是圈圈洞洞、鬼画桃符了。现在想起来有点像小日本的文字。然而那些他以圈圈洞洞代替的汉字，全是他的发明，只有他自己才看得懂。可以说，他是我们这个时代的一个仓颉似的文字发明家。他凶狠，在台上不是恶狠狠地作报告就是指挥人捆人。他亲自审讯过我的父亲，拍桌子打板凳，并扬言要把我父亲吊起来；他们审人采用的是“车轮战”，三天三夜不准你休息。他跟孝裁缝很好，我经常看见他从孝裁缝的家里出来，夹着衣服。那些衣服当然不要工钱了。在我们的小镇，梅书记是个可怕的字眼，人们私下里叫他梅老虎。如果谁家小孩号哭，大人就会吓唬他：“梅老虎来了！”小孩听到这个名字，马上噤声噎泣。这是百分之百的事实，我丝毫都没有夸张。

梅老虎后来调到县城的一个什么单位养老。他衰老的时候没有了一点儿虎威，他胡子拉碴地缩着脖子走在大街上，穿着蓝色的棉大衣，脚下是工厂里的那种大头翻毛皮鞋，也就是个糟老头子而已。后来，他死于一种可怕的病症——脊髓空洞症。

## 我们的土语

父亲，你的后代全部讲这个地方的土语，所以他们自诩是这儿的人。

这个地方的土语深厚，幽默，表现力强。所以有人说它属于与世隔绝的蛮夷话，懂得历史的人称我们为“荆蛮子”。父亲，这儿的艺术中有一种令人喷饭的“说鼓”，说鼓是用俗气的方言边说边鼓的，听了它，你就不再想听北方人油腔滑调的相声。“说鼓”的韵脚多用“波梭”韵，因为幽默风趣的土语全押在这个韵上。你不懂这个，你不想听说鼓。你是如此与我们格格不入啊，父亲！

然而这块洼地的人却认为他们的语言是世界上最好的语言。哪怕我后来读了大学，写朦胧诗、探索小说，我还是不准备去说别扭的国语。天下人听不懂我们的荆蛮话，但我们自得其乐，为了有笑声，我们必须在外面寻找同乡，必须说这种土语。父亲，从你背井离乡的那天起，就没见你笑过，因为你不会说我们的话。在你的那个裁缝铺里，你从来是隔绝了交谈和笑声的，你不能用语言来同人交流，不能用语言来表达你的喜怒哀乐，虽然你的发音器官正常，可你形同哑人啊！我怀疑江西人都是不会笑的人，并且都结结巴巴，这一辈子我无法跟你交谈，形同路人。我在你的遗像前看着你，我就那样看着你，虽然我是你的血亲，我却无法与你交流。跟你，我能用洼地小镇的方言说些什么呢，没有过爽朗笑声的江西父亲！

## 故居——以前的房子

在你死后，我就时常梦见那所房子。房前有一个垃圾坑，旁边有水塘、杨柳和荆篱，房后是两个圆顶粮仓，荒凉的粮仓周围经常游动着鬼火。门没有上锁，蛛网和电线零乱地缠在房梁上，四壁空空，断砖遍地，老鼠扒出一堆堆的浮土。

父亲，那座房子早已不存在了。

那是用你一针一线赚来的钱垒的，谁知道这座简陋的建筑耗费了你多少血汗，谁知道它就是一个裁缝一生的劳动所得。

我们借了不远的一块刈净的水田，冬日沥干，我们赶牛去碾、泼水，然后在这板结的水田中用一种古老的像耜一样的农具划，划成砖形，然后再用土砖砌墙。我们去窑上买烧老的废瓦盖顶，砍杂木做梁，我们用黄泥勾缝，用煤渣倒地坪。谁能知道，一个贫寒的外乡人，竟靠双手，像燕子衔泥一样地做起了一栋土砌瓦盖的两间房子！人们说，这不像房子，他们瞧不起罗裁缝的这个新居，但我们喜欢，我们终于有一个家了，我们结束了租东家、佃西家的流浪日子。在我们的外祖父留给我们的那间草房被卖掉十多年之后，我们总算有了自己的家。

然而，家，我们时时盼着你归来，父亲。

你到乡下去做上工，即上门做工，你天不亮就得起程，晚上摸黑才回来。乡下人做衣贪，一天总希望让你做很多衣服，你必须不停地赶呀，赶呀，免得让人家说你磨洋工。到晚上我们想你，总是到你早晨去的那条路上走很远很远去接你和母亲。黑黢黢的路上一到天黑便断了行人，我们眼巴巴地朝路口望着，偶尔有人走过，我们便怯怯生生地喊“爷爷”（我们这里把爹叫爷爷），我们等着黑影的回答，不是你，我们沮丧，失望；是你回答，我们便跑过去，接过你装剪刀、尺子的提兜，你摸摸我们的头，给我们一些乡下人送的甘蔗、荸荠，让我们分吃。你浑身疲惫地埋怨我们，说不该晚上跑出来。但是我们知道，你喜欢我们来接你，到晚上，你同样想回家，因为你太累了，因为家里有听得懂你的话的人，有我们给你捶背、抠痒、打洗脚水。

父亲，在那些最艰难的日子里，你的剪刀养不活我们，你只好跟一个孤老去学捉乌龟，在这块洼地的湖汊沟坎里，你与孤魂野鬼为伴，你背着竹篓、长钩，你自己缝了个布袋，袋中装着一把手电筒，两个又干又硬的烧饼。你把布袋吊在腰间，你向外走去，那个布袋便在腰间晃荡。你一副寒碜的叫花子模样。父亲，夜半的捉龟人，你踩着蒿草没膝的田埂，睡坟山，喝凉水，一天出去总是五更归来。裁缝的旺季只有三个：端午、中秋、年关，其余的日子你为了养活我们，就是靠捉龟来换钱的，你把龟肉卖了，把龟甲留着晒干，用它来熬成龟胶，加上龟鞭，你暗中把它们卖给县城的采购员和政府官员，壮阳补肾。不知为什么，这些人吃得好，喝得好，不劳而获，却总是肾亏。

门没有闩，我们等待你的归来。我们将油灯捻小放在堂屋的桌上，让你带着寒气和露水回家时，能看到儿女们为你点燃的灯火，为你照亮孤独的归途。

噢，父亲，还记得这个故居吧？不管夜多深，天多黑，你都会辨认得出来，是吗？有什么在你的前面引导着你向它走去，是温暖、亲情，还是咬着牙根咀嚼的岁月记忆？走啊，走，太累太累的时候，我们就要向故居走去——那是自己的家。

从你的坟上回来，我去看它，我沿着你夜夜走过的路，沿着我日日走过的路，走到一片坍塌的瓦砾前。父亲，这就是我们的故居。这儿已改成一道围墙了，圈着一些旧时的记忆，深藏着已逝的温情。医院的一堆堆废药瓶玻璃碴，在阳光下闪烁着斑驳的亮点，土墙已经在风雨的冲刷中成为一道长草的高坎，冬日干枯的草茎在北风里摇曳着，像一首低婉的悼歌，吟唱着劳动者的哀伤，然而在这圣洁的乐曲中，我听出了一个灵魂倔强的声音。我被这无声的哀歌推拥着，有你伴在我的身旁，在瓦砾中刨着那些回忆，你弯下腰去的影子将投在天穹之下，像一道黑色的虹，照在贫贱者的故居上，刻进每一块断瓦中，成为化石，人类活着的见证，在永恒的沉默和期待里——在地下，成为珍宝。

## 灵 牌

这是我现在的家，我母亲五十五岁的家，你的灵牌放在神龛上。三炷高香烘托着它，高香插在米里，为的是让你在另一个世界吃上饱饭。还有一块你生前戴过的表，表壳已经锈迹斑斑。你给我二姐托梦说，你的表没有带走，父亲，我们把它供在你的灵牌下了。时针指在你逝世的时候。那边的日子也不好混吧？你掰着指头算日子，表在这里，父亲，你用吧？只是在忙乱中来不及将它送入炉子。你说在那边想打打牌，你也忘了带走，我们将这副牌烧了，你打牌去吧。这种牌是我们洼地特有的牌，叫花牌，它只流传于公安、石首、松滋、安乡一带。你学会了这种牌，这是你唯一的娱乐。

灵牌就是你的灵位，是死去的人享用的。然而这是你第二次享用了，你在三十年前曾享用过一次。

父亲，还是那次你被怀疑为纵火犯时，外调的人回来告诉你，说你的父亲还健在。镇上的人以为你已死，让他吃了五保。大约是1966年的时候，你赶紧去信给江西老家，探问你老父亲的情况。终于联系上了，你老父亲用颤巍巍的手写来了回信，告诉你，家里的人都以为你早死了，他们早就为你供了灵牌。父亲，你是死过两次的人，现在你在那幽暗的、烟熏火燎的神龛上，在遗像的镜框里看着我们。冬天，雪还没有下。

# 祖父、银鱼和《圣经》

这个孤独的老头，在他的水乡味特浓的江西小镇里，正日夜捧读着一本发黄的《圣经》。

我没有见到过这个孤独的老头。他每天从他那张膏药似的又黏又潮的床上下来，拄着拐杖，到小镇的邮局去，打听有没有他远在湖北的儿子和几个孙子孙女的信。到过节的时候，他会收到一张十元或二十元的汇款单。他把汇款单拿到太阳底下照，好久，他才拿上私章和户口簿，到那个邮局小小的柜台前取款。他捧着那张票子，神经质地点点头，微笑着，他走到一家干鱼行，把这张钱掏出来，买一斤他家乡的特产银鱼，用蛇皮袋装好，回到家里，找来一块白布，又取出针线，用他那双僵硬、枯燥的手，把白布缝成一个小袋，装进银鱼，然后用针线封口，用一杆水笔在上面写下：

湖北省公安縣黃金口縫紉社

羅茂林　兒收

江西省余幹縣瑞洪鎮新居民點羅瑞生寄

那是一些过时的繁体字。每一个字，他都要用那支水笔描画上好几遍，直到字迹很粗为止。我曾经为此写过一首诗《故乡的银鱼》。

……

你是一丝丝白云吗？

轻碰着桨影，

悄然无声。

你擦过船舷，带来早春的渔歌，

濯洗得一张张渔帆这样洁净。

……

这几十行天真而轻浮的文字，发表在江西的《星火》月刊1982年1月号上。但是你无论用什么东西来歌唱它，都是轻浮的。用银鱼来做汤，是我们这块洼地的其他人无法享受到的滋味；除非来了贵客，父亲才会拿出一点儿来，做成佳肴，告诉客人说，这是孩子的公公寄来的。

这个孤独的江西老人只有我的大姐夫见过，他说他八十多岁了，一个人，总是戴着老花镜读那本《圣经》。大姐夫出差路过余干，去看望这位岳祖父。“噢，这是我的大孙女婿呀。”孤独的老人要做饭给他吃，他吃不下去。那是一个多么肮脏的老人的居所。他留下了二十块钱，带回了两斤银鱼，还有一斤针公鱼。

在湖北异乡的儿子去世的前四年，这个老人死了。怎样死的，怎样下葬，湖北的儿孙们无法知晓。只是听有人说，他所有的遗产就是一本《圣经》。

这个虔诚的基督徒我没有见过，他是我的祖父。

## 再说说故居

父亲，我不得不提起那次未能成行的迁移，不知是不幸还是万幸。

你决定出售你像燕子衔起来的那个窝巢——那两间房子。你要卖掉房子之后带着我们回老家。你和妻儿老小一共七口。你那些时日显得很兴奋，你说江西多好呀，老家的亲戚也多，而且一年四季不穿棉袄，不像这块洼地，冬季的卷地风刮得人像冰块，没有过多柴草生火的我们，总是以被窝取暖。你还说，那儿有吃不尽的银鱼和针公鱼。

盖着各级公章的证明寄给了那边的当地政府；你把售房启事贴在街头。那时候，小镇的人都在说：罗裁缝一家要回江西了。

那是什么时候呢？

那时候，你这个纵火嫌疑人吃了闷亏，无处申冤，你求人写状纸，一封封状纸寄给县里、地区、省里和中央，要求严惩诬告者。信，一封封，石沉大海，或者退到公社梅书记手里，无人来替你平反。

那时候，你全家被下放，你们住在卫东大队的一个仓库里。你依然做裁缝，你的儿女们买来农具种地。你还记得你跟你的儿子坐在高高的牛车上下乡的情景吧？你的儿子背着一口乌黑的、换过底的铝锅，你们去乡下的第一顿饭是用半湿的竹根煮的，你的儿子跪着吹火，那时，他才十三岁。那个吹火的少年就是我。

那时候，命运也真够捉弄人，那个邮递员的父亲孝裁缝，那个诬告你的家伙，曾嫉妒你手艺的人，全家也被下放了，跟你下放在同一个大队。他竭力想与你和好，同是天涯沦落人嘛。然而你这个犟裁缝，那被污辱和遭受伤害的心灵无法愈合。你看清了这块洼地的人情冷暖，世态炎凉，你没什么可留恋的了。你如今看着这些因无钱读书而休学的儿女，看着他（她）们单薄的身子挑着沉重的稻禾，在水田中爬上爬下，你决定回到老家去。

镇上的两间房子空着了，租给了一个大学分配来此地的北方医生。

故居啊，第一次冷落一晃就是七年。在七年下放的日子里，你没命地给农民做衣服，以工换工。别人穿着你做的衣服，然后帮你挑谷打米，进城拖粪，码垛犁田。

你每次上街来，呆呆地看着冷落了的小镇的房屋，你围着它走了一圈又一圈，摸摸屋后那两棵被虫蛀空的柳树。天色放晚的时候，你挑着扁担回乡下去了。哪儿才是你的家呢？你每一步都踩在虚处。那时候，你决定回江西去算了。

几个有此意思的买房人看过你的屋之后，问价，摇头。他们用手推推墙，拍打沾满手的灰土，又一个个走了。这房子几年没有维修啦，大学毕业的医生也搬走了，一把生锈的弹子锁守护着往昔的记忆。

房子没有卖出去，后来，我们全家又返回了小镇，几年下放的生活折腾得我们一贫如洗。从乡下带回来的只有一辆手推车、两个箩筐和一个簸箕，你又重新回到了你的缝纫社，你元气大伤，不再提回老家的事了，你修整了一下你的房屋，又开始了七年前的生活。那时候，你老多了，你的儿女们差不多已经成人，开始各自寻找自己低微的职业，混口饭吃。这个家啊，每到春节的时候，屋里多了几个陌生的女性或男性——这些人，后来成了你的女婿和媳妇，你的那张落漆的桌子上，有了一些瓶装酒、塑料纸封装的点心，这是儿女们孝敬你的。

又过了几年，这座房屋里有了摇摇摆摆走路的小孩，那是你的外孙和孙儿。

我们都有了自己的家，我们都在为生计而奔忙，江西，我们差不多都忘记它了。我们一点儿印象都没有。

你这个故居的主人和创造者，晃着满头花白的银发，抱着孙儿，坐在太阳下看春景。瓦松长了起来，这些耐旱的绿色植物，在屋脊上摇曳着，使小镇显得更黯淡、古老。

## 衰落的铺子

你没有见过我父亲的裁缝铺。在乱糟糟的河堤下，在小镇那块唯一的高地上，极苍凉无言地矗立着。暗红的门楣上用很幼稚而又自矜的黑漆写着铺名，尘幡一直吊在檐下，空荡荡的铺子里一览无余。它衰落的征兆在它建造之初就已显露出来了。薄砖墙正在慢慢地倾斜，人们不得不用许多铁铆钉和竹筒来加固它，墙里的填土也在悄悄地往下掉，就像一个老人身上的皮糠一样。具体地说，它的衰落是在1982年。这一年，瘸腿的铺子主任到县城学电机修理去了，他认为修理比一针一线给别人缝衣强；另外两个能干的师傅也远走高飞了，离开这个闭塞的洼地小镇，一去不返。后来，铺子雇请了一个乡下的复员军人做业务员，跟随孝裁缝山南海北地联系来料加工业务。当这个业务员能独当一面之后，他携着铺子里借贷来的两万元巨款，无影无踪。至今没有音讯，有人传说他已经越境，到了香港地区。

银行来封了铺子，清点财产，这些干了一辈子裁缝的匠人们，一个个脸上露出哀伤的神色，收拾着自己的剪刀、皮尺和缝纫机，含着老泪离开了它。他们从后门走出去，挽着那种沾满机油的裁缝提篮，勾着腰，互相道别之后向各自的家里走去。门被关上了，骤然间听到了一阵急雨似的麻雀叫声。空旷的铺子做了银行的抵押。

父亲，从此以后，你成了一个没地方领取退休金的老人。你衰老了。后来，你来到了县城你儿女们工作的地方，独自租了一间蓄洪屋，把你的缝纫摊摆在街头，在一家副食商店避风的墙后面，穿着臃肿的衣裳（怕街口的风啊），支起一块小裁板，踩着那辆黯然神伤，嘎嘎作响的老式“飞人牌”机子，专门承接老人的皮袄和小孩的衣服。你的手僵硬，眼力不如从前，做出的衣物总是出现这样那样的小毛病，让那些陌生的顾客数落。你分辩着，解释着，但是别人听不懂你的话。等你明白你再也不能上机了，你才听了儿女们的劝阻，从此放下你的剪刀和皮尺，永远告别了你的手艺，告别了你一生的裁缝生涯。那辆缝纫机生锈了，你也不再去擦它。我们说把它当废铁卖了，你又坚决不肯。我们想，就让它留着吧，你能看到它，或许是个安慰，它毕竟耗去了你几十年的生命，毕竟靠它喂养了两辈人。

那个裁缝铺呢？卖掉之后，除去还银行的贷款，落到你的名下，是四百八十元钱。四百八十元钱，只是一笔账，没有活钱支付。我那在广西前线当兵的弟弟，回来给你奔丧，才找到了理由去小镇领取这笔款子。你为这个裁缝铺干了三十多年，你听了党的话走合作社的道路，到头来，这四百八十元的欠款，还不能为你办一个简朴的丧事。一个老裁缝，一辈子，就是这四百八十元钱。

裁缝铺，你现在的主人是谁呢？

## 钓鱼的人

这个钓鱼的人坐在塘边，独对清风大野。他的洋铁罐里是一些鲜红的蚯蚓，他以鹅毛做浮标，酒米做诱饵。这个钓鱼的人戴一顶被雨水渍黑的草帽，抽着烟，静静地等待鱼儿上钩。

这个钓鱼的人不必要说话，除了咳嗽几声外，显得悠闲极了。他的鱼竿就是竹竿，用煤油烟熏出的竹节好看极了。他坐在草上，蚂蚁爬上他的趾头。

他最喜欢钓的是那藏于水塘深藻中的黄壳鲫鱼，又嫩又鲜，像他家乡鄱阳湖的鱼味。当那些女孩般的鲫鱼小心咬钩时，红色的浮标沉浮不定，他的心里就会感到激动。他忘情于世外，碧绿的水草时时入梦。他怎么总是喜欢那些野鱼游动的水域呢？而且，他为什么总是喜欢独自一人外出垂钓？

父亲，你这辈子最大的享受就是钓鱼，并且总是在祖父寄来银鱼的时候，你总是要去钓一次两次。你老了，还是去钓鱼。那个小镇周围的水塘和沟汊都成为承包的家鱼塘啦，不能养鱼的也成为一汪臭水了。可你还是去钓。臭水坑没鱼，你走很远很远的路去钓，一天走上几十里。你到我表哥的村子里去钓，他离你四十里，来回八十里地，可你不在乎。你那双瘦腿，为了钓鱼而挪动。

你就葬在你钓过鱼的水塘边，这是我表哥的水塘，你可以日日夜夜地钓了，边钓边想你谁也不知道的心事。表哥已经给你削砍了一根好竿子，他知道你这一生没有什么爱好，除了钓鱼。

父亲，没有谁来打扰你。独来独往的父亲啊，钓吧、钓吧，钓这没有敌意的，同你一样无言的山水吧。

你生前的那根鱼竿我保留了，当我想你的时候，当我老了的时候，当我觉得这世界太吵闹的时候，当我看透了这世界却又无能为力的时候，我就去钓鱼，像你一样。因为我是你的儿子。

那根留有你手温的鱼竿，那根执着的鱼竿，在无声的哀伤中闪射着釉黄的光泽。线上的渔坠是牙膏皮，钩挂在尾部，它伴随着你，在你的攥握下默默传导了你的心事。这是你唯一留给我的遗物，它就放在我的写字桌边，在墙角里，绷紧着一线阴影。

可是父亲，告诉我，你钓去了你心中的忧伤吗？

## 河道和地名

在那个小小的堤垸里，黄金口，你是那样的安静和猥琐。我实在想象不出你为什么有如此富贵的名字。那些喜欢在潮湿的洼地滋生的草木你都有。

一些矮小纤细的水杉，排列在水边，野竹在堤边的坟地上东一丛、西一丛；通红的蓼梗像一只只冻僵了的老人的指头；太阳针开得满地都是。

我说，黄金口，我始终忘不了你深夜的油滓，这情景使人想起某个电影，是那么凝重，像铅灰的天穹一样。在武汉，一个地道的黄金口籍学者泪花闪闪地对我回忆说："过去的河堤街又长又宽，好热闹，靠西边的一排铺面全是吊脚楼，老板们打开后门，就可用吊桶打虎渡河的水。现在怕都没有了吧？"我说："是的。""还有，"他继续回忆说，"我记得河堤街最东头有一家姓邹的酱园铺，两分钱买一块酱黄瓜，脆嘣嘣，油津津的。我还吃猪油锅盔。不过我记得最清楚的，是每天早晨到屠宰坊吃猪脑髓。杀猪的同我父亲关系很好。杀猪的把猪头剖开两半，要我挖着吃，一个猪头剖开了有两个洞，我每天早晨吃四个，证明黄金口每天要卖两头猪。或许不止一个屠宰坊呢。"他还说，"过去黄金口接戏班子都是在堤边搭台。黄金口的民间娱乐，最受欢迎的是'地花鼓'，有点像湖南花鼓戏，但是调子更妖媚，就是说，很有一点儿浪。"

这位学者讲述这些的时候，眼光是深邃而迷茫的。他把手插在口袋里，他的智慧的下巴埋在那条米黄色的围巾中。我看着他静静地回忆，像故乡冬日的那些树，我的心里温和而又忧伤。

黄金口，你这个小小的镇子曾出现过那么多留洋学生、旧军官和作家，以及搞汉字书法的人，真使人不能理解。他们现在分布在北京、武汉、长沙、香港地区和台湾地区。他们几乎都在讲述着那一条河和那个富贵的地名，百感交集。

传说三国的时候，刘备转战荆楚，一日来到这地方，夫人遭雨淋，三天三夜不言不语，水米不沾。第三天的深夜，夫人突然对刘备说："将军，给我炖点儿莲子汤吧。"刘备喜得大叫起来："娘娘开了黄金口，娘娘开了黄金口！"说这个故事的是我的外祖母，她的坟已经坍陷了。她长眠在小镇的郊野，她应该是幸福的，她日日看着小镇的沧桑，一句话也不说，像历史一样。只是我们，我们这些被各种观念所折磨的活人，才对你的一切感慨万端，充满兴致，黄金口！在被河水冲刷和崩圮的河边，我看着那些碎裂的瓦砾、青黑色的砖墙基、暗绿的铜钱。我想着我的小时候。那些从益阳来的柿子船，从巫山来的李子船。还有四川的舵笼子，湖南的铲子；桅丛像一些箭竹排列在夕阳下，河滩上堆满了篾席、蒲包和榨菜坛子，堤边是望不到边的木筒堆。现在，每年的洪汛带着长江上游的泥沙，淤积着这条水道。河床已经高过堤垸内的洼地了，小镇龟缩在垸子深处，河水和帆影从他们头顶流过，人们的表情看上去像一些打着新时代包装的古玩。

你现在的街道上新起了一些楼房，全部是用水泥建造的，缺乏装潢和造型的美感。一些临时凑起来的小商号里，堆满了零乱的日用商品。一家温州人开的发廊，里面贴满了男女发型的画片，温州来的人用各种颜色的化学药剂在当地人头上弄出一些奇形怪状的样式，收很高的价钱。但是那个老剃头铺还是生意兴隆，机关干部和农民们还是喜欢二十世纪五十年代的发式。在这个剃头铺里可以刮脸和挖耳屎，温州来的人却不兴这个。但是，黄金口，你的茶馆里的人已经口齿不清了，供销社的窗户又小又窄，钉着防盗的窗网。到处是一些灰黄色的排泄物和垃圾。在河滩上，候船室一点儿也没改变，几排柳木椅晾晒着婴儿的尿片和腊肉，开往沙市的小火轮停班了，每到冬季，河道干涸，露出一个个龟背似的沙渚，几条鹭鸶船泊在雪滩边，成为寂寞的景色之一。207 国道从你的旁边经过，汽车站开始变得繁忙起来。小小的售票窗总是挤满了生意人和小偷。每天三班从县城开来的汽车，远不能满足人们的需要。一些穿萝卜裤的年轻人不习惯先买票后上车，爱从车窗里爬进爬出，用一双沾满泥巴的皮鞋擦过人们的头顶。车站的摊贩普遍使用八两的老秤兜售南方鲜果。黄金口，你已由公社的所在地变成了一个小小的乡政府所在地，你高层的领导权职越来越小，他们不再组织召开群众大会，做形势报告和单位会演了，而是见天陪着从上面来的各方面领导去个体餐馆没完没了地吃饭。黄金口，你没有特产，从古到今没有。可是黄金口，我这个外乡人的后代，为什么总是把你当作自己的家？为什么总让我梦绕情牵？在这里，我没有亲人了。这里的亲人已长眠地下，只接受我一炷香、一把纸钱。可是，就是这些熟悉而又陌生的景色，这些似曾相识的面容，为什么使我心潮激荡？

黄金口，我看着你，从亡父的坟上回来，我一个人推着自行车，在荒凉的大堤上看着你，我无言。我想这些年，在外面，其实是一匹东游西撞的、无家可归的野狗。我想起那些街头沾满了煤灰的、睁着冷漠的眼神走路的狗。

只有你，黄金口，最亲切的称谓，稀疏的杉林，废弃的河道，大堤和一汪烟梦似的水泽,物是人非。让我跪下来吧。我想起电视中那些从台湾归来的老兵，松弛的眼泡里蓄满了不轻易出现的泪水。父亲啊，我想起你同样是沦落异乡，你就是在我的这种心境下度过了你的一生吗？我看不出。我一点儿也看不出，正像别人看不出我来一样。父亲啊,无论怎样,这么活着,都是沉重而有味道的，它至少知道了什么叫深深的眷念。

## 祖父的小镇

你没有向我们描述过它，你似乎早已忘掉了那个地方，你把什么都埋在心里。

那儿究竟是一个什么地方呢，祖父的小镇。而我的大姐夫是这样说的：那个水埠跟浙江一带的无二。那儿家家都用竹签扎刷把，每家门前都摆个刷把摊。那儿肯定长着许多竹子。那儿有一个纽扣厂，纽扣是用蚌贝的壳做的，不是塑料纽扣。那儿穷。

## 断　指

“把米筛收起来吧，把它放到阁楼上去吧。”我的母亲对我说。

米筛的圈已经散了篾，米筛晒过苕干、麦麸和干鱼，就是那种从篾缝散发出来的米糠气味，使我想到我们是怎么长大的。

在光线黯淡的阁楼上，我独对米筛。老鼠在某个角落里啮啃着。我想起了你，父亲。我仿佛看见了你在房屋前临风筛着，簸着。这个老裁缝，用他那双裁衣裳的手端着它，把米和秕糠分离出来。

“罗师傅，打米去呀？”那些人向你打着招呼。

你歪着肩膀，挑着几十斤谷子，到镇郊的打米加工厂去。镇上的人明显地对你有一种鄙屑的神情，你这个被下放了还滞留在镇上的乡下人，明显地过着一种乡巴佬的生活。你没有粮票，你挑着队上分来的谷子，自己去打。

父亲，你那时五十二岁吧？一个裁缝可是正当壮年啊。那是一个寒心的日子，你挑着谷去老远的加工厂，不一会儿就传来了消息，说你的手让机器给轧了。那时候，有消息说我们全家就要结束下放的苦刑了，你就要回镇来重操你的旧业，而就在这时你的手却轧了，并且恰恰是右手。一个裁缝的手该是多么重要！手艺人，手艺人，靠的就是一双手吃饭。孝裁缝和你的同行早就巴不得你断筋残手，你现在终于被轧了，被那种乡村打米的机器。我赶去时，你正坐在镇卫生所的换药室里，你浑身是血，举着那只血肉模糊的手，麻木而惶恐地望着医生和看热闹的人。你的手已经没有知觉，不晓得疼痛。有好心的人马上给县人民医院打长途电话叫救护车。母亲这时也赶来了，一见此景，马上昏倒过去，我们把她抬到一张桌子上，医生赶紧打针抢救。多凄惶，医生为你清洗伤口，在那些翻开的皮肉里摘出一粒粒谷子，为你缝了三十六针，四个指头都断了，这也真是奇迹啊，医生们仅仅把皮肉缝合了，当县城的救护车开来时，你抚着已经包扎好的右手，死活不肯去县医院，坐车要钱，住院更要钱。你不去，医生也没办法，可是开来的救护车要钱，七块，但我们拿不出来，镇卫生所的医生帮我们求情，说这家人全家下放了，拿不出分文的活钱来，只有等到年关分配。到后来，这七块钱的车费总算免了。

骨头总算慢慢地长拢了，伤口也愈合了，你的右手却有两个指头再也不能活动，像两截木桩。等你回到镇上的那个裁缝铺时，你的右手已经半残，你想方设法地锻炼着用它去握针、握剪，却永远不及从前了。七年的下放生活，留给你的就是这半残的纪念。

父亲，在你的骨灰中我曾寻过那几截愈合的指骨，想看看究竟是什么模样。我没有找到，那个殡仪馆的老头把我粗暴地推开了，他不明白我为什么要在骨灰里寻找。他永远也不会知道。

机器，冰冷的机器，绞杀着我们的生活。在所有农用机器中，我憎恨碾米机，正像我憎恨那个残酷的时代一样。父亲呀，我始终不明白，为什么到你这一辈，能吃上一口饭是那么艰难？

# 关于加工厂

这个吞噬你的皮肉、碾断你手指的地方，一直闹鬼。加工厂坐落在镇郊的坟岗上，在没有米打棉花轧的日子里，只有一个老头守着那些空旷的、覆满糠灰和雀屎的大屋。他们说，鬼经常在里面扒算盘。

那儿有很多皮带和机器，安在坑道里，磨损的轴杆沾满了锈机油。一些笨重的齿轮搁在坡上，守厂的老头总是在煮着饭喝酒。我跟你们讲起加工厂来的时候，几乎没有人不知道它的，因为这个小镇的居民在当时有一半的人被赶到乡下去，他们必须到加工厂来打谷。那个笨重的柴油机的循环水是由两只大缸来完成的，一旦机器开动，缸里便热气腾腾。等到机器停了，机工师傅便脱得精赤条条，跳到缸里去洗澡。这个没有安全设备的加工厂，一度成了我们小镇的中心。父亲，当你的手轧了之后，我们去找过那个加工厂的厂长，然而他说：他并不负责。他说没有任何文件规定我们赔偿损失，很多在这儿轧断了胳膊的人都是自认倒霉。厂长说过之后就落锁回乡下去了。我们只好暗自庆幸父亲你保住了那只手，虽然形同朽木，却总还有一只手。

鬼巫似的加工厂坐落在镇郊，每当清明的时候，我看见许多人打那里经过，人们把那条大路踏成烂泥，仿佛全都是到加工厂去祭奠自己的先祖。钢铁世界，像一些久久遗弃的巨兽的骸骨。

几乎有一半的时间，加工厂都要关门修理。这个无声的角落，总是獾鼠成群。唔，什么时候，人们才能把那些老掉牙的机器搬走？像一个恐怖的象征，加工厂，你那钢铁摩擦的声响，就像墓地的丧钟，刺耳、无聊而古怪，充满了装腔作势的恫吓，像个无赖，在郊野回荡。

# 河 堤

我前面说过，我站在河堤上回首往事。这座故乡的河堤，低矮而荒凉。在我们那个洼地，河堤蜿蜒是常见的景象。

冬日的河堤草茎都已经枯黄了，风刮着堤坡，发出呼啦呼啦的声响。堤下的防浪林是一些爱生虫的柳枝，几乎每年都要砍去枝条，因此长得奇形怪状。偶尔过往的船只激起一点浪花，拍打着堤脚，不一会儿又归于平静。低矮的植物在河堤上竞相生长，每到夏天的时候，一些并不好看的红花和蓝花便从草丛里钻出来，稍微粗壮的草类是野茅草和桔梗，在毒辣的、一览无余的烈日下散发出一股中药的气味，清香宜人。马鞭梢左冲右突盘亘着，阻挡了水土的流失。每到雨后，地茧皮便泛出来，小孩们到处铲着这种菌类植物，拿回家去当菜肴。

挽着菜篮的老人，你拿着一把铲刀，你经常出现在这河堤上。你寻找车前草。你把它连蔸铲起来，磕掉上面的土，你寻上一篮，提回家去，用清水洗净，然后在太阳下晒干。你为了治好自己的病，经常去寻这些草根来，用它煎汤喝。这是一个老中医告诉你的药方，不要钱的。于是，你虔诚地来到河堤上，寻找着这些被人踩、被兽踏的不值分文的野草。

车前草——轮下生长的植物，越辗越茂盛，它究竟能否治好你的高血压？可是你相信，你舍不得花钱，你没有钱花，你不是干部，不吃公费医疗，这就是你为什么相信一把枯草治病的原因。

父亲，我看见你拿着铲刀在河堤上寻着，那野风横吹，天空蔚蓝，衰草萋萋。你告诉我，你的血压降多啦，你还把这味草药介绍给你同病相怜的人，似乎的确有什么功效。但是父亲啊，我知道，一把草根决不会带给你什么奇迹。看着你消瘦而衰老的身影，我心里清楚，什么也救不了你了。

那些野雏菊、姜窝苣和总是在夕阳里弹动的蚱蜢，就在你的身旁，父亲。自然的气息蔓延在这个河堤上，我想起无数个岁月走在这荒堤古道上的人，襟摆被风吹起，堤下河水东流，衰草们迎送过他们心事满腹的身影，他们悄悄地去了就再也没有回来，成为这儿的一种景色，一种优雅而寂寞的古代诗意，成为我们缅怀时光的一种温馨的寄托。多么的渺茫，父亲，你也去了，又将有一度的车前草绿了，谁还再来理它？你带着那微弱的希望流连在河堤上，你再也不会出现了。河堤依然蜿蜒，芳草连天。

## 一百五十元钱

你把这一百五十元钱偷偷地存在你三女的手里，我们谁也不知道。而且，这一百五十元钱你是怎么积攒的呢？通常，我们赡养你们二老的钱，都是交给母亲的，你从来不管钱，你一点一滴在攒积，你对三女说：“替我存着，我想明年回趟江西老家，这钱是路费。”你如今儿孙满堂了，却念念不忘想回一趟老家。我们大都不知道你有这个心事。因为你从来不说。

现在，你已无法成行了，你去了另一个世界，故乡在遥远的天际，对于你，已永无归期。

赣中的旧军人，老裁缝，你死不瞑目。你死不瞑目吧，父亲。你老远地来，却不能回去，你所有的羁绊在哪里呢？

我们曾想过，把你的骨灰送回江西去，葬在你的故土，葬在你父亲的坟旁。但是，你那儿已没有亲人，清明谁来培土，除夕谁来上灯？

一百五十元钱，你攒的，我们为你用下了，我们买来纸钱化给了你，上百万元的冥府纸钱，够了回家的路费吧？你回去，你的魂灵回去，看一眼你的老家，路途迢迢，跋山涉水，你肯定是会打点行装回去的，你归心似箭。

哦，你，一个游子的亡魂，形只影单，跪磕在你父亲的坟前，你们——父子两个，在同一个寒冷的世界里，叙说分离了四十年的心里话吧。

# 大　寒

这是立碑的日子。我们把碑放在你的坟前，基座用水泥结结实实地浇好。

沉重的石碑从我的肩上卸下来，就像卸掉了一份心事。乡下的人推算着石碑上你的生卒年月，说六十多岁，太短了一点儿。你也告诉过我们，说你的祖父——我们的曾祖父活了九十多岁，你父亲——我们的祖父也活了八十多岁。是啊，太短了一点儿，你至少还可以再活上十年，然而，安息吧，父亲，你的确死了，死去的人永远不会再活过来，这块碑已经证实你长眠在地下。

大寒是立碑的日子。我走在这古老洼地的乡野，看到又有许多碑立了起来，许多了却尘缘的人，把他们的名字留在石头上，荒草会渐渐地遮没它们。

春天快来了吧。

# 承　受

## 一

领水员王七决定将儿子送到派出所去。他不能忍受儿子成天对他的威逼。他是个失业者，单位垮了，每月领取一百元的生活费，靠卖点牙签和钥匙扣聊以度日。可儿子王京却要他拿出两千元来同人合伙做生意去。“我没有钱。”他对儿子说。“没有钱把你的房子卖了给我。”儿子说。“房子是公房，房管所的，你想怎么卖怎么卖去。”他说。他每月还得交二十七块五角钱的房租，不可能把国家的房子卖了。在被儿子逼得没有办法的情况下，他就想让派出所把儿子逮去。罪状是现成的，他可以历数儿子的桩桩件件。不久前他骑回了一辆山地车，怪模怪样的，肯定是偷的；他妈在一所纺织专科学校门口看车，说不定他与那个女人合伙作案。他还与坏女孩睡过觉，曾用啤酒瓶把一个蹬三轮车的乡下人头砸破，让人缝了十五针。领水员王七从灰尘弥漫的大街上卖牙签回来，发现他的酒不见了。这已经是常事，他的酒无论藏在什么地方，儿子都能找得出来。他看到儿子那一双杀人一样充血的眼睛，酒已经跑到他的眼里去了。领水员王七放好牙签和钥匙扣架子，用冷水抹了一把脸上的灰垢，他满脸水珠子迎向坐在用板壁隔开的客厅旮旯里朝他鼓起眼睛的儿子，儿子木着表情准备承受他的发怒。当一跨入客厅他就感到想发怒的不是他而是儿子。“我要钱。”儿子的酒精发作了。现在，空着肚子（那里面虚枵着一肚子的火气）的领水员王七想挑起儿子的那根筋来，他说：“你去偷嘛，你再去你妈的车棚里偷一辆车来嘛。”这句话要担很大的风险，因为仅仅是猜测。儿子果然炸了，他看到儿子在维护自己的生母上面是不顾一切的，像一匹恶狗看守一户人家。“不许你说我妈。”儿子警告他。他的手指已经掸向领水员王七滚着水珠的脸上来了。儿子的牙齿是咬着的，露出铁一样的冰冷。王七只好下楼去巷口的小摊上找酒喝。他喝了二两小黄鹤楼，就那么睁着泪汪汪的眼睛在外面瞎窜。

后来，他经过派出所的时候就走了进去。派出所老是那么一副傲里傲气的样子。他看见了一个熟悉的民警，这个民警查过他们的户口，也在街上掀过他们的地摊。他对这个表情漠然公事公办的民警说：“你们把我那儿子抓进来吧。”民警说：“我凭什么抓你儿子呢？我无缘无故地抓人，不怕我的饭碗丢掉？”他说：“你们把他抓进来。我放心不下，他总有一天要在家里把我干掉的。”民警露出了难得的笑容，一笑就显出了他们的可亲可爱。民警把王七推出了办公室，在他水手出身的肩膀上拍了一下，最后说：“喝点儿茶醒醒酒。”

王七现在想的就是只有靠儿子犯事了，儿子最好是参与吸毒贩毒，拐卖妇女，这样抓去就可以枪毙，省得出来了还是牵连他，折磨他。他盼儿子犯罪，犯大罪、死罪。

为了躲避儿子的威逼，王七见天变换他摆摊的地方。他长期腹泻，摆摊的地点得找准有厕所的地方。中午吃一份盒饭。还得时常跟城管人员打游击。这天，他在江汉路的一座天桥上还是被儿子撞上了。

“把钱给我。”儿子说。

“我没钱，你把我的皮剐了。”他说。他抱着患有关节炎的双腿，埋着头，用后脑勺儿对着在外游尸舞荡的儿子。

“你要我走死路啊。”儿子说。

围观的人很多，大家纷纷质问他的儿子：“为啥找这老头要钱。”

“我是他儿子。”儿子王京说。

“他不是我儿子，他哪是我儿子啊！”王七说。

后来他的儿子大骂了几声，把他摊上的两包牙签踩散了，踢到天桥下去，牙签雨一般地落满一些汽车的顶盖，然后儿子扬长而去。

王七捡着那些散失的牙签，在许多人默默地投注下流下了眼泪，口里喃喃地说："他哪是我儿子啊。"

二十年前，王七迷上了一位寡妇，每当上岸，他把辛苦赚来的钱就投给了那位女仓库保管员，在堆放着蛏干、墨鱼和榨菜的十七码头仓库里，他忘记了王京母子，后来他抛弃了自己的妻子，王京判给了他。原以为寡妇会同他结婚的，有一次他从船上回来，寡妇连个招呼也没打就远嫁南京了，使他人财两空。王京从小就穿梭于生父与生母的两地，深深受他母亲的影响，对抛弃妻儿的父亲怀有仇恨，每当要生活费的时候都是恶狠狠地让王七不是滋味。王七深深后悔于二十年前的那次迷失，对儿子百依百顺，以求赎回自己的罪孽，但是儿子并不领情。每次儿子要钱的时候都是说"王七，给钱"四个字，这四个字像一把铁锚上的四只爪，深深地抓着他的心，抓得他一次次流血。

儿子大了，是得给他留笔钱了。领水员王七看着越来越强壮的儿子这么想。儿子长得越来越像他，那耳朵、那短粗的中指和那说话先吭喉咙的习惯。他想做父亲的不能给儿子一笔钱是多么无能。

这天，他去过去的单位领取生活费，在经过航管站的时候碰见了老杨。老杨过去与他是一条船上的，大管轮，现在成了吃穿不愁的国家干部，正在他那把藤椅上耸着身子。看到老杨向他招手，就走了进去。

老杨拿着一本手册翻看上面登记的船舶，对王七说："怎么混哪？"

王七说："卖牙签。"

老杨说："有个船正好要个领水，你去不去？五百块钱一个月，供吃供喝。"

王七有些傻眼了，他已经好久没有听到这么高兴的事了，他不敢相信这话是真的，浑身松弛的筋骨突然绷紧起来。

"我去。"他说。

"先不要说去，明天早上去船上谈。船是四川的船，不太好，伙计，吃水浅，好像舵干有点偏，是个个体户承包的。"

“管他是谁的船，我去。”他说。

“领水是次要的，他们是外地的船，怕到汉口挨宰，就……”

“嗯，我知道，他们想雇用个联络员。”

“这钱是他们变法子送给我的。”

“老杨，每月我给你分一半。”

“哈哈，”老杨笑着说，“王七，我不要，不敢要。我只是想，你是多么好的领水员啊，你不能老是卖牙签吧。这世道太不公平了。”

领水员王七离开老杨，他真是兴奋，兴奋极了，他看人、看街、看装饰得像婊子一样的一些娱乐场所，今天怎么看怎么顺眼，没有了往日灰蒙蒙、乱哄哄的感觉。

他回去就打水找肥皂刮胡子，他好久没有刮胡子了，满脸的毛楂儿像个捡破烂的老头。他对着儿子经常用的小镜子看着渐渐变干净的脸，刮出青皮的地方又出现了往日一个领水员的自信和聪明。他从柜子里翻出一套领水员的衣服，旧的，发皱。他把它穿在身上。后来又脱了叠好，放在枕头下，睡觉的时候把它压平整些。

儿子踢打着门回到家里，他就对儿子说："明天我要上船了。"这话说早了一点儿，但是他看到了儿子始终向他垮下的脸在慢慢收缩，嘴唇动了动。他在儿子所希望的路上奋力奔着。

他躺在被窝里，想，能工作是多么好的事啊！他想，我一定要为儿子挣一笔钱。我就是给他挣二十万元，他也不会给我笑脸的，可儿子还是儿子。

## 二

浮吊还在晨雾里高昂着头，船坞上到处都是泛出铁锈的露水。长桥般的卷扬机越过沙堆，搁在寂静里。领水员王七踩着那些渗出积水的粗沙，他按照老杨的吩咐往栈桥上走去，那儿停泊着两艘拖轮和几只驳船。看到那些船，无论陌生的也好，熟悉的也好，都给他一股亲切感。堆放着各种缆绳、锚链和绞车的船头、简易的桌子椅子、帆布顶篷、用铁链绑着的废轮胎、船尾吊水的桶，都带着一股船工生活的气息扑面而来。舷边漂浮着一些汽油和废弃的塑料泡沫，几只黑喙的江鸥在船尾忽上忽下地觅食。

王七从被船撞得瘪七歪八的趸船缆柱上跳进一条拖轮里，他发现这是一条岳阳港的船，而不是四川的船。船上的人告诉王七，他要找的四川船昨夜凌晨三点卸完沙就走了，去抬船路煤码头装煤去了。

“说好了的。”他说。

“这儿的停泊费太贵，哪个都不敢多待一个小时。”船上的人说。

“那压船呢？”他问。

“谁的船压了该谁倒霉，”那个人指着后面几艘驳船上的沙山说，“都压了两天，请吃、买烟的钱都花了一两千了。”

“也是个人承包吧？”

“不是个人承包他们就不会压了。”

“你们有油水。”

“一屁股债。”

“你们不要说是个人承包。”

“他们早就知道了。”

王七沿着跳板往下走，他的步子有点沉重，悒郁的心情重又回来了。他踩着咯吱作响的沙砾，爬上岸，回过头看着那些与他没有任何关系的拖轮、驳船的侧影。回家去吗？那会受到儿子的耻笑。他决定干脆乘车去抬船路找那个四川的船队。

好久都没有这么乘车、倒车了。倒了三次车，花了两个多小时才一头灰一头汗地来到抬船路。上了荒堤，那里离煤码头还有四里地。肚腹一阵儿坠意，他忙跑下堤坡到一个树林子里蹲了一会儿，提起裤子又上堤往江边走。这已经是乡野了，满眼的黄花绿草美三月，领水员王七心境又有了些船工的闲适与满足，人是很容易满足的，只要有买米买面的钱，有活儿做。当他向码头和船舶走去的时候，他的心情就是平衡的。四里地有些远，他好久没这么走了，每天在街头都是提心吊胆地防着城管来掀掉他的摊子，心脏一蹦老高，无缘无故的。三月天有了些热力，走着走着手上就提了些脱下的衣物。

抬船路从煤码头到沙码头，一个大半圆湾，环抱着许许多多的船只，到处是机械、货物和人。王七沿着江边走，他都没能看到老杨所说的四川船队。他满怀的希望眼看就瘪下去了。自从失业，他就觉得幸运的事是不会轻易落到自己头上的，自己是个霉人，额头凹陷，发暗，双颊瘦削，连走路都提不起劲了，害过关节炎的双腿老是发疼，肛门松弛，老是关不住秽物。煤码头流着黑水，他去问开浮吊的师傅，师傅指给他岸上一栋二层破楼，说，那儿知道。

那儿有几个煤炭办事处，挂着许多白底黑字的牌子，院子里就像一个破产的小工厂，堆砌着废旧的翻斗车、绞车、小型镗床。他一个一个房间去打听有没有四川船给他们运煤，结果他问了半天也没问出个名堂来。他想起打电话，给人家递了几支烟，就拨通了老杨的电话。老杨在电话里告诉他，人家的船去冷库码头加油后回到沙码头等了他一个上午，估计下午可能到抬船路煤码头。“你也是太急了。”老杨说。“我是有点急。”王七放下电话出了那个破楼，在肮脏的码头上找了块石头坐下来，瞧着江面。船只来来去去，都在被阳光照得胀眼的水波上引吭高歌，拉响沉重的汽笛。

王七彳亍在煤码头上，一支接一支抽烟，嘴里发苦，肚里发嘈，他沿江堤而上，找了个棚户小吃店吃了盘炒粉，又找了个臭气熏天的厕所蹲了半天，钻出来望下游，还是没见四川的船影子。

王七在码头上苦苦等待，挖石子，踩锚链，在浮船坞的起吊架下穿来穿去，后来又到一个竹木码头看人用竹篾扎木排。那些放排的人是汉江水佬，说天沔话，裤子扎在髂骨上面，穿得单飕飕的，一个也不怕江水的冰骨。王七坐在水边的竹排上面，用一支小竹棍在木头的青苔上面刻着老杨的名字、儿子的名字、前妻的名字、寡妇情人的名字。有时候，抬起头来哭笑不得地用自嘲的口吻骂一声“婊子养的”“个板妈”。他跟扎排的人不说话，坐足了，起身来，拍拍屁股，准备开溜。倒是一个扎排人先问起来，他盯着王七的衣服，那是一套船员服。“坐哪儿。”那人说。“掉船了。”他说。这话显得很富丽，他把眉头扬得高高的就离开了竹木码头。穿过一排搁在石头上的楠竹架子，他有些失意，有些凄惶，想就此去车站乘车回市区去。天已经晚了，再不走就没车可坐了，在这儿他连睡觉都会成问题。正在伤心的时候，他无意间看到有一个船队从对岸斜插过来。它们走的是对岸,所以王七没有注意它。现在，他越来越感觉那就是他要寻的船队了。那肯定是一支私人承包的船队，船体没有油漆了。暗红色的铁锈就像血痂一样布满全身，舷干凹凹凸凸。承包者是不会保养船只的，他们就像榨筒，要把国家榨干为止。

他看清了船号，是四川奉节（现属重庆市）的。那参差的烟囱、灯桅、一个个坐在船尾的艄楼，冒出的黑烟拖曳着尾鬃似的形状，驾驶台黑洞洞的窗口，都在向他暗示着一种亲切感。他木愣愣地靠在一架皮带机的铁支架上，透过一些缝隙看船靠头。那时候太阳反射在舷窗的玻璃上，领水员王七摸着刮得干干净净的下巴踏上了木跳板。一些人正在清理马尼拉白棕缆，在跳头的一个年轻小伙子弯着腰洗抛缆的铅锤。这样很快他就见到了老板和船长。“没有问题。”他记得当时老是回答这句话，以显得信心十足又不为难别人。当即老板就给他开了两百块钱并安排人给他炒下酒菜。

喝酒的时候，老板就露出了他的本相，他长得像个贪官，两只耳朵都陷进肉里去了。

“我们以为你到虹桥门口嫖婊子去了呢。”姓严的老板说。

“我没有。”王七说，他发现严老板非常和蔼，也很大派。

严老板跟他碰酒，把他当人，对他说，生意好了你也算一股。

“我不要那一股，我只尽我的力量为你把水领好就行了。”

“领好了，我一定替你找个绝不超过十八岁的小妞，来陪你十天十夜。”

说得大家都笑了，王七的脸都有些红了，那是喝酒喝红的。他想，驾船的兄弟们真是好，前天的这个时候他才收摊背着东西疲惫不堪地在小巷里走呢。

第二天傍晚煤装好了，目的港是长江边一个叫蕲州的地方。领水员王七坐上了久违的驾驶台，握到了那些光滑的木质舵盘。

过了杨泗庙江面，他要值班的大副把舵，让船头对准大桥的武昌桥头堡，使左舵，稍抱红灯。他对大副和两个见习水手说，如遇南风，必须紧扣红浮下驶；若是偏北风，因流压与风压互相抵消，可以适当分心下驶。

王七想回家去拿点儿换洗的衣服，他找了一个熟悉的码头，靠了船就噔噔噔地往家里跑去。

儿子不在家，他在柜子里拿了几件衣服收进一个帆布提包里，把老板给他的两百元钱压在抽屉桌上的杯子下，又匆匆地上船了。

王七是第一次驾船从长江二桥下通过，这是晚上，桥上灯光如炽，粗大的斜拉索有力地延伸向桥头堡两边，像两把巨大的伞。船走在桥下犹如走在深深的峡谷里。

王七拿不顺这个舵，当船过了谌家矶之后，一切平静下来，他就发现这个拖轮像犟着缰的脾气暗坏的公牛。船上到处都是懒洋洋的水手。他们无聊地错着牙齿，在几条用领水缆、操纵缆和交叉缆连接起来的船上荡来荡去。接着他发现这个船队的所有船工与严老板都有一股对立情绪，他们就像这条拖轮和水的关系一样。

船到葛店，严老板就要他把舵交了，把他领到最前一条驳船的船头，他们坐在尖舱盖上。严老板给他点上烟，真诚地对他说："王领水，一切都拜托你了。每到一地，他们就给我停下来，撒手不管，船上的货不得出去，他们就找我加工资，不加工资不开船，说船坏了。"严老板租了船，也租了船上的原班人马。"这些人也没有任务了，任务是我一年给他们单位交钱。我还得给他们发工资。"严老板告诉王七说，他每月要交承包费一万两千元，修理费、油费都是他的，如果只要进出港正常，一月赚大几千块钱没问题。他希望王七给他帮一手。话谈得很深了，王七看到这个戴着大金戒指的肥老板活着也不易，他该担多大风险，该要装多少事，操多少心。被一个人信任也是一种幸福，领水员王七现在明白自己的身份了，就像老杨说的，他不是要领水人，要的是个打杂的，能为他进出港提供方便的人，在船上，他要的是一个懂航行的工贼——说穿了就是如此。"我会感谢你的，我是个讲感情的人，我说了你算一股。五百块钱不叫工资，叫零花钱。这话你可以给老杨说，报关签簿都要经过他的，我不算话我的船永远扣在武汉港了。"严老板说。

## 三

严老板吃稀饭，他患有胃病（这么胖的人还有胃病！），于是王七也只好跟着他吃稀饭。还有船长、轮机长。大家喝酒，吃稀饭，也不觉得饿。船长、轮机长对王七很好，把船上最好的地方让给了他睡，给他夹菜，给他做腌蒜子，可王七知道，他不能与他们同流合污，他是老板请来的人。为了给儿子挣一些钱，他将毫无条件地为老板卖命。事实上，他是站在船长、轮机长的对立面上。

到了蕲州，事情就来了。收煤的单位不想要这几船煤了，他们说没有五千大卡，煤质太差，船就这么压着了。严老板要王七去报关，并给了他五百元，说请他们吃一顿，买点儿烟。王七拿着五张一百的，想这该要卖多少牙签。他只花了四块钱买了包白沙的烟，去报关的港航站里，王七的一口武汉腔很让那些乡巴佬港监人员尊敬，他搬出武汉的老杨，大家都知道，他说老杨跟他是撒尿和泥巴的朋友，于是章就盖了。

王七回船去的路上想着怎么处置这五百块钱。他可以说全买烟送人了，请吃了。但是他看到焦头烂额的严老板他就老老实实地把五百块钱拿出来了，他买的那包昂贵的白沙烟还剩一半，他自己认了，提都没给严老板提这件事。

装煤的船就那么无声无息地停在蕲州古老的石阶码头上。领水员王七几次陪着严老板去给武汉抬船路煤码头的煤主打电话都未得到明确答复，也未见他们派人来。“你再等三天，你就可以将它卖了。”王七对严老板说。他的主意使严老板又惊奇又佩服。他说：“要打官司上武汉的海事法庭，你怕啥，有我和老杨呢。压你一天的船赔你一天的巨款。”王七看见这个霉里霉气的中年人用怀疑的眼光瞧着他。“我不会坏你的事的。”王七说。

王七依然穿着他卖牙签时的球鞋，他不离严老板左右，到各单位打听买主，他的脚都起泡了。他和老板吃着稀饭，而船上的人都袖着手在煤堆上玩扑克，谈女人，谈鬼怪。

喝了几杯酒王七决定跟船长谈谈了，他在喝酒时给船长又是递烟又是夹菜，他想能跟船长倾心说话了。他对船长说应该大伙出力把煤掀出去，这样工资奖金才有保障。船长是个脸色蜡黄而说话翻呛的人，他说："我管哪个小舅子的事,我还怕他小舅子不给我工资？""听说你是老党员哪。"王七说。"这船上党员多得很，我是党支部书记。现在是执政党帮在野党做工，严老板是啥子嘛，他小舅子是个无业游民，他能给我们多少钱嘛。"

王七哑口无言了。但是王七却感谢他严老板，是他看得起他，让他重拾领水的活计，给他开工资，又躲避了儿子在家的纠缠，挣钱，给儿子，他没像这位党员船长想这么多，他是个可怜的失业者，他的单位让那些胡吃海喝不懂得经营的人搞垮了，儿子也没有工作却会花钱，他现在没有什么牢骚可发的，他真希望能给严老板帮一把将船盘活，到时老板给他一笔，儿子将不再摔东摔西，对他骂骂咧咧。

作为一个领水员，他在这条船上得不到那些同行的尊重了，不是他们给他让路敬烟，而是他见人就抽出烟来献上并且点燃。但是，他不想在严老板面前说这些船工们的坏话，那样会激怒严老板而把事情弄糟的，从感情上说，他与船工贴近，在水上吃饭是一门辛苦的营生啊，睡不好觉，跑一趟长水要掉一截膘，远离老婆孩子，就跟坐牢贩牛差不多，不容易啊。王七总是能理解别人。加之水上运输不景气，谁的心里都不会很快活。

晚上腹泻的王七起来到船尾解大手时，他看见月光里有几个人影正在煤堆上铲煤，他们把煤一筐筐背进了底舱。王七蹑手蹑脚地下楼，又憋着声大便，不想惊动他们。他告诫自己不要管这种事，"这煤不是你的，严老板也与你没什么关系。"他对自己说。月光下那一个个泛蓝的影子像些爬上船的水怪，寂然不动的一堆船舶犹如一座荒芜的山坡，在水边被浪花撞出轻轻的钝响。

两天以后，煤炭贱价处理完了，王七惊异于煤主将这些含硫量太高的煤拱手相让给严老板，对此严老板缄口不语，总是吞吞吐吐，他是到后来才知道这笔横财多少与他王七的出现有关。

船工们在黎明到来的时候冲洗着舱室和甲板，拖轮上的人整理着嵌丝（钢缆），给绞车注黄油。不知怎么，领水员王七有点惴惴不安，他看到的船长、大副、轮机长、大管轮的脸都对他带着某种阴谋和嘲笑，他们看着王七弓身拿着长嘴机油壶在驾驶室两边往舵嵌丝的滑动处上油。无一人想帮他一把，在关舱门的时候发出巨大的响声。吃了早餐，许多人都钻进机舱里，进进出出满手的油污。领水员王七在驾驶台填写好这几天的《航行日志》，去扳车钟的时候，没有任何回铃。严老板脸上的肉像几只田鸡蹦跳着跑进来告诉王七，说推进器坏了，要大修。“这个月我得亏本了，亏血本！”严老板跺着脚。王七知道大修的含义，十天半月才叫小修呢，那我王七的工资……他跑进下面的机舱，那儿的舱板揭开了几块。在后舱加油工们的住处，所有的床都揎了，所有的舱板都竖了起来，露出积着油污水的船底，龙骨、船员们丢弃的破手套、拖鞋和酒瓶。这场景就像遭了劫匪一样，看来机器真坏了？他不相信。

船是准备去浠水的下巴河装粗沙的，在那儿已经用电话订好了。

领水员王七拿出他舍不得抽的半包白沙全散给了在那儿翻舱倒柜的船工，他对严老板说：“你拿几包好烟来。”他有点火了，他看见这个老板的吝啬可能会坏事，于是他没好气地就把老板赶上了岸，让他去买烟。“为你做事哪！”王七心想。

严老板买来了一条红塔山烟，王七对他说：“你给两盒我。”还有八盒，他喊过船长，全给了他，让他去分发。“修修吧，”王七说，“到下巴河了再说。”脸色枯黄的船长摇着他一双发红的手掌对王七说，他也不懂机舱。坏了就是坏了，格老子神仙都没办法。

王七让两个水手去岸上打桩、下锚。在软泥里他们用榔头敲打铁桩，嘿嘿地叫着，那是些幸灾乐祸的声音。

“我去黄石给你叫个人来，”王七暗中对严老板说，“我的朋友，顶呱呱的轮机长，他来一看就知道坏没坏。不过不能让他暴露身份，也不能说是我们请来的，是他撞上的。”严老板握着领水员王七的手，把他给他的那五百块钱又一次放到他手里，对他说：“不知打点够不够？”“不见鬼子不挂弦，”王七说，“他来了，走时再看着办，驾船的都是义气当先。”

王七拍打着手穿好他一身领水服，说上岸找朋友搓麻将，来到街上见后面没有船上的人就去了车站，急速跳上一辆个体户的破客车，赶往黄石港。

领水员王七在满是炼钢气味和烧水泥气味的工业城市黄石寻找着他的老同事、一个退休的轮机长张玉堂。张玉堂也没闲着，在一个汽车修理店帮忙。老朋友来找他，自然是二话不说就应允了。他们赶回蕲州，王七让老张先在旅社登了个记，然后带他去码头，远远地指给他看哪一条船是四川船，自已先下河去，吩咐一个小时后老张再去。

老张就这么作为当地蕲州王七的旧友踏上这条川船。这已经是下午了，王七喑哑着喉咙接待了老张，并领着他去拜会严老板、船长和轮机长。“帮你们看看兴许他有点办法。”王七对他们说。他装着优哉游哉的样子，其实他奔波了整整一天。

接下来的情形就十分简单了，老张在他们说的一大堆有问题的机器上摆弄了几下，机器就隆隆地响了，推进器也恢复正常了。在轰响中老张故意当着那些脸上露出愠怒和尴尬的有证船员们（船干）对王七说：“走哇，他们让我喊你去打几盘麻将。”王七对他说：“船修好了，我们要走了。”

王七把老张送上了坡，他没让严老板出面，上坡后在拐角处将四百块钱塞进了张玉堂的荷包。张玉堂死活不要，王七使劲摁着他说：“别让人见了，把西洋景戳穿了，老伙计，谢谢你。”

船队在一种沉闷的气氛中离开了蕲州码头，王七一一清点着需要去下巴河报关签证的航行证书、船舶证书和《航行日志》。他看见在他将填写日志的一页空白处，有人用歪歪扭扭的字写下了一句污秽的骂语：我日你妈的×。拿舵的是一个三十岁左右的大副，正聚精会神地望着江中那两座长满荒草的古航行信号塔。王七用有些发抖的手悄悄把那页纸撕掉，揉成一团塞进自已的裤兜。

## 四

回到武汉卸沙的这一趟，差一点儿彻底改变了儿子王京的生活。事情的起因是这样的：

船停汉口兰陵路沙码头，严老板把报关签证和与沙码头交涉之事全委托给王七之后，就泡进了“璇宫”跳舞和玩女人。王七在船上得到的冷遇换来了三百块钱作为红包。严老板塞给他是那么匆匆忙忙，他浑身洒着恶心的香水，领带勒紧厚厚的脖子，从到处都是粗沙的卷扬机的地方踏上了汉口的码头，王七有些促狭地想，如果让他的船继续在蕲州停个十天半月，他就不会这样像个嫖客那么得意了。

他把三百块钱悉数交给了儿子，没有得到一声感谢。他的上腹部老是感到不适、发胀，一天腹泻五六次，他想去近在咫尺的市二医院看看，好几次经过那儿都没敢进去，他怕花钱。他对儿子说：“你搞个店铺吧，卖点儿副食，不要跟人合伙做生意了。”儿子瞥瞥他的那三百块钱，没有搭理他。

王七在船上睡，他帮严老板守着点。这一天晚上，他游手好闲的儿子在三民路一家牌机房里因手气不好一下输掉了父亲给他的那三百块钱，走出来他在铜人像的基座旁边看到了围着一群人，他想机会来了，可以冲冲霉气。他拨开人群，把两个因争地盘卖臭干子的沔阳佬各扇了几个耳光，说：“我是派出所的。”

船形的新客运码头的大屏幕上正在播放一场精彩的足球赛，许多候船的人和市民都站在那儿伸着鸡脖子观看。王京还想着牌机上的遗憾，屏幕时常变成了扑克，他看了一会儿没看出兴趣，就想上父亲领水的那条船瞧瞧，说不定能混到点儿吃的。

王京的上船使领水员王七很高兴，他向大家介绍这是他的儿子。在那些瘦小的四川船工面前，他的儿子就像一个打手，王七发现那些人都有点畏缩，打过招呼就关门了。“噢！”他想，“他们以为我是带儿子来示威的。”他又想，“这也好，让那些鬼头鬼脑的家伙们敛点气，别再给严老板添乱了，不然我就无法给儿子挣钱了。”

王七让儿子坐着，他去厨房给儿子下面条。这时候，趸船上传来了“有人投水”的呼喊声，儿子王京正处于对突发事件很容易激动的年龄，他长着满脸的痘子，连脖子上都是，听见喊声，骚痘立马充血，大步跨出舱室，向甲板上跑去。

趸船旁的江水里到处是灯影澹澹，波光粼粼，水色泛着红光，浮吊的影子岔七岔八地切割在水面上。王京一眼就瞧见了水中时沉时浮的一个人，他是在趸船上的两个老头的指引下发现的。老头们干着急。江水开始涨了，但流速不大，否则的话溺水者就会马上被吸进船头去，永远浮不起来了。在有些船上的舱门开始打开并走出人来的当儿，王京连想也没想就脱掉皮鞋（这可是要命的东西）跳进了多少有点寒气的水里。领水员的儿子从小就有一身好水性，在1993年那次记忆犹新的"武汉横渡长江节"里，他轻轻松松地就拿到了一块奖牌，为他所在的江汉区争了一光，把那些街道办事处的婆婆妈妈们喜得不行。王京三把两下就在水底抓住了寻短见的人，他将那人抱着托出水面的时候就感觉到是个女的，那软鼓鼓的胸脯和缠得他满颈子的头发使他更来了劲儿。

不仅是个女的，还是个漂亮的女性。也是的，这年头总有一些年轻的女性想不开，不知怎样把她们弄烦了，多好的改革开放的形势，共产主义还没看到呢，咋就不想活了。王京在几个人的帮助下给那女的倒肚里的水。女孩活过来了，王京和一个船妇把她架到趸船上，船妇找来了衣裳给女孩换。王京到他父亲的川船上，那些船工对这位罗盛教式的救水英雄刮目相看，也不对他畏而远之了，而是找来一些有点霉酸味的毛衣秋裤让他换上，称赞他格老子真是了不起喔。领水员王七激动得有些晕晕乎乎，一改对儿子的暗暗诅咒的态度，他看到了儿子身上的那股优良的素质，是从自己这儿遗传过去的，还没有彻底泯灭，现在突然爆燃了耀眼的火花。他双手捧着已经烹干了的肉丝面递到儿子手里。他从来都没有像现在这样盯着儿子看过，他发现儿子脸上那些随时都要惹出事端的凶险的骚痘子此刻都是那么好看，美不胜收。"吃呀，吃呀。"他说。儿子没吃，他把面端走了，端上趸船，给那位被救起来的女孩去吃。

儿子这一次给领水员王七挣了脸面，他的腹泻都似乎好多了。第二天的《武汉晚报》上就在头版登出了百十来字的这位"见义勇为好青年"的文章。王七见到后又去码头的一个报摊买回了所有当天的晚报，在船上见人就发。

与晚报同时出现在王京所在居委会的是被救者的父亲和哥哥，拿着大红的感谢信，一条街上的人都知道了王京的义举。居委会那位主任太婆一时兴奋，决定拿出她们租借麻将和桌子的收入三百元来奖励王京。并向王京检讨说，“过去关心太少了，下一次有招工的，第一个让你去”。接着是第三天下午街道办事处的主任们、团委书记们拿来五百元奖励他，团委书记还给他拿来了团费证、团徽及“新长征突击手”称号的证书和奖状，作为突击入团和命名。而且王京还在武汉电视台黄金时间的“都市写真”节目里露了一把，回答记者时结结巴巴的武汉腔事后让王京和他的狐朋狗友们笑得气绝。

这些都是后话。

还是要说到当天晚上王京送那位女孩回家去的情景。女孩叫王慧，真是有缘，她碰上了一个救她的家门，而且还比她小一岁。王京抱着王慧湿漉漉的衣服一刻不离地跟她乘车来到唐家墩一个干休所的大院里，她一个人住着她母亲单位两室一厅的房子，房子虽然老气（客厅和厕所逼仄），但这跟王京父子狭小幽暗的公房比已经是住在天堂了。王慧的父母退休前都是市里的局级大官，她现在在东湖新技术开发区一个叫“威他”的公司里担任总经理助理的工作，这个公司经营美国磁盘、日本色带及 CAD 现代办公设备，总经理是毕业于华中理工大学的博士生，据王慧说，长得很帅，她等了他三年跟珠海的妻子离婚未果，谢绝了许多上门提亲的男人，但是她毫无遗憾，并不追逼这位年轻下海的博士老总。公司是某局的一个下属单位，副总是一个来自鄂州的五十来岁的中学校长老头子，他串通了公司的几个年轻人企图把博士老总赶走，并且经常使用下作的手段使这位博士和对他忠心耿耿的王慧不舒服。有一次，王慧收到一个 Call，留言是“楼上老总速找你”，王慧来到老总的办公室，老总告诉她他并没有 Call 她。一个月前，这位博士老总突然被两个穿制服的人带走了，说是有走私嫌疑。王慧动用了父母的诸多老关系才将他放了出来，但老总的位置已经易主，是那位五十多岁的校长老头。博士生想东山再起，自办公司，依然在东湖新技术开发区。对于王慧来说，为他办执照易如反掌，她母亲就是从工商系统退下来的，但是王慧却要他回到珠海他妻子身边去先休养生息。王慧对他说，一个男人在遭受挫折后想到的是妻子和孩子，而不是情人；顺利的时候他的心属于情人，困难的时候他的心属于家庭。博士没有客套，果真就走了，王慧以为他不会走掉的，她的好心把自己送入绝望的境地。她怀着他两个月的孩子，没有告诉他。博士走后她终日酗酒，自动离职了。在恍恍惚惚的状态下她想一死了之。她选择投水是这么想的，如果没有人救就证明这世界没有关心她命运的人了，她就会走得干净彻底，从此永远在年迈的父母眼里消失；如果碰上有人救，就证明这世界上还有好人，她就有了活下去的理由，再继续活下去。这多少有点浪漫的自杀，碰上了一个失业的领水员的儿子，一个工人的后代，活该她有福。

王京走进王慧的宿舍，他首先闻到的是一股浓浓的烟味，这就像一个男人的家，桌上的大海螺烟缸里塞满了烟头，桌下是各式酒瓶，廉价的小黄鹤楼、孔府宴、啤酒瓶。这使王京感到惊讶，在他所接触到的女性当中，无论是轻浮的还是老实的，她们的居所和她们身上都会散发出一种香水的香气，连婊子和吸毒的女人都总是把自己弄得香喷喷的，那种气味使男人想入非非，怦然心动。这是一个生活质量不高的女孩，跟他这种男人差不多了。王京想去打开窗子但被王慧拦住了。但是当王慧换好了自己的衣服从卧室出来时，王京看到的是一个光彩照人的女孩，漂亮、高贵、姿态优雅，就像个模特儿。他现在看到了桌上也有女孩们生活的痕迹：梳子、首饰、山楂片、口香糖、鱼皮花生等一堆零食。最让他陌生、惊异的是那些书，那一柜一柜的书。在他的朋友当中，从来没见过哪个女孩有这么多书，男人也没有。王京毕恭毕敬地坐在那里，像个犯了错误的孩子，像个小弟弟，与他跳水救人的英雄形象和在铜人像下掴乡下人耳光的匪态判若两人。王慧让他抽烟，给他泡茶，对他说她不会再寻短见了。英雄王京不能有丝毫的懈怠，生怕她再有个三长两短，他让这位有些虚弱的姑娘睡下，硬是眼皮都没眨一下在她的床前守了整整一夜，直到凌晨她的家人来敲门。

# 五

王京的手里现在已有千把块钱了，他的父亲王七执意要他搞一个副食店铺。王京倒是答应了父亲不再跟人合伙做生意，自从救王慧认识王慧后，他不想远走了。他在王慧这种干部家庭的知识女性身上，找到了自己生活的新起点，他发现了另一种完全不同于他们的生活，一个新的天地。但是要搞个店铺怎么算都得两三千，领水员王七只好把希望寄托在严老板身上，到时因他的功劳真如严说的算一股，作为生意合伙人，那就不是每月五百块钱的工资了。儿子的抢救落水女青年给他一种鼓舞，他认为在水上，他和儿子都可以得到好运。

在黄石港卸煤需要等档，在排成队的一条一条煤船靠档挪船中，要瞅准时机跟上，以防有船加塞。但是那些四川船工三请四催都不动，挪船时要死不活，他们竟然以雷打不动的政治学习为名抗拒严老板的指令。他们可真是一回事，全部集中在前舱会议室里人手一册在学“邓选”第二卷。“不学习不晓得形势，”他们说，“邓大人是我们四川人，老乡都不学哪个学吗？”“你们学还不是白学的，船不能挪动呀！”严老板板着脸说。船长笑着对严老板说：“你这话要是在二十年前，判你个十年八年。”严老板说：“我这话符合邓大人的白猫黑猫论，发展是硬道理。”

又得要谈条件了，这样的时候就得多少答应点儿他们的条件，否则严老板一个人拉不动船。条件是报销每人一本的“邓选”，政治学习按他们以往的规矩，得每人补助二十元。算起来一千保不住砣。严老板私下问王七怎么办，王七说什么好呢，他感觉到菜越来越咸，稀饭越来越稀。当他放下舵交班后去几条驳船上串门，想主动和他们缓和关系，但是那些人总是马上收掉扑克或麻将，看都不让他看。傍晚，大家在船头扎堆，一旦他去，那些人就散开了，口里还啐着口水。

他不想得罪那些船工同行，他只想凭自己为严老板鞍前马后的献力，来得到那份本该得到的劳动成果。在严老板舌战群儒的关口，他让船上的人看到他是个局外人，先去了下巴河帮他装沙打前站，等于溜了。这让严老板也很高兴，在下巴河打前站是辛苦烦人的事，烦就烦在小镇旅社与挖沙船相距八九里地，一趟一趟地来回全靠走路，而且没路，都在干涸的河滩的沙丘上，往常全靠严老板一双八字脚自己跑。领水员王七很自在，他觉得这是一种解脱。“我现在的身份是一个业务员，在船上却是个工贼。”在路上，揣着数量不大的差旅费和牙刷毛巾的领水员王七这么想。

在巴河小镇住下来，他就往挖沙船方向走去。小河清悠，两岸是碧绿的树丛和村舍，河滩空旷，一群群野鸟时起时落，叫声惆怅。就这么高高低低地走到挖沙的地方，却没能找到负责人，船上挖沙工要他明早再来。天已经麻黑了，他没吃没喝，还得赶回巴河镇去。一急，腹泻就开始了，拉了一次又一次，肛门那儿完全失去了弹性。领水员王七在河滩荒僻的黑夜里摸索着赶路，膝关节炎症也犯了，脚下去双腿就发软发酸，他不知走出多少血泡，一瘸一拐地瞄准方向往前挪。他看见在这乡河的天空上是一些陌生高远的星星，它们闪亮着，让他伤心。夜风吹着他，吹着周围的草，发出那种低声的碰触。现在谁来杀我都可以了，我没有还手的力了。谁来杀我这个穷鬼？荷包里二三十块钱。看着在黑夜里微光下一些黑魆魆的影子，他饥饿难耐，有点发怵。报上登的抢劫犯为几块钱杀一个人，这事不是没有。领水员王七手上操着两块卵石，他后悔没带一把刀子，刀子可以壮胆。

头顶上的星星和荒无一人的河滩让他伤心。他曾是二等船长，非常硬的本本。他记得那还是二十郎当岁的时候，1958 年，与老杨他们一起，在省航运局学习了安全航行知识、危险品装运事项、航标规范、长江避碰规则，通过考试，成为当时公司最年轻的一批有证船员，紧接着去南京航校学习了一年，1960 年就获得了二等船长资格。这位有三十年领水经验的老船工，看得清汉水和长江的所有航道情况，对每一个滩、每一个湾都了如指掌，应付自如，但生活却越来越迷惘。我现在是无业游民的狗腿子，那家伙要是驾船，不就是睡尖舱的水手吗？给我提夜壶我还不要哩！四川的那个三等船长，平时咱们也不用眼角看的，可你现在不得不对他们低三下四。这总比在街头吃尘土卖牙签站得抻抖。这一切是怎么啦？怪谁，怪单位那些吃喝嫖赌收贿的领导，把自己弄肥了，把单位弄垮了。那些垮球的单位不都是这种结果吗？领水员王七五十多了，想一想人生是一个阴谋，自己好像是被人故意剔出来注定要消灭的人。我们真是对社会没有作用啊！

越想越悲哀。领水员王七在深夜才摸回巴河的小旅社，不吃不洗倒头就睡了。

## 六

王京在他父亲跌跌撞撞、黑灯瞎火摸索在巴河滩的时候，正与王慧在大智路大排档里吃着宵夜。津津有味地听着王慧讲她“悲惨”的爱情经历。她的经历像一部高雅的日本纯情电影或一部琼瑶小说，感人至深，王京是在他生命里第一次听到那种关于爱情忠贞的故事，故事的主人公现在就在他身旁，用牙签戳着田螺边说边吮吸，她美艳的抽烟的姿势已引起了邻桌许多男人嫉妒的注目。在王京的记忆中，男人跟女人在一起就是滚猪窝般地睡觉，然后女人要男人去武汉服装城买一套衣裳，就两不相亏了；女人用男人一样的秽词骂着男人，跟你睡觉的时候也骂骂咧咧，第二次见面就不认识你了，哪来的一次又一次的此情绵绵，死去活来。说到动情处，王慧要王京给她买包烟来。王京只好离座去给她买了包绿盒的摩尔，十块钱一包。他看见她熟练地拆开烟盒，用纤细的手指抠出一根，点燃，吸一口徐徐吐出烟雾，说：“我好久都没有给人谈这些了，有时候，竟没有一个可以说话的人，人生多么孤独和无聊啊！”她又说：“每天你多 Call 我，好吗？你愿意陪我吗？”她还说：“这条命本来不值得活了，你又把它捡回到这个世界上。”王京说：“我来陪你。我把你捡回来，我会让你活得很好的。”王京用十二分的真诚说。两人手牵手离开大排档，王京叫了一辆的士，将王慧送回唐家墩。他在王慧那儿洗澡，然后就睡在王慧客厅的沙发上，他没有侵略她的企图，一是因为王慧是他救起来的；二是王慧的身上似乎透出一股不可侵略的气质，有点让王京自惭形秽。

第二天，他陪着王慧去了协和医院做手术。这是在前一天晚上王慧征求他的意见后决定的。王慧什么话都跟他说了，他觉得王慧是那么信任他，把他当作数十年的朋友一样依靠，这使他产生了一种感动，一种无条件地帮助她的冲动。他劝她慎重，应该征得那位博士和家人的同意，至少要告诉他们。王慧说时间不等人，她不想为博士生下这个孩子。此事也没有必要让博士知道，也不能让家人知道。也就是说，王京不是这件事情的制造者，却是唯一的知情者。

早晨起来，王京到楼下给王慧端来了一大碗早点，给她冲了一大杯牛奶，逼着王慧全部吃下，然后乘的士去了医院。在医院里他给她挂号、交费，把她送进妇产科手术室。手术完之后搀扶着她打的回家，然后去菜市场买乌鸡给她煨汤。三天里，王京对她照顾备至，一天一只乌鸡，还为她去买卫生巾之类的物品。因手术失血脸上苍白的王慧几天又恢复了红润，而且比过去更秀美了。这些天所有的开销均来自王京，算算救这位姑娘获得的奖金加上父亲领水给他的钱，现在属于自己口袋的，不到六百元了，他每天还至少负担王慧的一包摩尔烟和两三袋瓜子、山楂片。

一天，他跟狐朋狗友在一起的时候，当听说他在那个被救的姑娘家住了几天，都夸他有本事，说应该带她出来遛遛，不能金屋藏娇。“是应该带出来让街坊瞧瞧。”王京想。他最先想到的是让罗丽瞧瞧。他曾经追求过罗丽，也跟她睡过觉，可罗丽嫌他穷，丢开他跟那些做生意的人好上了。罗丽除了风骚，并不可爱，眼圈画得像羊屎，个头也矮，跟王慧比就像臭虫比天仙；而且王慧是个知识女性，喜欢读古今中外的诗集。

有一天傍晚，他把又要吃炒田螺的王慧带进了他所居住的那条街道，选择了罗丽必须经过的一个路边排档吃炒田螺。那天王慧穿的是牛仔裤和名牌旅游鞋，上身是亚麻格子衬衣，外面罩一件式样潇洒的四荷包蓝色毛背心，估计也是国外名牌。一看就是气质高雅、打扮独特的洋派学生。他盼望的罗丽终于出现了。他看见那个把头发染成黄色，足蹬黑平绒胖头高跟鞋，像个骚鸭子那么走路的罗丽先盯着他，再盯着王慧，露出了又惊又酸的粉脸。

“喂，罗丽，回来了？”他故作热情地喊。

“好口福啊，京儿子。”罗丽跟他说话，眼不离王慧。

“来吧，一起吃吧。”王京规规矩矩地说，没回敬半句邪话。

“我才不吃这脏田螺，要吃哪天请我去拿破仑火锅城，舍不舍得出血哟？京儿子！”罗丽狠毒地最后盯了他一眼就走了。那一眼王京事后回忆，有一种只有他才能理解的放荡的柔情，只有发生过床上关系的男女之间才会丢那种眼神。

王京的虚荣心得到了满足，虽然他得多付出三十多块钱请“的”把王慧送回唐家墩。

王京手上的钱越来越少。他的母亲也同意他开个副食店铺，并答应让出纺织专科学校门房，只要把窗户拉开，请两个朋友提两桶粗沙水泥修修就是个小门面了。王京觉得那儿还不错，虽然偏僻点儿，但可以不出房租，到时还可以针对学生卖点儿书，卖点儿贺卡。王慧已经答应给他办执照。但他迟迟不敢去办，因为他准备进货的钱差不多用光了，且是跟王慧在一起用的。去王慧宿舍的诱惑无穷无尽，愈演愈烈，说不清那个门窗紧闭、满室烟味的房子里有什么吸引他的。他不敢动王慧，除了手牵手，连亲吻一下都没有。可是一旦回到自己那个灰尘蒙面的家，他就想王慧。这一天，他经过江汉路的一家新开张的牌机房，见广告上写着的是台湾三鬼牌机，他的手就痒了，但刚准备踏进去，他就想到王慧，兜里的钱输干了，身无分文就无法找王慧了。他拿出五十元，在一家商店里给王慧买了两包摩尔、两袋正林瓜子、一盒韩国口香糖，这么安慰自己：“只当输了五百分。”他提着这些东西乘9路公共汽车到了王慧家。他把那些东西照例放到王慧的桌上，王慧刚起床，打着慵懒的哈欠对他说他吵了她的瞌睡，昨夜看书看到三点钟。她想起了什么似的对他说：“唉，王京，对了，我昨晚胃疼得厉害，你去帮我买瓶胃药来，最好是乐得胃，骑我的车去。”

她把钥匙交给他，他没喘一口气就又出门了。王慧要他买东西从来不给他钱，她总给人一种需要同情的样子，一种命运凄苦飘零的样子，可是她活得多滋润呀。王京骑着车到处去给她买药。找到一个药店，店主告诉他乐得胃是进口的，胃得乐是国产的，进口的是四十一元一瓶，国产的四块七一瓶。“她说的是乐得胃。”他说。“那就是进口的。”店主说。王京只好乖乖地掏出五张十元的票子，让对方找零。

他骑着车，手上捏着那瓶进口的乐得胃，陡然想到他的父亲，帮个体承包商领水的父亲，长期腹泻从来不看医生而他也从来不去关怀的父亲。他突然觉得有点脸红。我这么关心她是怕她再轻生投水吗？她是个第三者，她说的爱呀爱呀，最后归根到底还是跟博士上床并且怀孕，扯鸡巴蛋的爱，说爱的时候不就是盯着她的乳房和裆里，把人家肚子搞大了就拍屁股溜了，让人家投水，这个骚博士她还一天到晚跟我说她怎么怎么爱他，怎么值得爱。她从来不说“你”，而只会说“我”，我怎么怎么，我怎么痛苦，我怎么伤感，我怎么命不好，只要别人关心她而她从来不关心别人，她比罗丽都不如呢。那时跟罗丽好时（甭管是真好还是假好）出外罗丽还得提醒他该穿什么衬衣、什么袜子，头发应该怎么梳梳，吃了饭还不会忘了要他擦擦嘴巴，擦不干净的地方她还亲自动手。可王慧呢，她问过他家里？问过他的心情？问过他有什么打算？“我不过是她的一个仆人，一只随时听从使唤的狗。救命恩人？情人？那还真算不上呢？”

回到王慧那里，他的胆子就大了，他带着一种说不出的男人的委屈一把抱住了正在化妆的王慧，并去吻她。吻也很容易，他就吻了。但是她不像其他女人一吻就会倒在男人的怀里并做出万种风情。她让他吻，给他舌头。他一离开，她依然干她的事。她也让他摸，可是她说出来的话噎人，她说：“我没有激情了，曾经沧海难为水，我已经伤心透了。我是一具江中的死尸。”她吃着药，嗑着正林瓜子，依然光彩照人。但王京显然多少有点失望，这是一个虚伪的、疏懒的干部子女，她口中的烟味让王京怎么想都不舒服。

# 七

腹泻加重，满肚子都不适的领水员王七这一次替严老板揽了一趟南京的货物，货物不在武汉，在黄石新下陆，装钢锭。对王七病病恹恹的样子，严老板坚持说是想女人引起的，阴阳失调。王七对他说这都是四处奔波累的。严老板连连点头，说晚上他请客，落日时不由分说就神秘地把他带上坡，去了市区。

严老板花了八十元钱替王七买了件夹克，又给他买了一双五十元的水货皮鞋，然后把他引进一家饭店登记住了下来。那是一个套间，进了房，严老板要王七洗个澡，对他说："我去叫两个人来陪你玩玩。"

王七不知道是啥意思，就一个人去洗澡。泡在浴缸里真是舒服，好久都没有像这样洗过澡了，肚腹在热水里竟没了不适的感觉，他躺在水里，竟打起盹儿来。一会儿他听见客厅里有说话的声音，男女混杂，忙揩干身子，穿上衣服出来。他看见了两个年轻的女性一左一右坐在严老板身边，他知道是怎么一回事了。见王七洗完澡，严老板对其中一个较瘦的女孩说："你跟我来一下。"他带着女孩进了套间。王七坐在那儿朝电视里看，但他很不自在。另一个丰满的女孩也不跟他说话，只看电视。

大约分把钟严老板就出来了，把王七拉到卫生间里说："你进去，半个小时。"王七连忙摆手说："不不，你这是干什么！"严老板说："操，我买单，你只管去。我刚才检查了的，没有病。"王七说："你么样晓得她没病？"严老板说："脱下来我看了。"王七再推，说不行，说自己腹泻得厉害，这么大年纪了，公安局捉住不好，但严老板几下推搡就塞进了套间。灯已经熄了，门也就被那个女孩关了。在微弱的光线中他看见女孩在脱衣裳，女孩要他也脱衣裳，他糊糊涂涂地就跟着她脱衣裳，然后钻进被子。领水员王七已经很久没有过这方面的生活了，最近一次是南京的那个老相好回来邀他到江边的一个小旅社睡过一晚。老相好虽然万般恩爱但已浑身发皱，醒来的时候老相好就走了，什么话都没留下，跟当年远嫁南京的情景一样，这个熊女人！现在他身边的是一个瘦小但年轻的女性。女孩子抱着他，他也抱着女孩子，女孩子的乳房小得可怜，他于是小声问她多大了，她说十八岁。“你比我儿子还小。”领水员王七说。他使不上劲儿，女孩怎么引导都不行。女孩要他别着急，说还有半个小时嘛。女孩子的身上黏糊糊的，好像很久没洗澡了，摸上去就像公共汽车上的扶手。他对女孩说：“这样你有多久了？”女孩说才一年，女孩说也蛮烦人的，但是我玩惯了，其他事我都不想干。他实在提不起情绪来，肚腹又隐隐地疼，好像要蹲厕所了，就对女孩说：“穿上衣服吧，我看来不行了。”他自己先起来穿衣服，他听见女孩也在窸窸窣窣地穿衣服，心里有点憾意，恨不得把那不争气的东西铰掉，于是问女孩：“我们老板给了你多少钱？”女孩说:“两百块钱。”“也不容易啊，”王七说，“挣钱都不容易。”

他和女孩打开门出来，他真觉得不好意思，但客厅的灯是熄的，只有电视机屏幕上发出的光，看得见另一个女的正躺在严老板的怀里。严老板把王七又扯到卫生间，问王七怎么样，王七说：“不行，人老了，完全不行了，你找她把钱要回来吧。”严老板笑他说：“哪有要得回来的钱，你看我的吧。”

那个跟他什么也没干的女孩走了，现在严老板把那个丰满的女孩带进了套间，王七想严老板把瘪谷筛给了他，把饱谷留给自己受用。套间里马上传来女孩子的呻吟声，那声音怪刺耳的，怪让人不好受的。领水员王七就悄悄离开了饭店，回到船队他的硬板床上睡觉去了。

这个四川船队从来没有到过下江，因此通往南京的航途上全靠领水员王七了，他腹泻的次数越来越多，脸上的肉越来越少，买来的泻痢停毫不顶用。下江江面宽阔，浪涌无常，且有潮水。当看到南京梅子洲沉船浮标时，几天几夜的连轴转，他的手都软得差不多抓不住舵盘了。在黑夜中饱受风浪折磨的船头对着电厂的烟囱。过了江苏船厂，靠近中山码头。潮水涨得正猛，江边芦苇摇曳。南京长江大桥像一条粗大的灯链横铺江面。他觉得他不行了，似乎患了大病。但是严老板却视而不见，没有任何关切的口气，总是说他阴阳失调，说到武汉再给他找个小妞泡泡，负责把他泡得满面红光。对这些王七只好一笑置之。

第二天一早，王七依然拖着病弱的身躯给严老板去报关签证，船上的那几位船干推脱完全不熟，上岸就逛中山陵莫愁湖去了。王七看着跟武汉变化一样大的南京，看着那些新矗的大楼和各种装饰华贵的商场、饭店，特别是看到那些街头走过的二十郎当岁的女孩，他就想起新下陆那一夜的女孩，在病中恍恍惚惚的他就觉得有点像了，都不是他所想象的那么神秘和遥远了。原来这世界变得这样了，两百块钱就能跟比自己儿子还小的女人睡觉，这世界变化真快啊，有钱人就是这样生活的。

在南京的街头，领水员王七想能从人山人海中找到他老相好的影子，但这是徒劳的，老相好来无影，去无踪，根本没告诉过他详细地址。他万分疲惫地报了关，又万分疲惫地回到了码头。他已经开始诅咒那个女人，给他带来过幸福，可最后又使他拆散了家，儿子无法原谅他。想到了儿子他就想到了钱，这次回去一定要看看病了，他为严老板累死累活地干，船上的人甚至用挑拨的口吻对他说过，说严老板赚的钱完全是他王七的功劳，严老板对船上船下的事啥都不懂，只会玩女人，要不是你王七，他早亏了血本，承包款都交不了。这话一点儿都不假，不说别的，就说调理好严老板与船员们的关系，也是靠他王七。王七已经把自己失业的情况跟他们说了，王七说他是因为混口饭吃才来的，大家都是靠严老板发工资，因此应该互相忍让。他说到自己待业的儿子、离婚的前妻，他的处境得到了船上的理解，他拉下面子跟他们交朋友。他认为人穷就没啥脸了，那些卖“粉”的女孩她们有啥脸呢，给她钱她就“干活”，不认年龄，不认对象，如今的王七，跟婊子有多大差别呢。“我只能给严老板干，管他是什么党，谁给钱让我活下去谁是我亲娘，”他无可奈何地对船上的人说，“人要吃饭啊！”

# 八

王京花了两百块钱找王慧办了一个执照，他只有最后的两百块钱了，他想这一千多块钱去得冤枉，别人弄出的孽种，让他出钱去堕胎，这真是天大的笑话。他留下最后的两百块钱办了点正经事。王慧没有要他去请客，也没按规定去搞注册资金转账、审查住房证、租约等乱七八糟的事情，就这么把执照交给了王京。但是，执照是空的，没有资金进货。他也不能去王慧那儿了，他几乎连乘车的钱都没有了，成天待在他母亲那儿蹭饭吃。他等着他父亲王七回来给他生活费。

一个月之后，他的父亲才回武汉，他的父亲变得形销骨立，像一副恐龙架子，摇摇晃晃地向二医院走去，最后诊断为胰腺炎。他的父亲每次化验检查都是自己去的，超声波、X 光、血液透析、查尿等。王七对父亲的病是敏感的，但是他在行动上无法一下拐过弯来，去陪着父亲在医院里进进出出，他跟父亲没有过这样的交流。

领水员王七带着药和诊断结果去了船上找严老板。他不能继续领水了，医生要他吃药打针（还要扎一种耳针），说病情发展就得做切除手术了。他以为严老板会给他一笔钱的，至少应给个三五千块钱，多了他不敢想。除此之外，说不定还会给他一笔医药费。可是严老板没有钱给他，他想得太美了。严老板答应这个月的工资还是开给他，但是其他钱没有。

“你说过我算一股，”领水员王七说，“你赚了这么多钱。”

“算一股没错，你得干下去。这个月赚了说不定下个月亏呢？上半年赚了说不定下半年亏呢？你得把一年干到头呀。”严老板说。

“我干病了，医生让我休息。”

“你来船上就腹泻，他们还说你有乙肝呢。”

“放屁。我这病是怎么加重的你清楚。”

“你得好歹干一年呀，我到时负责说话算话。”

要不到他的钱的，钱在他的口袋里，领水员王七发现自己是那么单纯。严老板从他的金利来皮夹子里选择了四张一百元的递给王七，王七看得真真切切，是四张。

“三百工资，这一张是给你看病的。夹克钱和皮鞋钱就不提了。”

“那工资还有两百呢？”王七说。

“在新下陆的晚上，你知道。”严老板说。

“我知道什么？我干了什么？你说！”王七愤怒地说。

“我不说，你知道。”严老板说。

他说是他“请客”的，账却还是算在我王七头上，这多丑啊，这件事多丑啊，王七是哑巴吃黄连，有苦说不出。他想找个出气的东西，夹克丢在家里了，只有那双老是上汗的水货皮鞋还在脚上。他当着那些看热闹的船工们脱下皮鞋，对严老板说：“这个还给你。”他飞起一脚，又飞起一脚，把皮鞋踢进了长江，然后，赤着脚踏上码头。

几天以后他去原单位领生活费，专门趸到了老杨那儿，把事情向他说了。老杨说，“我都整不到他了，这家伙不再装武汉的货了”。老杨告诉他一件事，说那几船煤炭换来的两万多块钱是因为他王七上船才归了严老板的。煤主是骗来的煤，煤质不好，如与接受单位打官司，给船队滞纳金，都会让王七传到老杨这儿来，于是严老板就捡了个万元户。

王七听到这内幕，更是唏嘘不已。

这一次，王七给了儿子王京三百元，其余的买药和打针了。他在儿子的面前暗暗地感到羞愧，本来这次可以给五百的，但是那两百让他“潇洒”了。他没有问那些钱的去处，也没提儿子开副食店铺的事，他知道自己现在没能力为他再筹一笔钱了。墙上的那张“新长征突击手”的奖状使他憔悴、苍老的心多少有点安慰，就算在船上累死累活换来的报酬太微薄，却给儿子创造了一个做救人英雄的机会，这也算是老天有眼吧。

而英雄王京揣着父亲给他的三百块钱就急不可耐地去了唐家墩。他想亲她，抚摸她（她暗示并接受的只是如此），他认为他有权利得到她，她是他救的，他为她付出的也不少了。他想向她提出谈朋友的要求。虽然她出身比他优越，文化层次比他高，但基本属于二婚（堕过胎），这么一比较，她没有拒绝的理由。

当他敲开门的时候，他看见了一个男人，一个王慧让他在照片上见过的男人，博士。

“是他救了我。”王慧第一句就对博士这么说。她再对王京说：“这是……你知道。”

“你好。”王京说。

“你好。”博士说。

王京站着，他在这儿经常穿着拖鞋睡沙发，经常给王慧熬乌鸡汤，而现在他却发现这个房子没有他坐的地方，他不自在地站在门口，像个水管工，而那个西装革履的博士才是这个屋子的男主人。

王慧对王京说，博士回来了，他们已经开办了一个新的代理公司，叫威尔公司。博士是董事长、总经理，王慧是副总经理。“你到我们公司来吧，搞办公室主任。”王慧对他说。

“不了，”他说，“我的副食店已经开张了，生意还不错，我是来专程告诉你的，也是来感谢你为我办了执照。”这几句话他就可以把手里提着的一袋子双汇火腿肠、鱼皮花生和阿里山瓜子放在她的桌子上了。“我走了，你们忙，我也要去汉正街进货了。”

他双腿发虚地下楼，听见王慧在门口对他喊：“王京，有什么事就 Call 我噢！”

## 九

回去的路上就下起了大雨，这场雨下得昏天黑地，把许多路人隔在马路两边店铺的屋檐下，雨水击打在肮脏的街道上，溅起了层层雨雾。这场雨把路（路上的痰迹），把灰尘蒙面的路边的树木冲刷一净。好久，我们的城市才能等到这一场天赐的雨来洗濯它的污垢，真是滴水贵如油。

他打开门看到父亲把桌上的药拿走了，去了医院。而唯一的一把雨伞却还挂在墙上，他拿起雨伞，又找出父亲当年单位发的长雨衣，锁好门走进大雨中，去二医院给父亲送雨衣。

果然，他老远就见到了打完针的父亲和一群人站在二医院门口的雨棚里。父亲王七完全没有想到儿子会给他送雨具来。当王京用雨衣撞了他的身子一下，他转过头看到过去是冤孽般的儿子，他的手哆嗦着接过雨衣，在周围那些躲雨者的羡慕下穿到身上。

儿子打着伞，他穿着过膝的雨衣，父子两个并肩走在雨中寂静的街道上，默默无言。只听得见领水员王七雨衣老化的皱褶里传来的咕吱咕吱的摩擦声。

江城的雨，还在下着，下着……

# 白色堡垒

我是来自大召湖区的丑陋风景。我在蒿草和青蒲中养了一头肥羊。我随便捡起一只被渔人吹过的螺壳给我的肥羊搔痒；我时常唆使这头邪恶的肥羊下去撞开鱼栅，把渔人的鱼全赶走。我在湖边经常一个人对着野岛上吹来的风傻笑，我的嘴张得很开，感受夕阳下的各种滋味和色彩。我在被雨水和浪头侵蚀的土岸上呆坐，看黄昏流血，世界被几张黑帆带进湾子。黑夜为了满足我的渴望故意把银河倾泼，倒进神奇无边的大召湖。我在黑夜里寻找预兆。我喜欢听那些错乱了时间的鸡啼。早晨把人们驱赶到船上让他们饱受生活的苦味，而独独留下我在村子里，让我永恒地体会当年偶然一次下湖所留下的强烈怀念。

我是大召湖区的蓟草，满身带着遗传的鱼腥味，专治岁月的肾炎。可我从来就不是一个渔人。我是大召湖区痛苦的风景，我是被湖水隔断的光源。在我的不安的灵魂里有着永远不能实现的幻想。哪怕这样，我也不能继续下去了。

狠心的父母，难道仅仅因为我跷了一条腿，你们就要把我送进这个远离大召湖的裁缝铺吗？这是谁的主意？姐夫。长着满嘴的黄牙，整天耳朵夹着烟做装饰的家伙。开着承包的手扶拖拉机，穿着肮脏的牛仔裤，却一辈子也洗不掉从大召湖染的鱼腥味，凭什么出这个歹毒的主意？他的钱不就是给别人拖砖瓦、拖鱼苗强要恶索的吗！他像我一样不过是个高中生嘛！我姐姐的手镯只有一分他的臭汗，却有四分的罪恶，五分的无赖。

我再向你们描述一下那个小镇的裁缝铺吧。它充塞了五六十架横七竖八的缝纫机。它高居在一条漂满浮渣的肮河岸上。紧靠它的是一家与我毫不相干的邮局，而邮局旁边是一家车行，还卖一些五颜六色的花圈。那好了，让我的这个裁缝铺做寿衣吧，邮局通知死者远方的亲属，再去买几个花圈来，这门丧事就算完成了。我给你们说这些的时候，没有丝毫贬低自己的人格。我为他人作嫁衣裳，我为世界遮羞，我是奇特的工匠，我以精湛的手艺武装虚伪，把你们丑陋的体态塞进众多的前后衣襟、贴袋和腰襻中；我把你们打扮得如花似玉，像春天把草梗和树干掩饰起来，让你们成为所有动物中知羞爱美的高级动物。我是春天神奇的手，这还不行吗？

可是，是谁在我来之前就把它粉刷了呢？让这白色的高墙衬托黑色的河流，除了显示它的高度和砖缝中粗壮的杂树还有什么意义？它的高度高不可攀，一堵墙孤零零地矗立在阳光下，有一角断了的飞檐，证明它是一个自命不凡的瓦匠所造。而另一面，邮局的屋顶像它谄媚地只靠在它胯下。它的里面是高旷，地上是嘈杂，绕过一些裁板和缝纫机，有几扇没粉刷的短墙，隔开来做会计室，男徒工和女徒工的宿舍。姐夫，是你的车拖来这些断砖制造这些短墙，拖来这些石灰粉刷这像堡垒一样杂乱无章、没有感情色彩的缝纫铺吗？是你那样像一头殷勤的脏骡子劳动取悦他们，然后把我——你拐腿的小舅子拱手相送？你说他是美目盼兮少年，你说他聪明绝顶，你说他不是一条腿不便早就到北大清华读书去了，你说他尊师敬上，心柔如水，无邪念、戒淫欲、不杀生。你闭口不提我曾经养过肥羊的事。你心怀歹意，故弄玄虚，企图把我处理掉，让我离别我的父母和肥羊、姐姐和外甥。你用石灰缝制我的希望，你用断砖隔绝我的痛苦。你是个十恶不赦的刽子手，巧取豪夺的假善人，你霸占我的亲人还不上算，你还想掐断我的梦想。

“喂，是谁的行李，搬开吧！”

“哟，好大的火气，急个啥呢，还没到睡觉的时候。”

进来的是个我后来才知道名叫芦儿的姑娘。“姑娘”这两字安在她身上完全是美化，因为她看不出有一点儿类似姑娘的激动人心的地方。除了鼻子像个姑娘的鼻子外，其他地方都相当粗糙。她扭着大尾胛骨，身上沾满了线头。我进来一看那床就知道是女人睡的，干净得什么东西也没有，垫絮硬得像一张冷烧饼，只不过枕巾上没有黑垢。在她一面卷着铺盖一面灵巧地转移藏在絮下面的女人用的东西时，我说：

“怎么跑到这边来了呢？”

她说：“这边不是在你来之前没人住吗？那边七八个人睡，太挤，我不愿意。”

我说：“不愿意的事多着呢，你总不能跟我挤吧？”

她咯咯地笑起来。我看她脸色很苍白，就不想难为她了。这苍白是在乡下吃多了水萝卜的缘故。如果她不因为清贫多吃水萝卜，将会更加难看。

她说：“你肯定把什么事情颠倒了，你应该去见见师傅。”

我说：“我颠倒了吗？”

她说：“你怎么也来了？”

说话的口气像个老熟人，并且好像我是重蹈她们的覆辙误入歧途。

我说：“我为什么不应该也来？”

她说：“我们一共有七个女的，我们有六个学做工，一个钉扣子铰扣眼。你来是裁工。”她把东西都清理完毕，又说：“你最好是在河边牛马交易所里拿一捆稻草来铺上，免得睡着硌人。我本来去偷了一捆的，我师母说她冷，就搬到她家去了。不过现在天已经暖和了，少垫些也好。”

我说：“你们来了多久？”

她说：“年前来的，算算两个年头啦，其实不到五个月。”

“你们的师傅呢？”

“我师傅，喏，就是墙角的那个。他是个哑巴。他不是个哑巴。听说他过去讲话，后来不讲话了。听说是在‘文化大革命’的时候，做红袖章，说他偷了布料。在一次批斗会上他想分辩，但总是说不出，后来就一直说不出。你看他，嘴巴一天到晚嚼着，像一匹马。”

“你跟他学什么呢？”

“做皮袄。他皮袄做得很好。都请他做。他手里拿的针特别长，叫绗针，是一种老针，现在没得卖了。”

“你做皮袄吗？”

“我不做皮袄。”

“他有老婆？”

“他没有老婆。”

“你明明讲你师母……”

“我们徒工把这儿所有女的都叫师母。把你的师傅的老婆也叫师母。”

“我们是师兄和师妹吗？”

“不是又是什么呢？”

我知道我走神了。因为我又看见了我那个总是死命吸着烟的臭姐夫，正带着我的师傅来了。我姐夫一副奴颜婢膝的样子。可能是钱在荷包里被烧了，要去请我师傅下馆子。他先就说好了的，要以我的名义给师傅摆席的。喝吧，喝得像个醉鬼吧。

几天，那些嘈嘈杂杂踩着机器的姑娘婆婆们都在嘀咕：

“又来了一个。”

什么意思？我不就是那个唐烧佬的徒弟吗？有什么稀奇的？我唯一稀奇的地方是比你们的一条腿短了那么半寸。难道你们这儿没有瘸腿的师傅吗？张金牙是不是？跷得更厉害，左脚多穿一只木屐，半边像个优雅的日本人。老袁呢，袁瓦田师傅呢，不是只有一条象征性的腿骨吗？我师傅唐烧佬的女儿蹲着走路——这是我妹妹。她是在三岁的时候害了一场病，腿就站不起来了，后来就蹲着走路。除了腿，你们还有多少地方不及我的？刘把子，那个后天性的哑巴，不就是个整天嘴巴嚼动着津津有味像一头可怜巴巴的神经质的反刍动物吗？还有瘸手李大秀、歪嘴刘小菊、驼背张中英。你们以为我没长眼睛？裁缝这行当生成是为我们这些缺胳膊拐腿的人准备的。我来了有什么大惊小怪，师傅们，师母们，兄弟姐妹们，瞧瞧你们自己吧！

我跟我师傅一下就混熟了。我师傅之所以叫烧佬，是因为他长着一个漂亮的酒糟鼻子，经常把大把的鼻涕揩到那些有钱人和赶时髦的家伙们的布料上去。他并不喝酒，也不抽烟。他有严重的哮喘病。但这并不影响他多嘴饶舌。他不抽烟喝酒节约了我一大笔开销。这是我很喜欢很崇拜他的缘故。别看我那个臭姐夫大大咧咧，他精心选择了我这个师傅，证明他粗中有细。我师傅叫我先学会识别面料。我师傅一泡鼻涕揩到一段布上，告诉我这是灯芯绒；我师傅又将一泡鼻涕揩到一段布上，告诉我这是纱卡。当然还有土洋布、的确凉、膨体纱、混纺、雪花呢、板司呢、针织面料、毛织面料、麻织面料……幅宽、缩水与不缩水率……

一些“师母”从缝纫机里伸出头来看他亢奋地教我，但是那些轧轧的机声和谈笑声又掩护了我的过于敏感。

“记住一句老话，”师傅唐烧佬用剪子敲着裁板说，“荒年饿不死手艺人。躲日本佬那年，我饿死了吗？日本人把我抓到炮楼里又怎样呢？一样吃肉，吃猪肉，我说我不吃肉就做不好衣服，结果日本佬就杀猪给我吃。这就是根本，荒年饿不死手艺人。”

我头昏脑涨地听他说这些。他说的是手艺人？对。我总弄不清楚裁缝铺跟手艺人有何关联，而我又跟裁缝铺有什么关联？我成了手艺人吗？像那些到大召湖去修伞、补簸箕、烧窑的诸如此类的伞匠、篾匠和窑匠吗？我能画画。我能在别人结婚的宁波床上，画六十四块玻璃的花鸟虫鱼，我也是手艺人吗？我养肥羊，也是一门手艺吗？

“芦儿也跟刘把子师傅这么学？”

“不这么学怎么学？”

“可是他不说话。不说话能教吗？”

“他有一个女儿到县城去了，嫁了一个干部，不认他了。”

“他过去说话吗？”

“你问这个干什么？”师傅把漂亮的酒糟鼻抬起来出气，反问我。

“他在吃豌豆？”

“芦儿聪明。她勤快，手脚利索。她刚开始来的时候不知道什么叫梭子，她师傅示意她拿梭子，她就从房里拿了一把梳子。……人家是学手艺的料，小菊和中英能跟她比吗，姑娘咋的，都盼着她撑门面呢，人家都能做呢子了。至今没回去。”

“刘把子偷过布料？”

“不许瞎问！”唐烧佬师傅眼睛瞄着四周，严厉而低声地呵斥说，“小心，这里是有规矩的，一个角料都不准拿，一颗扣子都不准拿，听见没！”

“我是读过书的。”

“高中生？大学里面还有强盗呢。”

唐烧佬师傅一剪子下去就没有停下来。把一块完整的布料分割成无数小块。我感觉到我这辈子完了，就要和冰冷锋快的裁工剪子打交道了，像他们一样把大拇指、中指和食指的各个部位磨出茧来。我现在恭恭敬敬地用那只完整的好脚站在一边，看着他量体裁衣，根码画线。我要在裁板下学会用一只脚站立了。我要整天像玩弄情人一样地在一块布料上打主意，怎样把我的前襟、后摆、台肩、袖子、荷包、裤襻、垫肩、胎里铺排在布料上，挤得满满的。我得手拿皮尺，笑意盈盈，在陌生的来客前后左右地打量、询问，像一个看牙口的牛贩子。我要比那些老家伙们稍微聪明一点儿，多说几句巴黎新潮垃圾服、日本乞丐服、中国香港强盗服；我还要打肿脸充胖子说我懂日本登丽美剪裁法，并且知道老式皮袄的制作工艺，知道婚丧嫁娶的男女老少服饰，完全符合传统。

我不敢在人前揉我那条站得酸溜溜的腿。我的另一条跷腿完全对我的痛苦不闻不问袖手旁观。它总是休息，它无所事事一天到晚优哉游哉，它不知道我所有的命运都是因为它。芦儿进来了对我说：

“吃饭去找刘会计买票。对，就是那个驼子。他管邮局和裁缝铺的吃饭。”

我把很大一碗水煮萝卜吃进去了。

芦儿说要不要酱菜，是她妈带来的，我说不要。歪嘴小菊说她也有，是酱黄瓜。后来，芦儿也加了一句说她的是酱萝卜。她家萝卜多。

我把箱子锁着。

后来，芦儿看见了马上制止我说：

“别锁！”

“我自己的箱子。”

“别锁，人家说闲话！”

我看她一脸恐惧。现在是做衣的淡季，没有人加班，空荡荡的屋子里她制造的气氛下好似很多缝纫机下面都窥视着眼睛。

我再一次说："我自己的箱子。"

她也软下了口气说："你带那么多东西来干吗呢？你箱子锁了别人以为你偷了布料呢。"

"日他妈。"我说。

"这是常有的事，"她说，"我师傅刘把子是谁逼疯的，你知道吗？"

"不知道。"我说，并期待着她的下文。

然而她扬了扬眉毛，什么也不说："我们从乡下来的，别管他们镇上人的这些事。"

我说："你逢年过节还是给刘把子提酒？"

她说："提酒。"她又说："你没听到什么？"

我摇摇头。

她说："你别听什么。"

我晓得了，总会有一些事，有一些蹊跷。

我从现在起，就负责唐烧佬师傅家的用水。我要从这边的堤坡爬到那边的堤下，从那边的堤下爬到这边的堤坡。还要经过一条经常盛开着儿童野屎和猪子糠屎的小巷。这个小镇的码头有九九八十一级台阶，阶阶都有甘蔗皮。好在我师傅的缸不大，每天两担就够了。我师傅的女儿也就是我妹妹很心疼我。她一再反对我挑水，说出两角钱买水也算不了什么。我虽然一条腿短点但比她蹲着走路强。我挑水后，她总是拿一条毛巾让我擦汗。她叫娥子，学名唐天娥。但她没有跨过学堂的门。她长得标致极了，脸红润润的，小鼻子小眼。她的头发用一条手巾扎着，这使她看起来浑身充满了一股少女的朝气。遗憾的是，她站不起来。她没有一点儿地方不是健全的，哪怕她蹲着走路，你也看得到她的臀部是标准的臀部，她的大腿和小腿肚都有丰满的肌肉，决不像李大秀或是袁瓦田师傅那些萎缩了的腿、膀。她当初——在害病之后——应该站起来锻炼走路的，可是她那时才三岁，什么也不懂，她的唐烧佬父亲也什么都不懂，才致使她永远低人一等了。

她当然叫我哥哥。她说："二狗哥你家里几口人？"

我说："五口人。"

她说：“你爸爸你妈妈你姐姐你姐夫，还有你外甥，不是六口人吗？”

我说：“乡下不叫爸爸妈妈叫爷爷和老娘。我家里人不包括我姐夫。”

她就笑。我看她小鼻子上沁出的细小汗珠，真恨不得像一个亲哥哥那样替她擦去。她如果站起来像一个平常女子家跳跳蹦蹦走路该有多美。她在路上随便踢一块石头，然后像一阵风似的走得鸡飞狗跳该是怎么一番风景嗷。现在她讲话吃力极了。

“我们隔壁家过去是编蒲席的，编蒲席袋卖给杂货铺装盐装榨菜。我有一回跟他们去湖里割蒲草。我真去过，回来捡了好多团鱼蛋。煮呀煮呀，总是煮不熟，敲开一个呢，是稀的；又煮，又敲呢，还是稀的。为什么团鱼蛋煮不熟呢？我到现在还没有想通。我当时留了几个，是没煮的，用布角子捂着，放在一个盒子里，想让小团鱼爬出来。但过了几个月去看，都碎了，蛋汁流在布角上成了硬壳子。你相信吗？我真的到湖里去过，是我这辈子走得最远的一次。那时我才八岁。我邻居家的孩子也八岁。”

……一条灰蒙蒙的黄土路，被雨天刻下的深深的车辙印一直通向湖心。不平的路上走着几个去湖里打蒲草的孩子。一个蹲着走路的女孩掉队老远了，她走得最急，两腿不停地摆动，前面的几个拿着镰刀扁担的孩子嗑着瓜子说说笑笑，不时向后面这个走路奇怪的女孩喊快跟上。蹲着走路的女孩在后头远远地答着：“来了，来了。”她满脸的笑意，她加快了双脚的摆动，她要时时绕开深深的车辙和土垡子。她用一只大幅度运动的手去擦脸上的汗，她解开她爸爸为她做的小红褂，小红褂已经湿透了。她飞快地蹲着走，像做一场痛苦的游戏，永无休止的游戏。她仍忘不了抬起头来细细看那蓝天白云。空气里含满了湖草湿湿的腥气，叫天子在云端直上直下。女孩子尖声喊着：“等下子我。”她又看到几只白色的湖鹤收拢长脚在头顶不知往何处飞去，不声不响。小女孩看忘形了，摔了一跤，她又爬起来，拍打了一下身上和脸上的灰土，曲着双腿追赶她打蒲草的伙伴们。她的红扑扑的脸蛋上沾满了汗泥，手经常触地也满手是灰。她看起来是那么滑稽，那么可爱，那么虔诚。

“等等我——”

那欢快的尖叫的童声像一群扑棱棱拍起的小鸟的翅膀，在起伏着蒿蒲的湖滩上久久地飞翔，回荡，一直响彻在云霄深处。

“等——等——我——”

蛾子还能唱一手好歌，她的嗓子清亮极了。在那个飘着棉花瓤子的裁缝铺里，她锁着扣眼，偎在一堆堆成衣中间，飞快踩着缝纫机的姑娘婆婆们喊：“蛾子，来一段解闷儿。”她便一边飞针走线一边唱起来：

一进弹皮街，
街上好买卖，
那边来了个女裙衩，
赛过祝英台……

有人要她再来一个。她擦着鼻子上的汗，见芦儿在一旁喃喃地和着，就说：

“芦儿在唱呢，她唱吧。”

蛾子的倡议响应的人不多，芦儿却自告奋勇地憋足了嗓子，仰天长歌起来：

你不起头（嘛）我起头，
黄牛背上（哟哟）翻筋斗，
水牛背上（哟哟）放洋枪，
你拿鞭子（哟哟）我拿枪，
还是老大打赢哒仗……

她的喉咙是直的，于是满堂大笑，有的笑得在缝纫机上直捶。她于是向大家说：“唱得吃牛屎，唱得吃牛屎。”又拉蛾子唱。蛾子咳了一声，却唱开了不知在哪家丧事上学会的《丧鼓歌路》：

阳雀子叫六二尺，
画眉子叫尺六二，

行船哟寄在浪沙洲，
狂风一起就开头。
我的娘你好狠心哪，
我出门就碰见恶母狗……

有人喊："这歌子太老，唱流行的！"蛾子就立即唱：

甜蜜的工作甜蜜的工作，限好啰喂，
甜蜜的歌甜蜜的歌，飞满天啰喂……

"好啦，蛾子。"他的父亲我的师傅绾着长长的软尺走过去递给她一件衣服说。又转过来对那些埋在缝纫机里面轧轧做衣的妇女说："你们就晓得逗我家蛾子的嗬子。"

听了歌，大家缝得更起劲了，有人呛了棉花，咳嗽也充满了力量。

刘把子师傅对这一切无动于衷充耳不闻。他在靠西墙的一个角落里，那扇墙正对河下。一口小得像猫眼屎的窗子斜射进来一点儿阳光，又被刘把子用背挡去了半边，这使他的脸看起来非常灰暗神秘。他手拿绗针嘴巴不停地嚼动，身子埋在白色柔软的羊皮里，完全像古堡中的一个幽灵。

他是个孤老。虽然他有女儿。

芦儿要我替他把一件衣服铰褊。我终于绞完了，准备在短墙放一泡尿，刚解开扣子，觉得背后有一股冷气。我惊回首，见低矮昏暗的门里刘把子错动腮骨直盯着我，那袖口上别的两根绗针熠熠闪光。我想讨好地跟他说一句什么，但他马上消失进那黑房中了。

"他一直在房里？"我问芦儿。

"他除了做皮袄就在里面。"

"没有人去？"

"厨房挑潲水的那个老头有时去。"

"挑潲水吗？"

“给他挑吃的水。”

“瘸手大秀去吗？”

“你怎么刚好问到她？对，她去。她有时送一碗盐菜给他。”

“你说你逢年过节给他提酒……”

“放了就出来。”

“可他是你师傅，你就不给他洗一件衣裳？”

“他没衣裳洗。他不换衣裳。他也许换，谁知道呢？”

“他还是你师傅……”

“随便安排的。这个裁缝铺的徒工没有具体的师傅。”

其实，刘把子并没有盯着我，他的眼睛从来不看人，也不看物。他为什么要盯人呢？他做寿衣。所有的皮袄都是寿衣。只有触到了死亡之唇冰凉气息的老人们才开始缝制皮袄，想把人间一丝美好的温热留住、裹住。然后，无可挽回地将刘把子为他们缝制的皮货带进棺材，让他们向阎王显示刘把子精绝的手艺，并且说明人间毕竟还是有值得留恋的地方。

我想刘把子师傅该为自己缝制一件皮袄了。

歪嘴小菊嘀嘀咕咕说芦儿把她的缝纫机搬动了地方。说芦儿尽占光线好的位置。芦儿说这一直是她的地方，第一天就安排了的。她说刘把子师傅在这儿，自己跟自己的师傅跑嘛。其实谁都离刘把子很远。芦儿这地方除了有窗外透进的明亮白昼外，还与那些“师母”近。

“都只一个缝纫机，谁也没占几亩地。你往这边靠靠不一样吗？”芦儿对小菊说。

小菊的嘴歪歪，就不吭声了。

小菊的嘴并不怎么歪。即使歪也歪不到哪里去。小菊除了嘴，其他四官可能是这个糟糕的裁缝铺最漂亮的，长得耳朵是耳朵，眉毛是眉毛。她的嘴歪完全是一种神经质举动，跟刘把子有异曲同工之妙。不过小菊的歪嘴动作，是小时候因某种生理快感而形成的习惯，而刘把子嘴巴的嚼动却是心理痛苦带来的习惯。不管孰优孰劣，他（她）们都无可救药了。

在宿舍里她的床也与芦儿并排。她床上没有镜子。她是在七八个女徒工中唯一不使用镜子的人；她也没有照片。有一天，这些女徒工嘻嘻哈哈地要到照相馆照相，喊她，她用非常土的谁也听不懂的乡下话骂了一通人，然后就满腹激情地哭起来。好像骂人的话中有一句“个杨杈”。她不能笑，不能哭，因为情绪一上来嘴就歪得更频繁。这使她始终保持了一种哀怨淡泊的表情。

小菊妈上镇里赶集，给她又带来了一罐头瓶子酱黄瓜，还有一些煮鸡蛋。给她师傅袁瓦田带来了两瓶好酒。酒我们没福分喝，她妈便往我们怀里塞鸡蛋。

“这位小师傅？……”

我说我刚来，是大召湖村的。

“噢噢。吃吧，吃吧。”

这个一脸苦相的小菊妈见我们拿着鸡蛋都愣着，一个劲儿地劝。

我们就都吃鸡蛋。

芦儿吃了三个鸡蛋，满口蛋黄拍打了一下手，就说：“小菊给你妈中午炒个小炒。”又说，“大娘您玩玩吧，我们忙去了。您就躺在我铺上歇歇。”

小菊妈说：“你忙吧，这姑娘真客气。”

小菊就说：“芦儿姐你去忙。”

小菊妈坐在小菊床上。芦儿的床是坐都不许别人坐的。她的破杯子和黑毛巾谁要是动一下她就要大发牢骚。

芦儿走了，小菊妈就对小菊说：“家里的母猪又下崽啦，满月就叫你哥拉到镇上来卖。”小菊妈临走的时候，见没人就从大襟里摸出五块钱来塞给小菊，小菊使命地推，小菊妈说你嫂嫂不晓得的，小菊才收下。

她妈走了她眼泪快出来，好一阵儿拿着五块钱，嘴巴一抽一搐。

“我妈也叫小菊，生我的那天刚好也是她过生日。我跟我妈一天生。”

我说：“你妈不该让你到镇上来学裁缝。”

她说：“我妈让我出嫁。”

我说：“你几岁啦？”

她说：“我十七啦，比芦儿小三岁。”她把酱菜和钱收好，情绪正常了，对我说：“我不想出嫁。那是个麻风病，治好了的，也可怕。我嫂嫂说我不出嫁她就要分家。我爹和妈就我哥一个儿子。他们只好送我来找袁瓦田师傅。

我嫂嫂不喜欢我，经常揪我耳朵，用板凳戳我腿骨。”

难怪有一天她硬要蛾子唱《恶母狗过桥》的。当唱到“摔死个恶母狗，淹死你一泡尿”时，小菊才放肆地乐得让嘴歪到老边去。

然而师傅和“师母”们都说她笨，说她上的领子像皱盐菜，荷包也安不上位。总是让她做短裤和小孩的服装，或者专门拷边。

只有芦儿在这里逗人喜欢,人缘很好。她经常拿着一块面料向师傅“师母”们请教，那个大尾胛骨就招摇过市地在缝纫机和裁板间穿来穿去。她对我刚来时的一丝兴趣似乎没有了，忙着的时候总是问我：“吃过饭没有。”

“人人都说你聪明。”我对她说。

“你都能做西服了呢。”她匆匆地就回到了缝纫机上。证明她还是在关注着我的进步，因此我对她经常出现的大尾胛骨还能容忍。

然而有一次她竟挨了大秀一巴掌，眼圈总是青乌的，显得怪模怪样。

那天是芦儿替她师傅刘把子送一件皮袄回来，就见大秀和另一个“师母”打开了。为谁先拷边，结果都没拷成，把三坨白纱团丢到窗外一直滚进臭气熏天的河里。大秀虽然瘸了一只手却身强力壮，虎背熊腰。芦儿见师傅刘把子嘴巴嚼动得像放机关枪，就上前去解劝，当时谁也没拉开。大秀那仅剩的一只好手相当凶狠，不知是有意无意，捶到她的脸上。另一个“师母”似乎也给过她尾胛骨一脚，她记不得了。只是鬼画桃符地在眼圈涂了很多粉霜之类的想抹去那些误伤的乌痕。

“她们说大秀偷人，就找了岔子来搞她。”

“她偷谁了？”

“不就是经常给我师傅刘把子送了点儿腌菜吗，都是腌得死烂了的。”

“那你应该向着大秀。”

“我哪个也不向。她好大的劲儿，她怎么打到我脸上来了？”她愤愤不平自问自，“一只手竟学会了缝纫？！”

我说：“你疼吗？”

她说：“疼倒不疼。”

我说：“那就好了。”

我师傅唐烧佬在她们打架的时候低头笑着裁他的衣服。我看见好像见我师傅不动谁都不敢上前。“姑娘婆婆们在一起就是这样子。”我师傅唐烧佬做出一副失望沮丧的样子，那话像专门说给我听的。当时，芦儿送皮袄去了还没有回来。我师傅唐烧佬漫不经心地朝后头看了一眼，我也敏捷地转过头去看了一眼。后头一堵短墙，短墙内是驼子会计在扒拉着算盘。会计的目光与我师傅唐烧佬对视了一下，我又与唐烧佬对视了一下。当时裁缝铺里的棉花瓤子到处弥漫。那时候大秀正将一根皮尺套进另一个“师母”的脖子上，像套马杆一样拉。对方“师母”抓住一根早拔下的电熨斗的插头想要“电”大秀。大秀说了声“没电”，就放开套马皮尺，将对方“师母”一把压在小菊的缝纫机板子上抓对方的奶子。对方也同时抓住大秀的头发。大秀的裤带也扯出了。大秀毕竟只有一只手，在这千钧一发之时，芦儿进来解交。

我的那条站酸的好腿在拼命抽筋。

风暴过去之后，一瞬间，谁又喊起来：

“出血了，还不找块布筋子来包包！”

很多头都同时抬过去。

刘把子的手安静地放在皮袄上，那雪白的羊皮上濡出一块红色来，在幽微的那线阳光里灿烂夺目。一根长长的绗针嵌在刘把子的指头里。这一刻，刘把子的嘴破天荒地停止了嚼动，像一幅油画，价值连城。

“行啦，扣奖金吧！”

驼子会计打着哈欠，冷冰冰地从短墙内走出来宣布说。

“好了好了。”我师傅唐烧佬也哮喘着说。

“我打过荷叶伞。”

我师傅的女儿蛾子见我那几天闷闷不乐，又给我讲故事。

“我们用荷叶做帽子。”

她讲的故事全部是她八岁那年的那一次。她只有这个故事。

“……我走呀走呀，当时我用荷叶喂了两条小鱼，走着走着水漏了，鱼也死了。我就撑着荷叶。他们都不等我，我回来的时候天都黑了，走得好累啊。当时我妈还没有死，我听见我妈唤我了，可是我脚走出泡了。我听到妈妈的喊声，我就一个人笑。我们那一天真好玩……”

蛾子坐在椅子上的时候完全是一个正常人，你相信她会亭亭玉立地站在你面前。

我说：“蛾子，你的长相真好看。”

她粉嫩的脸红了，推了我一下，“晓得二狗哥会说话。”她又说，“二狗哥，你听我唱个歌。”

杨柳青哟放风筝，
哥哥和妹妹放风筝，
哥哥放的……

她唱不了了。这本来是一首像三月一样美好的歌，她的喉咙卡住了，低下头鼓着腮帮用她的脚划地下。

“唱吧，蛾子？”

“……”

我帮她唱起来：

哥哥放的铁拐李……

她一把拉住我的膀子，像个真正的撒娇的小妹妹，大胆地和起来：

哥哥耶，放的铁李拐……

我唱：

妹妹放的鲤鱼精……

她和：

妹妹耶，我放的鲤鱼精！

我们哈哈大笑起来。

她说："这都是我八岁的时候跟隔壁编蒲席的伙伴们学的。他们会好多好多。"

我说："是吗？"

她说："二狗哥，你说话太少，你不像我爸。二狗哥，你有好多心思吧？闷在心里要得病的。"

我说："蛾子，这个裁缝铺谁的手艺最好？"

她说："这么多日子，你还没搞清楚吗？"

我说："是我师傅，还是袁瓦田？"

她说："过去是刘把子。刘把子脑筋坏了，就只能缝皮袄了。"

我说："现在是我师傅。"

她嗔怒地说："你莫吹我爸，他还不及袁瓦田裁得好。他只会一张嘴瞎吹，吹得镇上的年轻人都找他。"

"那就是他了。"

蛾子说："我不管。"又说："反正每个人都有跑红的时候，过不了些时二狗哥就该你在镇上跑红了。"

"我有一头肥羊。"我苦笑地说。

傍晚的时候，我走过刘把子的门口，我看见了包着手指的刘把子趴在地上吹火做饭。他的灶很低很低。这只是匆匆扫过一眼。刘把子并没有发觉我看他。

夕阳西下，我踽踽徘徊在刘把子那小屋的周围。猩红的河面衬着裁缝铺惨白的高墙，几只麻雀衔着草往墙洞里飞。我忽然泪湿衣襟。姐夫，你每次来都没提那只肥羊，你以为我现在成了裁缝师傅而不是一个拐腿的牧羊少年了吗？你拿来一大批布料告诉说给外甥做套装做棉袄做背带裤，并说他三岁啦不要开裆了吧拉链呢拉链我去买，褡扣呢褡扣我也去买，免得你们里头的人说闲话。唐烧佬师傅跟我都讲过的同行生嫉妒。歪嘴小菊你有个恶母狗嫂子，我有个笑面虎姐夫，可你不是来自大召湖的，而蛾子八岁那年去的那地方也叫大召湖。然而我没见过她，大召湖没有蹲着走路的孩子，大召湖的女孩都像水波一样走路杨柳柔风，笑时桨声呀呀。大召湖只唯一养下了我这么一个不共戴天的跛腿，将我驱逐出境。我是大召湖一次风暴后不可愈合的伤口？是渔人眼里存下的对古老灾变的记忆？我是魔鬼的子孙、游魂的遣使？我娘怀我的时候听说用斧头剁过门槛，而她为什么要剁门槛？我父亲他下湖去了，难道这个酒鬼除了打鱼喝酒就一点儿也不帮帮我妈劈点儿木材吗？我姐那时你死到哪儿去了呢，难道你谈恋爱去了吗？你比我只大四岁，你四岁就懂得恋爱与接吻，与我那怙恶不悛的姐夫鬼混去了吗？你当时应该帮助妈也就替我多长一条好腿。我父亲老说他打起过一条三条腿的乌龟，龟甲上还有贞观三年的记载，而这是否就预示了我与生俱来的劫数？水田漠漠雨荷森森我的肥羊迷失了方向，它咩咩地向一条远去的小船呼唤着，小船上站立的那个英俊的跛腿少年现在到小镇来了，他现在在裁缝铺白色堡垒的巨大影子里。

羊和孤独的牧羊人啊！

唐烧佬我师傅他教我缝三颗扣子四颗扣子的西服。他说我和我们大家都适合穿三颗扣子或四颗扣子的西服。他说你没看那些大领导穿的那种西服吗？我说那不是西服。他看过电视。我师傅这个哮喘型的啰唆鬼还教我把女孩子的衬衣领都做成荷叶边，说这才有派头哪。我师傅还教我做喇叭裤，说裤脚越大越好，现在镇上的流子哥成了义务的扫街员。我说过时了，他说电影里都这样。我说武汉知青当时下乡来穿的靠板裤，就是现在卖的高尔夫裤，我说武汉知青来的任务就是宣传服装现代化一直十几年了，而我们还没唤醒老在二十世纪六十年代外国电影里的服装上打主意。我师傅说他年轻时学手艺天天帮师母倒尿罐。“你怎么这么嚼筋？”他倒说我爱嚼筋，他才是个嚼筋的老家伙。他与刘把子暗暗地嚼筋有什么不同，他们完全是一对孪生兄弟相得益彰，使这个裁缝铺有了一种动感，一种旋律。

“纳棉袄里子吧。”

我就纳棉袄里子。

这样我可以坐下来，让我的那条含辛茹苦忍辱负重的好腿歇歇了。

我师傅唐烧佬用一口大瓷缸泡茶，缸内茶垢乌黑。我师傅喝一口茶半咽进去半含一点儿喷在布料上让其缩水。我师傅把他的哮喘病菌洒遍每一块布料让其带到天涯海角，满世界传染。我师傅用他自制的木托去熨三颗扣西服的台肩。我师傅总是把该有迹的地方熨出显赫的迹来。而别人穿起却总是别扭，掏出钱给他后就溜之大吉唯恐腿短。而我就发现小镇人穿新衣都感到难为情，像犯了奸淫罪一样在呢子外面套一件旧中山服，把裤裆的拉链埋得很深，把苹绸棉袄用幔罩衫裹住，这是否是我跑红的师傅唐烧佬的过错？他裁的服装为什么总是扭扭绊绊纽纽襻襻，让其有很多装饰小件把别人武装到牙齿。以为这样他的出手货就时髦了，就跟城里人一样了。我师傅哮喘时的饶舌，很能使顾客信服。以为他每一声哮喘出来的话都是上海和广州的名牌商标。我师傅总把我晾在一边，只让我给他铺面料找各种颜色的划粉，或者去给他打茶，让面料缩水的工作都出自他之口。我师傅还要我给他热烫斗给他挪裁板给他买早点。他早点喜欢吃锅盔包油条，天天如此百吃不厌。

我师傅让我把机头背到县城里去修。

我搭了长途汽车颠颠地背起缝纫机头去县城里，去找一个据说是叫武黑皮的师傅。他是唐烧佬的徒弟。唐烧佬交代我不要叫师兄还是要叫师傅。我师傅唐烧佬说，老武呀这家伙学了三年，衣服没学会做倒学会了修机子，一直修到县城去了；我师傅唐烧佬说他搞了一辈子裁缝却没学会修机子。他说这架机子最喜欢坏的就是花篮和曲杆；他还说他搞了一辈子裁缝咋就没弄明白一根针能把两块布连缀在一起。

我去找到了武师傅。武师傅在一家服装厂的后面。他有一块裁板却油污污地堆着各种机头。

我说是唐师傅唐烧佬要我来的。

“还是那架机头。”

武师傅便拿了起子扳手去拆。拆了很大一会儿才说要我坐，但没问我喝不喝水。

旁边的一个似乎也是搞修理的看看我，又凑过鼻子去看武师傅拆零件。

旁边的一个师傅说："花篮都磨空了。"

老武呀抬起头瞅我一眼，对旁边的那个说："唐烧佬节约。"然后戏谑地一笑。他并不称我师傅唐烧佬为师傅，直呼其名。他不尊师，他真该黑皮。我也看到他们把我师傅唐烧佬机头上的零件到处扔。

"这又是唐烧佬带的新徒弟吧？"

旁边的那个半对我半对黑皮老武说。

老武呀埋着头修理机器慢慢答道：

"唐烧佬没事了就喜欢过点儿师傅瘾。"

"他还是哮喘？"旁边的那个人问。

我说："他还是哮喘。"

"他并不抽烟。"黑皮武师傅知情地说。

"这真是巧事。"旁边的一个说。并且去帮武黑皮卡着机头，生怕它在就诊时突然发疯。

"个婊子养的！"是在骂机头。

"个婊子养的。"旁边的一个直起身吐出一口气。

"好了。"黑皮也抬起黑脸来对我说。

"就好了？"我说。

"还不就好了！"武黑皮说，"修唐烧佬的这种机子我吃不成饭了。"武黑皮闻了闻手上的机油，牢骚地说。我想他也没闻出个名堂。

我说："好多钱？"

武黑皮说："要鸡巴钱。"

于是，我背起机头就走。

我听见他们在后面说："一看就是乡里的，还跷着脚呢，不学点儿手艺干什么呢？唐烧佬呀，真是的，狠心收这号徒弟……"

回去的时候，在汽车上我跟一个跑生意的胖子吵了一架。这个家伙用圆珠笔在前面的靠背上写一些乌七八糟的，如"坐东窗吹南风吃西瓜皮朝北甩，看前朝想后事读左传页往右翻""结婚死人哭笑不得，撒尿打屁雷雨交加"。

还写了一些什么实行三包电话号码电报挂号之类。我说 :“你的脚抬到哪里来啦”。他说 :“你这缝纫机上到处是油。我还晕车”。我说 :“你吐些什么快不给我机子揩干净”。他说 :“我有病呢，你这人”。我说 :“你揩不揩？你是要我帮你脱褂子吗？”他说 :“你敢，你反正是裁缝揩了要你做新的”。我说 :“你揩不揩？”他说 :“我早晨就多吃了两个鸡蛋，你这人像没见过世面的，脾气这大”。我说 :“我是没见过世面的乡巴佬咋样？”旁边的就说揩吧揩吧。他就撕出几张合同之类的纸来弯下去揩。我气愤地含了一口痰终于从他头上啐到窗外。我还想啐，不过后来我自己劝阻了自己，把一口仇恨的涎水吞进肚里去了让它发芽。

洗脚的时候，芦儿进来说 :

“小刘，县城好玩吗？”

我说 :“好玩。比这镇上垃圾少点儿，不过野狗也多。”

她说 :“是有野狗。”她又说 :“不过我没去过。”

我说 :“我坐车看到你们村了。”

她说 :“我们家离公路很近。”

我说 :“我看见一个年轻女的抱着孩子在哭，不知是不是你家的。”

她叹了一口气说 :“我们那儿出木匠。”过了一会儿又问 :“小刘你戴的什么牌子的表？”

我说 :“电子表。五块钱一块的。”

她说 :“这好。”

我说 :“是吗？”

她说 :“你知道裁缝铺哪个最发吗？”

我摇摇头。

她说 :“会计刘驼子。”她说，“他背上背的一坨全是钱。兴许还有衣服布料。”

我说 :“他偷铺子里的布料？”

她说 :“这可不能瞎讲的。”然后四顾一下低了声音对我说 :“他今天最后走的，被我撞上了，他背上的那个驼子比往日大了许多。问我吃饭了没有，他可从来不问我们徒工的。我说我忘了带饭票。”

我说：“布料不有数吗？”

她说：“有时有数，有时无数。这一批军大衣，是给江北农场做的，布料一捆捆，谁知道？”然后又说：“我们反正不管。”

我说：“我当然不管。我有一头肥羊。”

她说：“你说的是什么呀，你说话总是胡马着来。”

我说：“我是不管。”我看着她吃萝卜吃多了的苍白脸说。

她把大肥尾胛骨从我床沿上取下来就走了。

我裁衣的时候喜欢看着那个猫眼屎窗口。一个老太太在河边精心细致地涮着她的尿罐。通红的太阳落在水里在她的尿罐边荡漾。几个拉纤的拉着纤唱起谁也听不懂的歌匆匆离去。一张白菜叶老是在原地打转。我看见一个穿红秋衫的下河去洗脚。我以为那是我。我在大召湖穿红秋衫放白羊。红日普照大地，春色痴笑麦田。白羊说我们八岁再重逢吧。反正蒲草在八岁的时候就要割了编席袋装盐。白羊说我蹲着走路可以吗？我总是比你矮，我们到湖上走走，纯净的空气里音乐在我们的灵魂中荡漾。大秀为什么要抓师母的奶子呢？忧郁的过客说我不知道前面是什么地方，但我一定要走，老人说是墓地女孩说是花园。早晨你好。红色的渔船枕着牧羊少年的梦境。一头邪恶的肥羊讲着八岁的故事。八岁在八月的坡上摇着铃兰叮叮当当。残酷的蓟草蛊惑我成为一个匠人。蓟草是鱼腥味的化石，张着欲望纵深的嘴想接近水妖。太阳落了，师傅说：“蛾子你放下，先回家做饭吧，蛾子你也不晓得歇一歇。”

蛾子说：“买了肉的，二狗哥，去我家吃。”

刘把子也去做饭了，他的手已经好了，他虽然清心寡欲，整天在皮袄上潜心悟道，他却不是一个素食者。他把天下的羊子皮都剥下来为别人制作寿衣，他这辈子将完成的是一项巨大的工程。但愿我的肥羊安在，在低矮的大召湖边的栅栏里呼唤着主人的归来。刘把子一天要吃一斤肉，他唯一的菜据说就是这锅肉，他把肉吃光后就用肉汤煮大秀送来的腌菜。

我把一盆洗脚水倒在刘把子墙边，刘把子又瞪着我。他干吗总是瞪着我，不就一盆洗脚水吗？别人都在这儿气韵贯通地撒尿呢，难道洗脚水比尿水还脏?

我非常害怕他的目光了。而且他瞪我的时候嘴还不停地嚼动，当然话没出口但肯定是在诅咒我。

难道就差我的羊子剥给你做皮袄了吗?好像我欠了你什么，我不就一张羊皮对你胃口吗?

小菊跟着师傅袁瓦田出外做上工去了（上工即上门做工，人家管饭），一去就上十天。回来的时候嘴还是歪，且消瘦了许多。回来就问她妈来过没有，放酱黄瓜和蛋没有。我们说没有，她就哭起来。我们说上工在人家里吃得好吗?她说吃得好。芦儿说对不起，我的机子又和你换了地方，小菊说换吧换吧芦儿姐。

袁瓦田师傅就去给驼子刘会计交钱，一天是两块五，十天共二十五块。

小菊还掏出烟来给我抽，说上工真划得来，一天两包烟不管你抽与不抽。小菊穿了一双高跟皮鞋，芦儿说真好看，小菊就高兴起来，说是真牛皮的呢，二十多块。芦儿就盯着小菊的眼睛说这是谁给你买的?小菊低声说是自己买的。芦儿就说你真有规划，今后结婚了肯定是个好当家。小菊只把嘴歪歪，说不出话来。芦儿就说我的那个木匠师傅给我买的三双皮鞋都不理想。说他马上又要来的，妈的个 ×。

芦儿的对象是个木匠。

芦儿不喜欢那个木匠。

那个木匠肯定很蠢，因为他断了一截指头，除了他自己的斧头砍自己的指头还有谁呢?而我觉得他们是天上一对，地下一双，因为有诗为证："龙配龙，凤配凤，乌龟配王八，长虫配蜈蚣，瓦匠配小工，木匠配裁缝。"但是芦儿要打破这种最佳配偶法。

那个断了指头的木匠果真马上来了。来了就坐在芦儿床上看《服装裁剪法》。木匠聚精会神地拜读这本大部头的图文并茂的著作，并且一根接一根地抽烟。他把这本著作拜读完之后，又接着温习第二遍。因为他没事干，芦儿在外面做衣，也不大理他。

"我在 × 镇做工，我们建筑队包了一栋房子，我专门做窗子。"他到我房里来主动递烟给我抽时说。

“是齿窗吗？”我说。

“有有齿无齿之分。”他说。

我说：“有齿怎样，无齿怎样？”

他说：“有齿安全，无齿危险。”

我说：“何以见得？”

他举例说：“× 镇银行不是被抢了吗？杀了两个女的，一个才结婚一个月，用杀猪刀捅的！杀猪刀你知道吗？就是杀猪的，”他解释道，“就是从无齿窗爬进去的。在二楼，瞧，危不危险？”

芦儿进来听见了他后面几句，大声说：“杀人，杀人，你就晓得讲这些，你未必也想杀人！”

木匠说：“我根本不想杀人。”

木匠每次来都给她带很多东西。这次来又带来一双皮鞋、一条纱巾之类什么的。

芦儿把那些东西接过来摔在床上说：“我不要我不要，这是些什么东西？回去给你老娘穿去吧！”

木匠摊着手说：“这是什么话，这是什么话？”

吃饭的时候，芦儿说：“你走啦，这儿没有多的碗，你上街去吃啦。”

木匠说：“好好。”

小菊就说她不吃，把碗借给芦儿，芦儿说：“他比你会吃些？”

木匠一旁连连推碗说：“小菊，不了不了，我走的我走的。”

等房里女徒工走光，木匠还是跟芦儿关在房里了一会儿。等送走木匠，芦儿苍白的脸上还是增了点儿红色。

“妈的个 ×，我最恨他，”芦儿说，“今后怎么办，跟他结婚，都死在农村了，子孙万代不得抬头。”

小菊告诉我说：她在跟木匠讲条件，能把她搞成吃商品粮就嫁给他。说裁缝铺不解决，就要他出三千块钱，她有路子去钻个商品粮户口。

镇上一个税收员来到我们裁缝铺，说是来查账的。税收员长着大盘的络腮胡子。会计刘驼子把一叠账本都搬出来。唐烧佬要我去买两份锅盔包油条，说税收员也没过早。税收员把锅盔包油条放在玻璃板上，听刘会计一五一十地汇报。税收员频频点头，或者不怎么点头。等锅盔包油条冷却之后，他才记起拿过来咬上一口。

“我们是个穷单位这您知道的，镇长也知道的，”唐烧佬喘着气说，“在这里工作的人都是些婆婆佬佬残废军人。哈哈，刚够开工资，能有碗饭吃就不错啦，托共产党新社会的福。这些残废军人旧社会还不是讨米，哪有什么缝纫工人做？没有共产党就没有新中国，也没有我们这些人的今天。‘文化大革命’的时候，我们缝纫社动都没动一下，坚持生产，您可明察公断。修通往区公所的那条路，我们还是抽了几个身体好的去挑土。您说得有道理，国家有国家的困难，《红楼梦》说了嘛，大有大的难处。可我们这月的工资一月平均没超过一百呀，说我们分了二百八十块？有这么多钱就发大财喽，哈哈（哈哈，会计刘驼子也笑）。我们不晓得搞积累，积累多了把铺面修修，买几台好设备？哪个不想单位大发展？提留我们每月扣了，所得税调节税我们按月付清了，还要公鸡下蛋下得出来啦？……”

税收员搞了一个上午，终于一无所获地走了。

“我想问是谁在外面瞎讲的？”

刘会计从会计室钻出门，大声问。

一时间，只听见轧轧的缝纫机声你追我赶，都像没听见一样。

“谁呢，谁？啊？”

会计驼着背交叉着手巡去巡来，冰寒的眼睛四下看着。

“谁肘子还往外扭。”

“师母”们终于圆着场子说。

“对呀，谁还怕工资多了咬人？”都附和说。

“谁，谁呢？”刘会计仍然怒气未消。

“也是的。”唐烧佬揪了一下酒糟鼻子，感慨地说。

我明显感觉到刘驼子会计的目光在我们这些徒工的身上打转。我如芒刺背。

“愿意在这里搞的就搞，不愿意搞的就走，自愿嘛！”

我看见那猫眼屎窗口有一条野狗跑过来，夹着一条有气无力的尾巴。

“账目一清二楚，要查都来查吧，我刘某人没统进荷包一个，要查就查个×稀烂吧，让这×缝纫社垮台吧！”

“好好，刘会计消消气。”袁瓦田师傅踮着脚过来，递给刘驼子会计一根烟并殷勤点燃，“不没事吗，不没事吗！”

晚上，我把隔壁的那帮子师妹们叫到一起。

“都先别忙着去吃饭。”我站在门口。

“咋的啦？”她们有的放下碗，有的取下袖套。

“诸位，还能忍吗？”

她们仿佛都忘掉了，嘟囔着说：

“都过去了的事……”

我堵住门，这时蛾子也走过来了。我说：

“不就是冲着我们乡下来的徒工吗？！”

“学手艺呗。”有几个无能为力地说。

“是的，学手艺。首先，我要搞清楚，这里头是谁多嘴了，在外面说了些什么？”

她们你看我，我看你。

“我反正除了上班就是……就是茅房、食堂，”小菊低声说，“我没出去过？”

“谁，说吧，谁？！”

我当时肯定是疯了。

“当然也不合理嘛，一个月给我们学徒工二十块钱，我们做的衣服比师母们少吗？说了也没大不了的，有理走遍天下，无理寸步难行。”芦儿说。

“你说了什么没有？我问这个。”

“谁记得清？”芦儿说，“我说没有我记不清了。”

“你当时应该站出来，你是有种的就站出来。他刘驼子未必比我们驼得好看些吗？我短一点儿腿，他多个驼子，难道他多一坨肉就值得骄傲？”

她们笑起来。

我说："别笑，你们这些可怜虫，你们是在笑你们自己吗？现在我说第二。第二，驼子不是说了，愿走就走，这是赶我们，你们还能干下去？我现在征求你们意见，我想走了，谁愿意走的，咱们卷起铺盖走吧，这地方待下去也没味了！"

"走就走。"其中一个说。

"要走一起走。"又两个说。

"二狗哥……"蛾子拉着我。

我说："你一边去，没你的事，你是这铺子里的正式职工，你是镇上人，与你无干！"

我当时好像一巴掌推开了她。

大家都不说话。

小菊在角落里怯怯地问：

"走，走到哪里去？回家去？"

"是呀，我们要想想，小刘。走无所谓，你们要走我也不会一个人留着，但要想想影响，他们不说我们刚翅膀硬了就要飞了？我们不能拿闲话把师傅师母们说。"

"是呀是呀，你们走了，这社里还有么味呢，都是些老家伙，说个话的人都没了咧。"蛾子笑着说。

"这口气就忍了？"

"忍了，"芦儿果断地说，"人在矮檐下，哪敢不低头？"

我说："好吧，你们去吃饭吧。"

她们都迟迟疑疑地走了。蛾子还在。她在叫我去她家吃饭的。我说我不吃。我说你家的缸不是满的吗，刨猪也刨不得这么多水去。

蛾子说："二狗哥你脾气太坏。"

我说："我又不娶你，太坏与你么相干呢？"

她说："其实今天的事又与你么相干呢？"她说，"我爸今天说要你陪客，是我们过去的邻居，她儿子办抓周（即一岁生日），我爸给她小家伙做了两件衣裳，她送来一只野兔子。"她说，"她小孩都一岁了，乡下结婚真早。"她说，

“我记得八岁那年……”

我说：“够了！”

她哇的一声哭起来。

我吓了一跳。

不过马上我又很高兴。

我看她哭得非常有韵味，脸腮涨得更嫩更红。这个小镇人，这个裁缝的女儿。

我当时不知怎么的就胆大包天起来，拉住她的手。我当时一点儿感觉都没有。要说感觉的话，感觉良好。我认为那是一只正宗少女的手，又软又弹，充满了想象力。

她那时却不像她爸爸炖的那只野兔，她像家兔。她也抓住我的手，她那时对我有一千种怨恨，我以为怨得有理。我当然就毫不在乎去啃她的嘴去压她的乳房了。我当时是以仇恨的火焰带着瘸腿乡下人的尊严去啃去揉她的。我有一股正义的力量去啃这个裁缝的女儿，这裁缝铺里的女正式职工；这只有八岁那年记忆的小娇娇，这可怜的人儿我的同类世上有无数条生活之路却没有选择余地的我的志同道合的肥羊家兔；让我吮你八岁的记忆吧，让这白色的堡垒摧毁吧，妹妹，你不要站起来，你就是站起来又能看多远呢？我们两人有一只腿就够了，我们原地踏步，反正走远了更累，现在我们喘口气吧。

“二狗哥……二狗哥……”

“你可以走了。”我说。

“给我把扣子扣起。”

我就把她里里外外的扣子扣起。

“还有头发……”

我就把她的马尾巴扎好。那青春少女的马尾巴在窗口的夕阳中闪着金色。她是世上第一美人。是我梦中的苦涩的女人。

“刘驼子会计恨我。”有一天，芦儿私下告诉我说。

“他恨我们大家。”我说。

“不。”她说，“还记得有一次我跟你讲过，我看到了他拿布料？……”她叹了一口气，“我这个人倒霉，为什么恰恰让我碰见了呢？”

我说：“你跟师傅们的关系都很好。”

她说：“问题就在这里，刘会计在这个社是实权人物。”

我说：“你打算怎么办吧？”

她说：“跟木匠结婚去。”

她果真就跟木匠结婚去了。

她为自己做嫁衣裳。

当然布料是木匠买的。

她做了两套春秋装，两套夏装，一套冬装。

她日夜不停地为自己赶制新娘服。

她自己给自己量尺寸，自己给自己做御寒的和消夏的和享受春风秋景的礼服。她还自己给自己做枕套，自己给自己做龙凤蚊帐。当然是荷叶边的。这是找我师傅唐烧佬偷去的手艺。

她说结婚前不抓一把以后还抓得到？木匠的嫂子死精，老子嫁过去了是小媳妇还有好给我？她说，杂毛的婆家那里是水田乡，一年四季栽秧割谷割谷栽秧，谷现在依然没涨价，化肥倒涨价了，收了谷卖出去也不容易，一亩水田敌不过别处一分旱田种西瓜的收入，没得搞头！

她完全像个少妇了，她肯定很久以前就是个少妇了。

她眼泪哀哀依依不舍地回去结婚。

师傅师母们送她说还来呀还来呀。

她说肯定来肯定来，我行李又没收走，我不搞裁缝搞什么去呢？我才懒得栽秧割谷。

我和蛾子送了她一床被面，红的。她说她就喜欢红的。

小菊把那双皮鞋送给了她。因为她曾说过这双皮鞋式样很好就像专为她做的又合脚。小菊说就是旧了点儿可心尽了。芦儿她说小菊你嘴巴也甜起来了。不过芦儿还是把自己不喜欢穿的皮鞋给了小菊一双。等于是换了一下。

一个月以后芦儿回来了，一点儿也没变。不过大尾胛骨松活了一些，自在了一些。是她木匠丈夫陪着一起来的。

来了之后就见人散烟散糖。散过之后就说要走啦。她木匠丈夫来帮她卷铺盖挑机子。

“他给我在那镇上租了一间房，我自己去开个铺面，带个徒弟。”

芦儿向大家宣布说。

“现在都可以开铺子嘛，只要缴点儿税，拿个营业执照。现在户口不户口的也没个了不得，有钱就有一切。”

木匠说。声音很大，都听得见，带点隐语。

“是呀，现在个体裁缝摊一天赚他十多块。”

有人憧憬地说。

“好呀，好呀！”我师傅唐烧佬说，“又一个出师啦。现在出师也不兴摆出师酒。好呀，好呀，我们缝纫社培养了多少，出去了多少？一批批的，出去都是刮刮老叫的角色。”

芦儿一走，小菊的缝纫机就再也没人换地方了。

走一个，裁缝铺就像空旷了许多。

裁缝铺传出话来说，我们徒工都要搬到邮局去。邮局有一间房老空着，那里的电话一到半夜，守电话的老头就不接了。他说他怕鬼，他的老伴儿也怕鬼，说半夜不知什么总是把总机室弄得哗哗响，好像老鼠在啃电话线但又似乎不是。这两老没有孩子，于是他们怕鬼与老鼠。让这些徒工跟他们做个伴儿。年轻人火气大些，鬼怕火气大的人。并且说租金一分都不要。

“天大的好事。”刘会计说。

刘会计对我说：“把两个寝室拆掉，那些墙没粉刷摆在缝纫社里也不雅观，看没个看相。邮局那边是女徒工住的，你就住你丈老头唐师傅家中去，你反正已是唐师傅家中的人了。他就这么个女儿，你不做上门女婿能成吗？迟住不如早住，就像你们乡下栽秧一样的，赶早工凉快些是吗？”

我说：“我并不想做女婿。”

他说：“你还想反悔？蛾子打着灯笼都难找，她现在是二级工啦！”

我说：“三级工又怎么样呢？”

他说：“三级工工资就高些，四十八块三，粮贴肉贴水电费七的八的一加起来就六十多块了。”

我说：“蛾子并没有四十八块三。”

他说：“爱一个人不在外表也不在金钱，要看她心灵美。常言说得好：美不美，水不水。难道蛾子蛮水？”

我说：“蛾子不水。”

他说：“说一千道一万，在家千日好，出门一时难。你搬到她家去，热茶热水不就像在家里了？跟蛾子结婚，唐烧佬师傅的家产全都是你的了，未必他还能带到棺材里去不成？何况现在还是火葬呢。”

我说：“你图这个你跟蛾子去啦。”

他苦笑道：“你没大没小的。蛾子叫我叔叔呢，看你今后叫我么事？”

他最后说：“这是领导讨论决定的，还是要你姐夫来帮我们用车子拖拖，拆下的砖卖给私人了，这钱一人一份，你也有一份。所有徒工都有一份。”

我的臭姐夫终于把那些砖拖走了。于是，所有的缝纫机都重新摆。缝纫机、裁板疏散了。我现在离刘把子很远。我离唐烧佬我师傅也很远。我拥有了一张裁板。我正式开始独立地裁衣。我与刘把子是对角线，这使我很难看到那个猫眼屎窗子的外面了。唐烧佬与我是平行线。在另一个角落。唐烧佬与做皮袄的刘把子也是平行线。这样说起来很复杂，其实说穿了就是一人一只角。其他师傅依次其间，不按姓氏笔画。总之还是很乱。无论怎么样变动都显得很乱，在这个大通间的裁缝铺里。

小菊离刘把子很近。各在小窗左右，基本上垄断了阳光与空气。也能有机会看到野狗、川船佬和老太太涮尿罐之类的自然风光。他们是阳光和空气的门神，都患有相同的嘴疾，犹如一个对称图形。

我并没有搬到蛾子和唐烧佬我师傅的家里去。不是说我跟蛾子有什么反复。在两人中间，反复是不会出现的。她爱我的短腿我爱她的软筋，完全是臭味相投自由组合。

我也住在邮局。那一对老人给我腾出了半间仓库，里面放着破瓷瓶、生锈电线和报废总机台什么的。老太太是一个热心快肠的人，她对我们的搬迁表示出极大的兴趣。她说，“我这下收了这么多儿子女儿真是福气，老头子呀，还怕不怕鬼了？”老头子——就是那个老邮递员说，“我几时说怕过鬼？你迷信什么呀？我是说年轻人来了热闹些，我就喜欢年轻人”。老太太说，“你们就打呀闹吧，打得头破血流我都不怕。我就爱看年轻人疯疯癫癫，几好玩哟，未必年轻的时候不疯，到我们这大把年纪才疯？”

我们说：“肯定是要给你们添麻烦的，肯定要打要闹。”

她说：“打打闹闹，热热闹闹有什么不好”。

老太太说要在这帮女徒工中认个干女儿，后来就找到了小菊。女徒工中就她还长得姿色一些，又哀哀怨怨地逗人爱，虽然嘴巴有点问题但不是原则问题，所以讨那两老喜欢。认了干女儿小菊就要叫干爸干娘了。小菊的妈就跑到镇上来，给老邮递员及他老伴儿提来一篮鸡蛋、两块糍粑。老邮递员两老就给小菊妈扯了一身凡士林蓝衫子，给小菊买了一双皮鞋、一双尼龙袜子。

然后就叫干爸干娘了。

然后没几天就把“干”字去掉了。老太太又说要收她为养女。

说收作养女后就可以上商品粮户口，因为他们是两孤老。

果然就上了户口。

小菊一下是小镇人了。

没几天，又一下转成了裁缝铺正式职工。

人们都私下说，她这个位置芦儿迟几天走就是芦儿的了。说小菊走的是吃屎运。

老太太又放出来话说，要给小菊整嘴。

“整得好，这种歪嘴整得好，我们家老头子刚才给省里的大医院打了电话的，说这种歪嘴完全可以……可以什么正啦，老头子？”

老头子不耐烦地补充说：“是矫正。”

“对对，是矫正。说这种歪嘴不是娘肚里带来的歪嘴，这种歪嘴是小歪，大歪就不行了。说这种歪嘴是习惯，歪嘴的人像我们小菊，自己可以让它歪，也可以不让它歪。我说小菊呀，它歪的时候你就打它一嘴巴行吗？朝哪边歪就朝哪边打，给我死打！嘴巴不听话歪着也是讨人厌……”

老邮递员磕着烟斗发脾气说："你少说两句成吗？别把喉咙噎死了犯不着，你左一个歪嘴右一个歪嘴说得蛮好听？"

老太太就咽一口涎水说："怕咋的呢，我们小菊今日个歪，明日就不歪了啦。我拿个千把块为她诊，诊好了就是宫女啦，皇帝来了我都不嫁出去的。"

没有给小菊去省城诊治的时候，袁瓦田就来提亲了。这当然开始是隐蔽的。哪知道小菊几天不表态，气死了老太太。老太太说："小菊，我的儿，你未必同意了不成？他是你师傅，又那大把年纪，全放在盐缸里也腌不出四两肉来了，还跛着一条腿呢。"

小菊被逼得没有办法，一下哭着就把什么都跟养父母讲了。

老太太气愤至极，横跨过裁缝铺，当着众人指着袁瓦田师傅的鼻子臭骂："袁瓦田你这个臭不要脸的跛叫驴子，你长了人心肝吗？你个臭不要脸的臭不要脸的臭不要脸的，说是跟我们小菊一起去做上工，你做上工了？你是带她去刮胎啦，你怕我不知道，小菊都给我讲了。"

师母们就赶快劝她说："老妈子你说不得的呀，小菊还要做人的呀，你怎么这么糊涂？"

老太太说："我糊涂，我才不糊涂，我今年七十三了，我一餐还能吃四两米我糊涂吗？我说了怎么啦，我这人存不住话的，我听了气不打一处来，我好气哟，我说了，我要抓他这个强奸犯。现在是共产党的天下！个臭不要脸的臭不要脸的……"

小菊丢下手中的活计就往外跑。几个师母反应迅疾，马上跟着追赶。

在河边拉住了她。她披头散发。

第二天，老太太就收拾了行装说要带她去省城治歪嘴。小菊从床上病病恹恹地爬起来，扑通一下跪在老太太面前，说："您做做好事吧，我不诊了，您放我一条生路吧！"说着就从歪嘴里吐出白沫，不省人事了。

裁缝铺又不见了几段布料。

说是要大搜查，首先搜查邮局徒工住的房间。

唐烧佬和驼子刘会计带队。首先宣布这不是对哪一个来的，也不叫搜查，只是看看，免得怀疑这个怀疑那个。

我率先打开箱子，我听了芦儿的话，从来不上锁。刘会计又把我的箱子关上，说：

“算啦。”

再查女徒工的房间。

都把自己的床掀开，包、箱子打开。

刘会计走到小菊面前，象征性地看了一下床，却站着不走了，一双像石头一样硬的眼睛斜觑着小菊惊兔般的眼睛。

“你妈不是来过两次吗？”

“我妈给我提酱菜和鸡蛋来的。”

“她怎么提回去一大包？”

“那是她上街称的盐、打的油。我给我小侄女买的一双白球鞋，还有一个文具盒、两个笔记本。都是我的钱买的。我没有偷，我没有偷布料！……”她的嘴扯动着，那么厉害，使我不敢相信。

“我没说你偷嘛，就问问，问问情况。”刘会计咳嗽了一声，说。

“我没有偷，反正我没有偷！谁个黑心肝的想害我吗？我没有偷！我没有偷！”

“儿啊！”老太太进来说。

他们后来在刘把子那阴暗的门口站了一下，都没进去。

“无头案，又是一桩无头案。”刘会计驼着背脊宣布说。

我师傅唐烧佬更哮喘，擤了一泡鼻涕，说：

“每个职工都赔一点儿吧。”

摊到每个职工份上是一块多一点儿。徒工不赔，因为不拿工资。小菊要赔，因为她已是正式职工了。

“我没偷，我没偷！”小菊交钱的时候反复申明。

那天上班没看见刘把子的人，才知道他病了。

大秀到邮局房间来，说：

“不去看看刘师傅吗，他差不多了。”

我说：“病得很严重？”

她说："他买的那斤肉还焖在锅里，一筷子也没动。他先做好了饭，然后他就躺上床。他就是这么病的。"

我说："晚上我跟蛾子我们都去。"

她说："不要买东西，买了他反正也吃不了了。"

我终于问："也是不见了布料。当时究竟是谁害他呢？"

大秀说："不好说，说了怕你见意思。"

我说："与我有关？！"

她说："是你丈人唐烧佬。"

我说："他疯了吗，他不是这号人。"

她说："裁缝呀，一生要跑一次红。也只有一次。当时你丈人没有刘把子跑红。"

我说："我知道了。我明白了。"

晚上我们都去了刘把子房里。大秀、中英、小菊、蛾子和我。我买了两瓶罐头。他的那张矮桌子上堆满了罐头和水果。

我在门口迟疑了一下，大秀说："进去吧。"

不像是病人。因为我没闻到药味。我闻到了一股无法形容的阴潮味。肉还焖在锅里，没错。屋里很暗，既看不到蜘蛛网，也看不到空气。那狭小的房间塞满了一些不知是什么东西，没有一件东西能让我事后回忆得起来的。床占了很大的地方，每只脚都垫了很高的砖头。好像有一个夜壶，也好像没有，反正记不清了。不过似乎床的颜色很好，是比较现代的红漆木床。

我轻轻地走近刘把子。

我感到我在接近一种生活，也在行将诀别一种生活。我听见我的脚步声像一个窃贼。我努力在阴潮的气味中想象大召湖边我的肥羊、青草及虚无缥缈的白云。我想象我是过去那个优美的跛腿牧羊少年，能在湖水中看见自己的影子，能躺在草地上嚼苦涩的青草，然后唱一支忧伤得无比旷怡的渔歌。然而现在我是在一间死人的房子里。这个房子的主人早在很多年以前就死了。

现在我看到了他，静静地躺在床上，形同尸魂，无动于衷。唯一能显示出他还是个活人的就是那张微微错动的嘴。那张嘴在嚼着，咀嚼着，喃喃地嚼着，他反刍着他的过去，他咀嚼着诉说着一个他百世不得其解的谜；他自问自答，自狐自疑，所有的话都是轻轻地说给他自己的心灵听的。只有他自己才能听得到。

我说："你们把他的嘴抹一下吧。"

在场的人都惊奇不解地看着我。

大秀也许明白了一点儿什么。她走过去，用她那只好手缓缓地、温温地贴过去。

他终于停止了嚼动。

房子里突然弥漫出一股馥郁的羊皮膻腥味。

入殓的时候，刘把子终于穿上了一件皮袄。大秀给他买了两张上好的山羊板皮。小菊亲手做的。没想到她的皮袄做得这么好，她真是一个聪明绝顶的女孩子。

他的徒弟芦儿也来了。大秀问她的生意还好？她说还好。就挽起袖子说："还不扎花圈？"

刘会计说："不用啦，车行那儿不是有现成的花圈卖吗，都由社里报销，还有鞭炮。"

我的热心肠臭姐夫开来手扶拖拉机把刘把子拉走了。只有大秀哭了两声，她的那只萎缩了的手没处放，蔫蔫地晃荡着像个无家可归的孩子。大秀说："我图个什么呢，我图个什么呢？"她糊里糊涂地说。

又走了一个，走了一个像空旷了许多。

现在刘把子的位置让给了小菊，她专门做皮袄去了。能接皮货活计是这个裁缝铺手艺好的显示，是一种实力的象征。并且不几天小菊就跟袁瓦田师傅结婚了。袁瓦田的两个女儿都比她大，发誓说不喊这歪嘴黑狗妈。

至于后来的我呢，我想简单告诉你们，我没有回大召湖去。虽然我依旧没有户口，我在这个小镇上买了一块地皮，我的殷勤的姐夫给我拉来砖瓦，盖起了一个铺面。铺面的名字是：二狗裁剪。

我当然跟我的妻子唐天蛾结婚了。我们感情很好，我们经常在深夜的被窝里对歌，她唱"杨柳青，放风筝"，我就唱《拐子送情》，开头是这样的：

正月二十一，
郎到姐家去，
搬把交椅郎坐起，
好像是马歇蹄……

这样的歌当然很忧伤，但我们自得其乐。因为她从不笑我的腿短，我也从不笑她的腿软。我还收了个徒弟，一边学手艺一边帮我挑水。像我过去帮蛾子家挑水一样。有什么办法呢？您到我们小镇来吧，问谁，谁都知道“二狗裁剪”和我——刘二狗。谁都知道我，除了小镇的垃圾和野狗之外。蛾子很久以前就说对了，这个小镇该我跑红了。我们后来生了一个漂亮的女儿，五官端正四肢健全，既没有我跟蛾子腿疾的遗传，也没有他外公唐烧佬酒糟鼻子的遗传。至于我丈人唐烧佬呢，跟所有曾经跑过红的裁缝一样，注定日薄西山了。他不再摆弄他那架老是卡线的缝纫机，每天抱着他的外孙女招摇过市，指给她看甘蔗皮和神情漠然的野狗，揩了她的鼻涕后再揩自己的鼻涕。他的晚年过得非常幸福。

# 草　荒

## 一、牤子的恶念与地膜飘摇

牤子的恶念起于 3 月 8 日。

3 月 8 日是妇女节。

3 月 8 日那天牤子之妻打了一天麻将。吃了晚饭又去打，一直打到转钟一点。

牤子抱着四岁的小女去喊妻，妻不回，在专门整大和。一个大和十番，三块钱。妻埋着头说："四万吃了。"又对牤子不耐烦地说："你去睡好了。"

牤子看着妻从牌桌上下不来，抱着软塌塌的小女骂了声"婊子！"就气冲冲地走了。

卓二嫂家打麻将供茶和瓜子。四个披头散发的女人在一盏电压不足的电灯下，像四个邪鬼，呱呱地吃瓜子。牤子只骂了一声，是看了那几个人的面子。牤子觉得妻奇丑无比，虽然他在五年前对她激动过一阵子，舔过她的舌头、胸奶和汗头发，但是妻现在奇丑无比。

牤子回家去，看到锅朝天，笼里的鸡群因饥渴而嗝逆；小女睡在他的身上，手脚冰凉，牤子腾出一只手去拉房里的电灯。牤子把小女放在床上，替她脱衣的时候闻到一股怪气味。再看看她的那张小脸，极其陌生和恶心，便想，我他妈替别人带野种，把她吃，把她喝，就像鸡孵鸭蛋一样，我莫非就是这么一个不中用的男人吗？犴子终于横了心，决定杀妻。

犴子看到门旮旯有把斧头，又钝又沉，透出莽野的铁气来，放在两双破鞋中间，犴子又想，妻是破鞋。

犴子找酒来喝，吃干咸菜。喝到转钟二点的时候，妻还没回来。犴子有些困了，犴子和衣倒在床上，酒精冲得他脑门一跳一跳。犴子吐着酒气，想，杀了她，我去挨枪子儿。我横了，大不了是个死，死算个什么呢！犴子带着愤恨进入了寒冷的梦乡。

鸡叫了二遍。

鸡叫了三遍。

鸡叫了五遍。

犴子醒了。小女也醒了，从被窝里爬出来，浑身冒着酸气，说要撒尿。犴子说：

“自个滚下去撒！”

小女爬起来，头重脚轻地趿上他的大布鞋子，扶着门框出去在屋檐下蹲着撒尿。黄色的尿液冲得檐沟唰唰直响。

此刻天已经亮了，鸡群在笼里拍打着翅膀，想抖掉霉气。而妻还没有回来。小女揉着眼屎，说：

“肚饿咧，爸。”

犴子去放鸡，鸡出来了，喔喔喔地唱着歌，围着他转，看他的手上没米瓢，便一窝蜂钻进屋后的草丛里。犴子对小女说：“到你妈那儿去，看她给不给你吃！”

小女撅着屁股跑了。

犴子的老娘上街去卖菜，挑着篮子和油壶，说：“犴子，草荒了咧，还不下地去。”

犴子拿着草绳去撵猪，在塘口站着了。犴子没撵到猪，猪跑下塘口吃泥藻。犴子拿着草绳也不知道自己想捆什么。犴子心里乱糟糟的，转过头看看他老娘。

老娘换了个肩，说：“青英还没起来？”

“她没睡，她打麻将，打了一夜。”牤子说。

“唔唔，”他老娘说，“豌豆不见啦，要开沟咧，犁了再种。”

他的老娘低着头急匆匆地走了。

牤子突然鼓起眼睛，提高了声音对他老娘的背影说：“我要杀了她！”

牤子的老娘听见了，一愣，停下小脚，揪过头来，骂道：“清晨八早的，瞎说个鬼！”

“我真要杀了她！”牤子再一次说。牤子的眼睛很决绝、很凶。

“你莫乱搞，你脾气好点儿，不争气的！”牤子的老娘又说，“卖消停了就给小女买糖果。”

“我把她们都杀了！”牤子又说。

牤子想窄了。牤子的老娘觉得好笑，挑着担子走远了。牤子看着老娘一走一颤的可怜样子，拿着空空的一截草绳，自言自语地说：“还是要杀。”

这下子铁了心。

牤子铁了心就轻松了，也不吵早饭吃，空着肚子到湖滩上去。牤子拿着一把薅锄和两根绞竿，想打点儿猪草。

牤子一翻过旧堤，迎面就有风吹来，不冷。太阳出来了，异常耀眼。牤子翻过堤之后就拣近路，到自己的田里去。

牤子在田里碰见了卓二嫂的男汉。“邱哥。”他说。

他把薅锄和绞竿拿在一个手里，歪着站。

“吸烟吧？”邱哥披着棉袄，坐在田埂上面。邱哥吸着烟，把眼眯起，从两片厚嘴里一条条放出烟雾。“湖草也满荒了，鱼不得动，缠死了。今年的湖也要用‘禾大壮’杀。”

“杀！杀！”牤子说。牤子接过烟，对火，席地而坐，又说：“杀了好！”

“你怎么啦？”邱哥问，“脸又白又紫。”

“蓄咧，蓄白咧。没得吃咧，饿瘪的嘛。小 × 们也不见天日，都蓄咧，蓄白了好杀咧。”

“你还没醒，”邱哥说，“昨夜睡得好？”

“她们一夜没回咧。”牤子说。

“管她的！又不是偷人没回，你也是！”邱哥劝他道。

“不偷人？不偷人就好了。”

“你看！少为姑娘婆婆们怄气，犯得着！”

邱哥刚才说的是湖荒，邱哥看着田里的草荒说到湖荒，而不说眼前。荒草漫坡遍野，被风一直浪到湖边。荒草长到湖边了，湖滩的田全荒了。田中央有几家用竹苗子撑着半圆的地膜棚，种新鲜蔬菜。地膜被冬天的风刮破了，地膜白晃晃的在荒草中迎风飘摇。

犴子看着沉默的邱哥，邱哥心很宽，不皱眉、不叹气。邱哥怕卓二嫂，邱哥跪踏板，邱哥还差一点儿喝了卓二嫂的臊尿。就是这样，邱哥怕卓二嫂但是邱哥跟卓二嫂和和气气；邱哥爱吃豌豆，卓二嫂便在锅里炒豌豆，炒得很枯，咬起来嘣嘣响。邱哥也可以吃卓二嫂的鸡蛋，卓二嫂总是笑，总是在乡人面前骂她的慢性子丈夫。但是走亲戚的时候，邱哥就和卓二嫂都穿了新衣裳并排走，邱哥吸烟，卓二嫂挽包袱，两人笑眯眯地往村外走去。

“唉——”犴子自个地想，不禁长嘘一口。

邱哥慢蔫蔫地用眼角看了他一眼，又去拿手搔脚背上的痒。

“不去对岸搞鱼苗？”邱哥问。

“我搞鸡巴鱼苗。”犴子说。

“今年的农药提价了，先买点儿趸着。还是‘禾大壮’好。”邱哥说。

“我恨我老婆。”犴子说。

“屁恨头！”邱哥说。

“总有一天，我要杀了她。”口气显然有些软了。

邱哥知道他们的事，邱哥劝过，卓二嫂也劝过，不过邱哥不爱管这些事。所以犴子想，跟他讲算白讲了。

“到田里来干什么？”犴子只好问这。

邱哥吐了烟屁股说：“要我帮忙打蛋给你的青英她们吃。打就打呗，我反正不吃，我也不打麻将，我就出来了。”

“这群母狗，她们把你的家里闹得不成样子了。”犴子说。

“摸几盘也不算犯什么错误，来了就摸，我那口子图个热闹呗。”

“可不能不顾家咧。”忙子拍屁股往田里走去。

邱哥在后头说：“给她们烧了八壶水，闹得我一夜也没合眼。”邱哥有点表功的意思。

忙子撇下邱哥，钻进荒草里。地膜棚在他的身边飘摇，老化的膜纸像一些破旗，飘得凄凄惶惶。他拿着薅锄和绞竿，想往湖边去。他想起邱哥刚才说的话。岸上水中，都草荒啦。这个不管它，这不关他什么事。但是妻子偷人，不伺候他吃，让他喝冷水、洗衣，还丢下那个野种让他带。小母野种，没个盼头啦，有什么意味咧，活着有个么意味！忙子挑了一担猪草，日就上了三竿，忙子饿着肚子把猪草远远地挑回去，走过坑坑洼洼的道。忙子想：杀，杀了杀了，一杀百了。

## 二、病果三两枝

“又想让我跪下吗，又想打我吗？”忙子一进门，妻便先发制人。

忙子喘着粗气，到水缸里找水喝。妻给玩鸡屎的小女揩了鼻涕，拍打了一下那张小屁股，说：

“昨晚你骂得难听了。”

忙子打过妻，后来反被妻打了，手一块青，一块紫。妻一点儿也不怕他，虽然他不笑，铁脸，一身牯牛肉，在家里重重地摔这摔那，可妻不怕他，照样趿破鞋去约山桂、羊嘴娘、叫鸡母和卓二嫂打麻将。况且他还有求于妻，在床上要讨妻的热气。妻不给忙子打酒，忙子喝自己的酒，可忙子离不开妻。妻摸到了忙子的所有弱点，妻不费吹灰之力就把忙子滴溜溜玩于股掌。妻很阴险。

午时，忙子吃妻弄的饭。妻连轴转，没有睡觉，精神依然好，一面烧火一面唤猪吃食，用蓝罩衫子揩手，在屋场上打小女的屁股，一边骂这骂那，骂得家里很有了生气。

忙子吃妻弄的饭时，丈人来了。

丈人在隔壁的三忠桥住。丈人是三忠桥的果农，买了些刺树背来，说：“你们也栽些啦。就栽在自留地里，三年就结枣。八月剥枣，小女就有竿子高了。”

牤子说：“您吃饭啦！”

丈人说：“饭是要吃的。今年你们村草荒呢。”

牤子说：“小女，给外爷拿酒杯和筷子来。”

妻说：“爹，你们吃，我不吃了，我要睡觉了，我打了一夜麻将。赢不赢，输不输，等于没打。”

丈人说：“青英呀，费精神，何必咧！床是财神，睡好才成。”丈人又回过头对牤子说：“吃啦，吃啦，菜冷了。”

牤子就跟丈人喝酒。

丈人抿了一口酒，说：“湖里船都划不动了，草荒哩！你们田里也草荒哩，怎么搞的！”

牤子红着脸说：“鬼晓得，荒就荒去。”

丈人摸着小女的头说：“该上学前班了。我接过去带，好啵？”

牤子说：“看青英的意思。”

丈人说：“她护孩子，你也护孩子，我晓得的，生怕我们喂瘦了。”

牤子说：“不是这个意思。”

丈人说：“人跟牲口一样，吃得睡得，就胖了。”

牤子说：“青英管自己的麻将。您带过去好了，我懒得给她吃给她洗，我自己都喂不活了。”

丈人敲着碗说：“青英要不得！看你们，看你们，饭都是煳的呢。”

牤子吃了些酒，直打瞌睡。丈人说：“到我那边去瞧瞧！还要梨子树吗？去挖点儿饼肥来肥枣子。天暖了，虫爬出来了。前天惊蛰，虫出洞了。前天听到打雷了吗？”

牤子振作精神，拿了布袋子，打着嗝儿，和丈人一起走出去。

天高云淡，牤子把布袋子缠在一根扁担上。小女没来，所以只有牤子和丈人。

丈人一路走一路给牤子递烟。丈人待牤子很好。丈人欠牤子的，应该还。丈人当初对牤子不客气，要打青英的腿，果然打了，牤子看到此情此景，就非要娶青英不可。青英的奶很松弛，被这个那个嘬过；牤子跟丈人顶牛，偏要争个输赢，后来牤子赢了，把青英娶过来了。牤子回礼的时候拖了三坛酒，三坛酒淹得死丈人，丈人二话不说了。

丈人是个嚼筋，一边嗑白一边敲腿杆。丈人其实是个很好的人，比牤子自家的爹好。牤子自家的爹有点麻，从不跟他谈心。牤子记着丈人过去跟他的间隙，虽然喜欢嚼筋的丈人，总还是亲不起来。重要的是，丈人养了个婊子女，一朵花，人人掐，妖眼又邪法。牤子自愿找的，却慢慢觉得亏了。牤子想：丈人故意不同意他，就激将，激将了之后让他很英勇地收了这个破烂，然后丈人就三番五次到他家来吃酒，破烂有了家了，他就有女婿和外孙了。有家之后，就是一辈子。猪也得过，狗也得过，铁板钉钉的事，比啥都稳固，丈人就不消操心了。只等着到女婿家吃酒，等着有人喊他外爷；过年的时候就收几瓶酒，安伺两餐火锅，给点压岁钱，一切万事大吉了。

"好便宜的事，"牤子想，"养儿养女好便宜，比种梨子划算。不消打农药，不消抗旱，不消怕卖不出去。"

牤子的舅哥是国家干部，不上班还拿工资。正在疏肃的果园里看天，见牤子来了，含着漱口水漱了漱，吐出来说：

"小女没来？我给她买变形金刚了。"

果园起起伏伏，犁犁出的大块垡子寸草不生，干得像石头。牤子跟舅哥笑了笑，说：

"我搞饼肥来了。"

他的舅哥叫青举，鼓眼睛，说："尽管搞去。"

丈人在垄上放下买来的枣树说："喂，青举，炖了火锅吗？"

青举说："炖是炖了，肉不烂。"

丈人说："毒杀芬、杀虫脒、狄氏剂价格怎样？"

青举说："要涨了，都要涨了。"

青举帮着他爹剪树上的毛虫蛹茧袋。青举吭哧地背着梯子，然后爬到苹果树上，剪干崩的茧袋。

“估计今年虫灾，不得了，到处草荒咧，牤子，你们村怎样？”青举问。

丈人赶紧接着说：“他们村王相！”

“啊！”青举感叹道，又说，“牤子，递火我烧。”

牤子爬了两坎梯子，把一盒火柴给他，就下来了。

青举掏出一个空烟盒，点燃烧茧袋。青举往梯子上下了几坎，撅着屁股站稳，像个猴儿似的使劲摇晃着梯子。

丈人在另一棵树上说：“青举，怎么啦！”

青举摇一摇，朝下面看一看，说：“病果咧！去年的病果，总是摇不下来。”

丈人说：“摇个倠！挂那里就碍了你的眼！青举，嗤，青举！”

青举仍望着病果，想了想，还是摇：“个鬼杂种，剁哩，剁不下来。病果是虫窝，要灭虫哪！”

青举就要牤子捡起一根竹篙子剁。牤子在垄中拿起篙子，像剁鸟那样地剁。三三两两的小病果挂在光秃秃的树上，快成精了，剁不下来，晃晃荡荡的。

“算球算球！”青举说，“吃炖肉去。”

牤子说：“吃过了。”

青举说：“还不饿，赶恁远的路？”

丈人拿着一把稻草，说：“青举吃去，牤子栽树。”

青举披着衣吃炖肉去了，牤子接过一把大铲锹，心里说：我是你家长工！

丈人给牤子去装饼肥，牤子一个人挖坑。牤子想：把你的女儿埋在这里。牤子想走神了，结果挖了老深。

丈人走过来，看了看，说：“打地道战哪！”

牤子只好填土，心想：别人还不是这么挖你女儿的吗？就在这里，在金色的苹果树下，那个流氓就是这样挖你女儿的。

牤子栽了一棵枣树，吃着烟休息。太阳不冷不热，昏昏黄黄地挂在远处的湖岗上，湖岗一逶迤，就把牤子的心带到远处了。

过了一会儿，丈人要他去背饼肥。他背起饼肥，舅子青举才从口袋里掏出一个机器人来，说：

"差点忘了。"

牤子穿过果园，看着沟坎高低的篱笆。篱笆后头有一座茅山。牤子不走三忠桥，翻过茅山就到了草荒的家。牤子站在茅草中的小路上，背脊里拱出几颗汗，牤子便把饼肥卸下来，找了个砂岩打坐。

突然，放午学了，一群伢子叽叽喳喳从茅草路上过来，牤子想：我总是遇到仇人吗？牤子想，我不能遇到他，遇到他我就想揍他两巴掌，打断他的肋骨，那我就要坐牢了。

牤子其实很虚弱，牤子从鼻孔里吼了两声，吼出些清鼻涕来，自认晦气，操起饼肥上肩，像个贼往茅山下跑。

## 三、往　事

跑着跑着，牤子骤然想：到时就把小女送到他这里读书吗？

跑着跑着，牤子又想：不送到这里又能送到哪里？送到城里她舅那儿去？

牤子捏着小机器人，想：是不可能的。

跑着跑着，牤子又想：他是小女的爹，小女的真爹。我戴了绿帽子。哪个都不说小女像我，这便是凭证。

这事他舅哥知道，舅哥不说，护着他妹呢。不管怎么说，牤子在他们家，是外人。

牤子看着东坳子的土墙学校，想：像个什么呢？污泥巴球场、破铃——就这么一敲一敲，哪个住人的村窝子有这么嘈杂的！地膜窗户栏牛都嫌冷，就那么张着喉咙跟那个拿教鞭的流氓读："我爱祖国""起得早，做早操，伸伸腿、弯弯腰""老狼说，乌鸦太太，您的歌唱得真好听"……

牤子下山的时候遇见了翠凤，翠凤也是这个学校的老师，背着个蛇皮包，牵几个顽童悠悠地走。翠凤是妻的好友。翠凤想教书，妻不想教书，后来妻就不教了，妻反正家里有几个小钱；再说，妻反正被人捉了，妻不在乎，说没事。妻跟翠凤说了声拜拜，就把作业本子一夹，回了。妻回到果农家里，把那些小学生的作业本子扔到厕所里了。翠凤说妻没捉。但是有人却说在窗户里瞄见了，妻跟那个叫正刚的流氓嘬嘴，叭叭地响。后来妻出来，满面红光，胸脯大了一圈，就去上课。破铃已经打了一刻钟，妻班上的顽童们野马无笼头，还在操场上玩泥巴，嘈得别班也不能上课，妻不在乎，光顾了跟那个叫正刚的流氓教师嘬嘴，后来便成了卖苹果的姑娘。

翠凤说："犴子，背的米呀！"

犴子说："饼肥。"

翠凤说："青英在家吗？"

犴子说："在她妈鬼家。"

翠凤说："她忙么事？"

犴子说："忙赌博。"

翠凤说："把小女送学前班算了。"

犴子说："我不管。"

翠凤就很尴尬了，只好说："要青英到我家来玩。她说要画报纸叠钱包的，我跟她弄了，《人民画报》，铜版纸哪！"

犴子犟着脖子在饼肥底下说："我讲便是。"

他们故意不讲，可我晓得。他们把我当苕，他们话中有话。翠凤不是说把小女送学前班算了吗？意思是让小女见她亲爹，亲爹是教书先生，下学和上学的时候就找个没人的地方，拦住小女，眼泪汪汪地抱着她说：妈还好吗？我是谁你知道吗？亲生骨肉不敢认，像电视连续剧了咧！

苹果树下，妻像个快活鬼，那时候还没怀上孽种，浑身上下散发着骚气，说："犴子，接起剪子！"妻那时候剪枝打叶。妻取下袖套，一身红，穿松紧鞋，说："县城五一商品大展销，还有怪胎展览咧！"

犴子当时没自行车，犴子脸皮薄，想：骑她家的自行车带她，更把她瞧不起。就推辞说："你跟他们看去啦。"犴子做得很开通的，好像她想怎么便让她怎么，随便跟哪个一起骑去都行，一起说笑，一起过三忠桥，一起上馆子吃猪油锅盔，都行。犴子无所谓。其实犴子心里很苦。

犴子便接过妻的剪子剪枝了，犴子看到流氓教师跟妻一块儿用屁股坐了弹簧垫，在土路上颠簸着骑车往城里去。丈人说："牤子，你不爱逛街？"牤子麻利地剪着丈人的赘枝笑嘻嘻地说："街都逛烂了。"

牤子剪出一头的老汗，等到天黑的时候，丈人说："牤子，天色晚了，回去啦！"牤子说："我给您把篱笆修修。"丈人很感动，在暮色苍茫中给牤子递绳子。牤子死勒篱笆，勒得又严又密，老鼠都钻不过来了。如果不是妻回，牤子还要挑灯夜战的。

妻回了，妻当时还不是他的妻，是朋友，是同学。妻放下自行车跑到果园来说："牤子，真好玩。"牤子当时笑笑，就住了手，从篱笆外跳过来，才说："腰都酸了。"从那时候起，牤子就有了一种埋藏已久的揍妻的渴望。牤子娶了妻就是想揍妻的。牤子想：教训教训这种女人。所以牤子铁了心非此妻不娶，所以牤子千难万苦把青英娶了做妻。牤子就是要这个贱货。

妻在金色的苹果树下吃苹果。到了十月，妻就想吃酸的了，牤子隐隐约约地看出了妻想吃酸的。那时候，牤子还没跟妻睡，只噘了嘴，摸了乳。噘嘴和摸乳是常事。牤子在果园做活，没人的时候，带了两手泥也可以摸妻的乳，妻一动不动，吃着苹果，让牤子玩乳。

乳不算什么了，后来牤子就跟妻睡，妻也不反对。牤子跟妻睡出味来之后，有一天看着妻爬起来梳头，牤子就激动地说："我们结婚咧？"妻转过头打散了头发说："结就结。"有了这句话，牤子就放心了，想：可以天天跟她睡了，天天整得流汗，几多快活。

然而妻的父亲不同意。丈人不同意——丈人说："牤子性直，我青英只怕受不了。"牤子绵羊咩咩般地尊敬丈人，叫啥干啥，丈人还说牤子性直。牤子一口气给丈人挑了三缸水，糊了四面墙，喝酒的时候故意小口抿，座椅把腿夹着，然而丈人还是说牤子性直。"烈马无好鞍，直人无好妻。"丈人说。丈人总是背着牤子说，牤子帮他干事，他不说，一样给牤子敬烟，火柴放在烟盒上，让牤子自取。

妻坐在金色的苹果树下，不表态，让牤子急。牤子急了，就摇果树，用竹竿剥果，剥了一地。妻说："疯了！"牤子说："几个月了？"妻说："反正肚大了。"牤子说："那我走，我到西藏去开餐馆。"妻说："你逃得脱！你走哪儿我跟到哪儿，我生是你的人，死是你的鬼。”犴子感动了，也不管妻初夜流过红没流过红，就抱着嘬嘴摸乳，流出泪来说：“青英，我永远是你的。”犴子说这话显得理不直气不壮。犴子其实可以说别的。后来犴子说了，要妻去劝丈人。

妻去了，左劝右劝不行。妻就去县城卖苹果。

犴子拉车，把妻也拉了。妻坐在金色的苹果上。在城里碰见了流氓教师正刚。流氓教师与妻递了一个情深意长的淡眼色。流氓教师爽快地说：

“你们卖苹果呀？”

妻说：“来了？”

流氓教师说：“印《小学生作文报》。”

妻说：“发行好多？”

流氓教师说：“二十万呀！要是公开发行，估计一两百万。著名教育家题字咧！”

妻跟流氓教师说那些事，犴子就给人称苹果，讨价还价。犴子把苹果称了，妻过来收钱，犴子一看，流氓教师走了。

熙攘的人流，犴子便高声讨价还价，一文钱不抹，买苹果的挑横挑竖，犴子把秤里的苹果往车上一倒，说：“买便宜的去！”买苹果的说：“买卖不成仁义在。”犴子说：“苹草不是大萝卜咧！”妻在一旁说：“犴子，你就暴！”犴子说：“我就晓得暴！又怎么？”

苹果卖完了，在回家的路上，犴子停下板车，就在车上把妻狠狠地压了一顿。妻很兴奋，不晓得犴子是用仇恨压的，非常满意地哼。犴子提了裤子说：

“你爹不同意，我就在他面前上吊。”

妻说：“我肚里还有伢哩！”

犴子说：“那就管不得这么多了。你再去讨人。”

妻说：“我还讨哪个！”

犴子本想说：你去讨那个正刚啦。差一点儿出口了。犴子马上拦了嘴，心想：这关头，一说酸话，妻就一辈子更瞧不起我了，就会让她再去找正刚。犴子想：我不能酸，我要往耿耿汉子那边靠。对这种女人，谁酸谁靠边去；她把身子给你了，把心给别人了。你跟她酸，她就在床上不跟你流汗，你就倒了死霉。

犹子是过来人了，犹子往实处想。

第二天犹子就找了根牛绳，挂在金色的苹果树上。丈人说：“犹子，做什么？”

犹子也不说话，便把头颅钻进去。

丈人慌了，喊舅哥；舅哥慌了，喊妻。妻不动，说：“随他去。”

舅哥正在看《养鸡新法》，说：“青英，你找了个浑蛋，你跟正刚不好好的吗？”

青英说：“他要上吊，你有整！”

舅哥说：“恋爱不能靠吓唬。”

青英说：“这世上哪有爱。”

舅哥说：“快些，他真要吊了！”

青英说：“拿刀去，拿刀剁绳子。”

舅哥便去拿刀。

丈人在树下作揖道：“犹子，犹子，当不得真！”

后来，丈人便同意了。

后来用三坛淹得死他们全家的酒，把妻娶了回去。

妻从三忠桥嫁过来。头一天晚上吹熄了灯，犹子就想在大红大绿的被子上干了。犹子过去总是在野地里干，不讲条件，现在见了大红大绿的被子，想干了。妻却不让干，说：“天天搞，没味！”

妻把他撇在一边，犹子身上凉了，正常了，想：找死！挨揍的坯！你现在是老子的人啦！

妻在村里马上就活跃了，在田里薅草唱歌，在湖里砍青唱歌，东家吃点儿酒糟，西家尝点儿腌菜，说：“不咸不淡。”妻吃吃尝尝，喊婶喊嫂喊大爷，人家说：“当过老师的！”妻还叫十五六岁的女伢们买乳罩戴，买尼龙三角裤穿，因此犹子很高兴，一批批说：“再来玩啦！”

犹子跟着妻在枕头上笑村里的女伢们又黑又蠢，谈这家长那家短。渐渐地，妻肚子大了，妻腆着干部肚在村里走来走去，犹子便找破棉袄夹衣裤拆，准备尿布。犭亡子去城里搞排骨煨汤，丈人提了苹果来，说多吃水果后代白又胖。犭亡子一天给鸡喂五餐食，催鸡膘，日后好发奶。

妻后来生了。妻很满意，丈人和舅哥也很满意，因此犭亡子也不得不满意。犭亡子的麻子爹不说话，犭亡子远嫁的姐姐送了“祝米”，因此犭亡子无所谓不满意。妻用嘴嘬小女的脸，把奶给她吃，奶发出来了，像镳枪一样往外镳，镳到犭亡子嘴上，犭亡子舔了舔，又甜又咸。犭亡子去卡小女藕节的腿，很有味，光溜溜的，小女脚乱蹬，哈哈地笑，犭亡子也跟着笑。

后来小女长出轮廓了，犭亡子看着不像，镜子里照照自己，看看小女，总之不像。越不像越生疑。慢慢地，犭亡子跟妻睡得没味了，想：我带野种？犭亡子暗想：总有一天。

## 四、连狗都不咬他

村里静得像口墓。

犭亡子没看到人。

犭亡子到爹的家里去，爹在搓草绳，编粪筐，捡狗屎用的。

犭亡子看到爹想捡狗屎就火了，说：“肥草咧！”

爹揪揪嘴，往手心里吐唾沫，没搭理他。

他又说：“今年村里只有草了！”

爹说：“背的么事，饼肥啵？我吃块饼肥！”

爹眼尖，爹牙也好，就喜欢啃点硬的磨牙齿，爹七十了，耳不聋，眼不花，牙口呱呱叫。

犭亡子说：“又不是五九年，吃饼肥！”

爹说：“黄豆饼好，黄豆饼香。”

犭亡子掏出饼肥来要爹吃，爹就吃，龇牙咧嘴咬，咬点儿饼末用手接住，仰首往口里丢去。

犭亡子说：“小女没人带，我还不得去地头！”

爹爹说：“青英吃干饭！”

忙子说：“她打麻将。”

爹说：“你妈和我，不消指望，都有事呢。”

忙子说：“她整夜不归。”

爹说：“你也是个大丈夫咧，这事有脸跟我讲。”

爹站在一边吃饼肥去了。

忙子站着，不再说话，也不坐，也不动，像个憨子。终于说：“我杀了她，妈拉 × 的！”

“只会赌狠，只会赌狠。男人咧，光骂人！”他爹气愤地说。

“那我就真杀啦！我动刀子！”

“瞎说！”他爹突然说，“骨头长紧些！”

忙子出来，没碰见一个跟他说点话的人。

几个老太太在翻指甲看，苍老的指甲，看来看去还是瘦。

忙子碰见一两个中年人，问他：“吃了吗？”忙子说：“吃了。”都是懒洋洋的声音。

如果谁惹一下就好了，我心焦。忙子想。

忙子走到剃头佬章太炎的家门口，看到了那只老母狗，往常哈哈地喘气，想吃人的派头。忙子不想走了，让狗咬，狗起先不叫，后来还是不叫，对忙子不屑一顾。忙子想：我不值得咬吗？狗在门槛上哈哈地喘气，完全没有咬的念头。忙子想：这世界怎么啦，连狗都不咬我了！忙子非常沮丧，头火就往上冲，想找块砖头去砸狗，挑起它的仇恨。

忙子说找就找，砸在狗腿子上，狗腿子一瘸，又复原了。狗头转过来朝忙子一看，闭闭眼，一副不想计较的胸怀，又将狗头搁在门槛上哈哈喘气，四个狗腿子不见了，趴在下面了。

忙子头火直往上冲，心里说：找章太炎去，剃头去，用肥皂擂，看有不有成效。

忙子决定剃光头，也剃光胡子。

忙子说：“章太炎，有空吗？”

章太炎闻声从门里伸出脑壳说：“牤子，进来。小心狗。”

牤子把饼肥丢在地上，故意挨着老母狗下脚。

老母狗谦让了一下。牤子说：“你家狗也变了性格，像兔儿了呢。”

章太炎举着剃刀说：“都是熟人。”

章太炎让牤子坐着，用一块污白布给他勒脖子，边勒边把他的衣领通通塞到污白布底下去，说：

“上街了？”

牤子说：“丈人给的饼肥。”

章太炎扳过牤子的头脸，对着光线看了看，说：“剃哪样的？”

牤子说：“光了算事。”

章太炎于是把他的头脸拉到怀里，咔嚓咔嚓地试了试机械推剪，就开始剃了。

章太炎咔嚓咔嚓地推上顶，一甩；又推到顶，一甩，说：“没人下地了。”

牤子被章太炎卡着头，答道：“唔……唔。”

章太炎说：“张兵的儿子差点淹死了。”

牤子说：“唔……唔。”

章太炎说：“天气不对。”

牤子说：“唔……唔。”

三把两下章太炎就把牤子的头发剃没了，要他到厨房去洗头。

打了肥皂，牤子低头在脸盆里说：“我来！刨，使劲刨！”

牤子自己刨着自己的头。刨完了，章太炎给他一揩，说：

“今年小麦、油菜病虫害都没得。”

牤子甩着头，睁开眼睛，跟着章太炎回了原位。

章太炎把剃刀在荡刀片上荡两荡，看看刃口，揪着牤子的嘴皮刮胡子。

牤子被章太炎刮了胡子，头火小了。章太炎又给他掏耳屎。章太炎说：“打麻将啦。”

牤子说：“你莫约我。”

章太炎说：“也不差你这条腿。”

忙子说："章太炎，你做你的手艺。"

章太炎说："赢了输了又不与你相干。"

忙子说："你没得地？"

章太炎说："湖滩的地都包了，又能收到什么？哪个现在交钱了？荒咧！荒了！让它荒，都喂牛算了！"

忙子说："你火气倒蛮大！"

章太炎笑着说："我鸡巴火。田里、湖里都荒了，今年春耕不消搞了。你还想施磷酸二氢钾？"

忙子说："我施饼肥，施枣树去。"

章太炎说："你是村里最勤快的人。"

忙子很感动，说："章太炎，我老婆一打一夜麻将。我劝你们莫要打了。"

章太炎说："我们男人打可以，我老婆不敢打，我老婆打我就打她。"章太炎又说："哪个像你个软鸡巴，被老婆狠了。"章太炎举着闪闪发光的剃刀。

忙子说："老子杀了她。"

章太炎说："杀她？用细竹条抽她！"

忙子说："你以为我不敢杀？"

章太炎哼了一声，收好剃刀，拍着忙子的肩说："忙子，漂亮了。"

忙子说："刚才我跟你说的真话呢！"

章太炎说："哪个现在还把真话放在嘴头！"

忙子说："那就算了。"忙子很失望。忙子想：完了，我找不到说知心话的人了。谁都不把你当真，谁都不管别人的死活。

忙子在土墙上密密麻麻的赊账栏里，用章太炎早已准备好的竹片，刻下了"忙子五角整"，翻出衣领，走出门去。

忙子顶着光头，心情还是不愉快。

忙子向田里望去，只一会儿工夫，草似乎又长高了，连天的芳草，鸦声历历，烟霭缕缕，忙子想：我找草说去。忙子想：可以躲日本鬼子的飞机了。忙子想：完了，全荒了。别人怎么办，我就怎么办吗？

# 五、暮湖里的死菱角

犴子看到一束微光透过水花，断树桩还没有抽芽。

犴子弓身上船，衣被风翻起了，在桨桩里挂起两片老桨。这是犴子爹的船，被哪个杂种灌了些水。犴子划了两步，就去舀水。犴子想到湖心里打些新蒿尖给猪吃，自己也吃。

犴子喜欢吃蒿尖炒腊肉。

打得多就给猪吃。“猪头头膘肥体壮，头头猪能吃会喝，头头该杀。”这是一副贴在乡政府的对联，哪个傩日的这大的胆？！

犴子划到一个湾子里，割，割了半舱，想喊。犴子喉咙痒了。

犴子划不动，草缠桨。湖里没鱼了。有两个人在岸边挖鳝鱼。犴子不敢喊了。

犴子说：“挖了好多？”

有一个人朝他看了一下，想回答，却又低下头去，脚蹬着锹只管挖。鱼篓在屁股上。

另一个人站起来，草帽底下伸出嘴巴说：“犴子呀。”

犴子不认识草帽，草帽就笑，露出臼齿。

后来，犴子认出了那个只顾挖的是流氓教师，冤家路窄了。

犴子扶着桨，手拿镰刀，想怎么办。

流氓教师对他也对草帽说：“我到那头坝子上去挖。”

流氓教师溜了。

犴子看着流氓教师用套鞋踩着稀泥，故意一步一滑，很可怜的样子。犴子想：有愧咧，躲老子。

等仇人走远了，犴子坐上船头，问草帽：“他为么事不去教书？”

草帽翻了臼齿嘻嘻地说：“开除了。”

“什么？”犴子说。

“他办个什么作文报，没登记，被查封了咧，别人订报的钱他又用了。”

“那就是诈骗。”犴子说。

“也没那么严重。”草帽说。

“那肯定是诈骗犯。”犴子又说。

犴子从船头一跃而起，船晃了几晃。犴子很高兴。

“罪又不靠你定。”草帽不笑了，很严肃，沉重地去挖鳝鱼。

犴子想划快一些，赶上那个流氓教师，看看他的落拓相。犴子想：能干上一架就好了。犴子越急越划不动，草缠在他双桨上。湖荒完了，没得一条好水路，看不到悠悠蓝天鱼翔浅底，犴子气得要死。

犴子划过一个湾，来到一个坝，没了人影。犴子便胆大了，提着镰刀跳上去，站在土坝上，风吹得衣衫飞扬。犴子想：躲哪儿去了？犴子其实厌恶见他，怕看见，又想找。犴子就是这样的矛盾心理。

犴子站在土坝上，想：还是划船快些。

风把死菱角都吹到湾子里来了，沸沸扬扬一层，犴子划着死菱角，心里也长刺。

“哦，犴子。”流氓教师藏不住了，拿着板锹对他说。

犴子忽然心凉了，气从身上泄了出来，塌了。

流氓教师数着篓里的鳝鱼，看看他，又看看天。

天色已晚，犴子想：该回去了。

犴子把镰刀扎在舷缝，说：“小心吃了鳝鱼屙血。”

“没出洞的鳝鱼，卖给城里人吃。”流氓教师说。

犴子拼命抽桨，桨犟起了，死菱角朝他的船两边拥。犴子抽桨杀死菱角，杀得水泡一冒一冒，又黏又稠。

我要走，我不走我就要把镰刀甩过去。犴子感到脖颈也扭了，感到流氓教师在笑话他。犴子一抽，就把桨抽顺了。犴子便划。

夕阳被湖一口吞去，犴子回过头，看着很小很小的流氓教师，还在俯首挖泥，贴在一个荒坎下，好苍凉。

犴子回去，小女对他说：“爸爸，我的机器人被猪吃了。”

犷子说："猪什么都吃，塑料的咧，为么事被猪吃了？"

小女就号啕大哭起来。妻闻声而出，说："是你舅舅买的呢，说吃就吃了，到猪栏玩个鬼去！"

犷子说："你就不管管她。你真不想管了？"

妻说："又不是我一个人的女儿。"

犷子说："是谁的，是谁的！你说，你今天说，究竟是谁的？"

妻白了脸，说："犷子，又想发神经？"

犷子摔了手上的茶杯，先自心一震，看小女，小女呆了。"你这破货，你还好意思跟我讲这！"

妻说："你摔，都摔了，我不怕，我比你还会摔！我跟你是亏了！"

犷子说："你亏？你这破货还亏！你丢在大路上也没人要。"犷子拍桌子。

妻说："你算老几！"

犷子说："老子杀了你，老子杀了你！"犷子四顾着去找铁器的样子。妻先一步就揪着犷子的衣领了，尖声叫起来：

"杀呀，你敢杀人，犷子，你有这吃屎的胆！你杀、杀呀！"

妻破了喉咙，扯犷子衣服。犷子一掌一推，推倒了妻，妻跪着爬起来，甩头发，暴出牙来说：

"犷子杀人呀，犷子杀人呀！"

妻像猪嚎，小女也像猪嚎。犷子慌了，连连后退，掰妻手，妻不服掰，用膝抵犷子胯。犷子低声恶狠狠地说："你放不放！你放不放！"

妻只是喘气，像疯魔，僵在那里了。

然而门外没人进来，隔壁的卓二嫂和邱哥死了吗？都不管别人了，没人劝架了。犷子想收兵，妻不放手。犷子看小女跪在鸡屎里哭，犷子心就软了。然而妻不放手。

天黑了，灶还是冷的咧。桌上没放菜碗与饭，小女没趴在他的膝头用小牙齿嚼莴苣，电灯也没揿，大门没关，桌下也没鱼刺和饭渣，见了鬼了，这是怎么了咧？劝架的人来就好了，两边一拉，说："两口子吵架，晚上还困一个枕头。"于是就生点闷气，不就解决了吗？

牤子左等右等无人劝架，想横了，一脚一踢，踢在妻肚上，妻放了手，却哇哇地反扑过来，用手抓刨他的脸、手。

牤子夺路而逃，跑出门，边跑边看。牤子高一脚低一脚，妻并没有追来。妻关了门，拉燃灯，但牤子看不见了，牤子被关在门外了。

牤子想：也好，解决了。牤子摸摸脸，抓伤的地方火辣辣地疼。牤子啐了一口涎水，一个人在村里的黑暗中走，闻不到一点儿鲜活气息。

牤子到爹和老娘家去，找了张床，就躺下了。爹和老娘问他，他不说。牤子很快就睡着了。牤子越不吃，越不洗，就越睡得着。

牤子似乎还在船上，死菱角全浮在船边，抬着他，动动荡荡。牤子就在动动荡荡中打起了清冷的鼾声。

## 六、赶荒草

牤子看见打春兔的人背着猎枪在啄火，他们抽烟时显得很有味道。他们有手茧，有皱纹，枪背在身上，绿色的草舔舐他们的腿。

牤子看到烟朝一边吹去，打猎的人目中无人，淡然地看远方；其中一个说了句什么，然后谁也没笑，就分开了，一步一步地走进野草。

谁都没有看猎人，只有牤子一人贪婪地看。牤子看到有一个放了空枪，枪口有蓝烟在冒，像嘘气，很美。

牤子跟邱哥，往地膜棚走去。露水裤贴了腿，死冷。

邱哥没问牤子与妻打架的事。厚嘴唇像槽头肉，松的，看不出牤子的指望来。牤子想找个人诉苦，牤子脸上还有挠伤，一条条，很丑。

邱哥什么也没问，钻进剩下竹骨的地膜棚里去。

“哪个还在这里拉屎，”邱哥站着说，“我的辣椒和西红柿秧子都完了咧！”

牤子说：“你骂人啦，你骂啦。”

邱哥说：“我不骂。又不荒我一个人！”

牤子看见卓二嫂也扭着屁股过来了。牤子想挑起一场世界大战。牤子告状说：

“荒咧，荒咧，瓜秧子都践踏了。”

卓二嫂没领会过来，却说：“章太炎那儿有冷烫剂。”

“瓜秧子全冻死了。”牤子又说。

“什么？”卓二嫂钻进竹骨棚看，也不气愤，说，“老邱，还不下地啦！”

邱哥说：“怪我！”

卓二嫂说：“不下地，钱也没看你赚一个，别人都到城里搞建筑去了。你上次卖猪，赶到哪里去了？嫖亲家母去啦！”

邱哥红着脸说：“我又不天天打麻将。”

卓二嫂扯起一把没膝荒草说：“那就放你的假，天天嫖亲家母去啦！”

“草也长得快，今年奇咧，雨水一过是惊蛰，听了几天雷声？草就漫过脚了。”邱哥咬着牙巴骨说。

卓二嫂见邱哥没正面回答，掰了根竹骨，说：“问你啦！上次卖猪回来了八十块钱，还有的钱呢，给哪个骚女人了，塞 × 眼里去啦？！”

“瞎说！”邱哥尴尬地笑着，看牤子，“输了咧，找我的歪。”

“起码还有一百，哪儿去了？”卓二嫂又掰了根竹骨。

邱哥说：“我不整理了？拆了吗，我拆，我比你还会拆！”

邱哥一脚踩倒几根，哗哗倒，地膜就崩得零零碎碎。

“好咧，我就坐这儿咧！”卓二嫂一屁股坐在地上，大声说，“我哪儿也不去了，我看你拆！拆了卖了嫖骚货去！”

邱哥说：“你回家我就拆！”

卓二嫂说：“我看你拆！”

“你回不回！在这儿扯横。”邱哥笑不是，气不是。

邱哥便去拉卓二嫂。卓二嫂无端生了些气，进退两难。牤子想到自己，就不劝。

邱哥瞪圆了眼睛，说：“回呀，让我帮竹骨，今年没米没菜吃咧！”

“我就不走！”

“不走我拖了。”邱哥决定说。

邱哥抓住了卓二嫂膀子，把她大屁股拉离地，可啪的一声又坠下去了。卓二嫂耍赖。

邱哥就怒了，依然又笑又气地拖。卓二嫂一把手抓住了立着的竹骨架，邱哥拖不动，还是拖，一拖，竹骨架轰然倒塌，地膜呼呼地乱飞，温室全卧在荒草中了。

邱哥变了脸，双手拽住卓二嫂，大骂道："婊娘养的，一下田就坏事！"

邱哥像拖死猪地拖，卓二嫂哇啦哇啦得像日本兵叫，屁股与双脚在地上划出一道深槽，草便沿着她与邱哥的方向伏倒。

邱哥真拖了，忙子揩鼻涕；一兴奋，鼻涕就哗哗淌了。

"我死在这里！我死在这里！都不吃了咧！"卓二嫂还鸭子死了嘴硬。

邱哥像头猛兽，说："你去买假农药，你去买高价肥！……滚出去，到地里来也不得让我安静。滚回去，婆娘！"

卓二嫂还是叫："……没有用的，赚不到钱……没有用的……"

邱哥实在拖不动了，东拖一下，西拖一下，压了一片片草和麦子，草和麦子都践踏了。邱哥说："赚钱的是我们？赚钱的是村主任！"邱哥唤，"忙子，帮一下，忙子，站着不动！"

忙子连连流鼻涕，赶上去扯卓二嫂的腿。卓二嫂的腿好粗！忙子扯粗腿，后又想：老子管个屁。忙子就撒了手，站在远远的地方，看着邱哥动蛮，一直把卓二嫂拖到荒草尽头。忙子想：要杀人了，真要杀，娘儿们!

忙子垂首而立。赶草荒的人们都在各自的田界里埋头薅草，所以看不出究竟有几个人。忙子数了数，星星点点，也没十个。忙子想：草缝里好静呀，热闹他们都不看了，完了，都一个村里的人呢，婊子养的，真该杀。

忙子跟着倒了的草跑，跑到田界上，没人影。邱哥和卓二嫂的薅锄还丢在田里，在波浪似的草丛间，没人收拾。

忙子吸了支烟，抬头一看，又只是草，没一个人。忙子看蓝天，蓝天尽头草像碧火，几只杜鹃鸟"哥哥烧我"地叫，且飞且远。忙子想："我回去吃冷饭。"

忙子忽然有了点希望，就往村里走。走过老娘家门口，老娘正拾柴，说：

“又吵了。”

牤子看看老娘，老娘像只老绵羊。

老娘说：“青英和小女跟我说，回三忠桥了。”

牤子心冷到底。“回娘家了。”牤子苦涩地想。

“就在这里热饭吃啦，有蒿尖炒腊肉。”老娘说。

牤子看到老娘那双目光，就不敢进屋。牤子荷锄走了。

牤子回到自己家里，鸡子在饭桌上坐。牤子只好睡觉。听听隔壁邱哥家里，风平浪静。牤子一点儿希望也没了，牤子只好泥巴裤睡觉。

睡了一觉，日头偏西了。牤子提潲桶给猪喂食，关了鸡笼，夹着尾巴往三忠桥去。

牤子出门时朝黑洞洞的邱哥屋里瞄了一眼，估计都拖累了，也在睡饿肚子觉。自己打死了自己埋。往年吵了架，定会灯火辉煌，端茶递水，解劝的人喝着茶说些双方都入耳的话，解劝的人一走，两口子关上门，扫烟头，倒茶叶，就和好了。村主任也不来解劝了，村主任当了包工头到城里吃馆子去了。村主任有钱，带老婆姨妹一起睡。

牤子坎坎坷坷走到三忠桥的果园，贴墙一听，妻与小女跟她家的人有说有笑看电视。

牤子拍门，门就开了。妻不理他，舅哥青举鼓起眼睛看电视广告。丈人含着烟嘴不拿下，说：

“牤子，我跟青英说了，要她跟你回。”

“我不回，谁愿意回谁回。”妻说。

牤子现在的问题是想吃饭，然而他们都不提吃饭的事。舅哥看着牤子，说：

“电视连续剧，《星星知我心》。”

丈人说：“牤子，不要动手。”

牤子摸着伤脸说：“她告状啦。”

丈人说：“看完第八集就回去，不回去我赶了。”

妻说：“我明日找翠凤拿画报纸去。”

丈人说：“明日我帮你拿了送过去。”

牤子坐在一边，守着空肚看连续剧。看了第八集，牤子坐不住了，说：

“我反正来接了，她们不回我先回了。”

牤子站在门槛边，丈人说：“那就慢走。牤子，要不要电筒？”

牤子说：“有月亮。”

牤子跨出门，肚子里一阵儿咕咕叽叽的蛙鼓，牤子想吃蛙。后来田头果然就传来蛙声，与牤子的肚子遥相呼应，此起彼伏。

牤子过了三忠桥，想：太可恶了，哪一点儿像个家，哪一点儿承认我是她男人！

牤子想：活到这个份儿上，连饭都吃不到妻做的一顿，要她做什么！

牤子站在寂然无声的田野上，觉不到春，想：好憋啊，活跟死有什么两样呢！

牤子想：丈人是专业户，嫌他家穷呢，六月不下场雹子，砸死他们，把果树压断，看他们一家还抖个傩！

## 七、春配的禾场上围一群下流鬼

章太炎牵一头小牛犊往禾场上去，见着牤子说：

“看牛医去。”

章太炎的牛犊是头牯子，牯子哞哞地叫，还甩尾巴。

章太炎很阴险，跟他牤子的妻一样。章太炎不动声色，拿着刀，要他削光头便削了，也不劝阻。牤子摸摸头，又生出短发来，扎手，牤子便很恨他。牤子脸上被妻挠的伤也结疤了，疤在仇在，有疤为证，牤子不会咽下这口气的。

牤子瞄瞄禾场，有了三三两两几个人。风冷飕飕地吹。

邱哥吸着桐油鞋也出洞了，笑容可掬，手拿一根桑木鼻桊，说：

“送给章太炎去，到时刮胡子刮净些。”

牤子袖着手跟出来，对邱哥的屁股说：“配哪家的种？”

“不晓得！”邱哥说，“牛医来了。”

好久没看见上面的干部来了，也没见支农的，也没见医疗队，也没见卖百货的，也没见插队的、驻队的、造反的、讲学讲用的，也没见参观团。反正土路上都走的几个熟人，你见我，我见你，天天见得没意思了。好歹来了个牛医，总算是上面的人，陌生人。

牤子不问邱哥和好的事，因为邱哥不问他和没和好。

牛医是个瘪嘴，穿一身白大褂，有血腥。

牛医刚骟了一匹小牯子，手里拿着两个卵蛋玩，血糊汤流。牛医骟了牛卵后就安排张家的牛跟王家的牛配种。

两条配种的牛刚吃了些青，肚腹胀大，毛色却没有恢复，跟过冬一样，又脏又黄。镇上来的牛医喔喔地唤着，手举棍子，吆公牛爬母牛。

两条牛的眼睁着逆来顺受的慈祥目光，公牛不起性，牛医也没法。

一些人或蹲或站，都很着急，但故意很麻木，一副副从土里扒出来的嘴脸；间或谈牛的行情和猪价。下地的薅锄当了凳。章太炎弹着自己的薄耳朵，说：“人家是镇上配种站站长哪。有一年我给他掏过耳屎。”

邱哥嘴上栽着烟说：“配种站站长又怎样？”

章太炎说：“该看好多稀奇！”

邱哥咳了一下，从栽烟的嘴角里射出一泡痰来，说:“桑木鼻桊是好鼻桊。”

章太炎说：“牛都懒了，不想搞了，像苕货！”

邱哥说：“人一懒，万物就掉了阳气。”

牤子说：“就草没掉气。”

章太炎说：“看哪，看哪，爬上去了。站长汗都出来了。”

邱哥说：“又不是他。”

牤子站在那里想走。牤子想：这些人，下流鬼。把牛喂得像老鼠了，又不耕田，干么这么大兴趣！

牤子没放下薅锄，站在一块土砖上，想：不管人的事，却管牛的事，都想当配种站站长，这些骚牯子。喂了牛就杀，杀了卖钱，都不耕田了，只想吃土豆烧牛肉。

妻是配种站站长，牤子想。妻不下地，万事都了结了，我看别人的牛怀春，又干我屁事！

春天是的的确确来了，牤子越来越心虚，没个实处；瞻念前途，不寒而栗。万物都萌动啦，牤子杀妻的心也萌动了。牤子不看牛配种，一看，就无端想起妻与流氓教师的丑事，想起在自己身边活蹦乱跳的野种小女，小妖精，结的恶果，像丈人果园剥不下的病果。牤子想：这世上独独我倒霉。

牤子走时，章太炎在后头呱呱地说："……来指导春配的，拿着介绍信哪。张家割肉打酒去了。"

另一个骂着说："总比那些收税纳粮的傩人好……"

牤子又走在漫天的荒草中，荒草中露出了黄菜花。没有太阳。

走着走着，牤子在远处的草垄中看到了一团红红的火苗，一闪，就不见了。

狐狸咧，婊子养的，吓我一跳！

牤子咽了下喉咙，四野看看，没人。那边禾场隐隐地传来看配种的声音，也很渺茫。多好的田土，像荒郊野地了。狐狸就是坟里的女鬼咧。这一片湖滩湖岗子，往常有说有笑，有男有女，现在藏红狐狸了。

牤子就这么想，没在意。牤子有些害怕，就急急忙忙趟出荒草，回家里去。

哪知道，家里大事不好！

## 八、牤子看着这团滚成泥形的怪物

配种的人收了手。配种站站长到张家吃酒去了，用牛卵子下酒。

经过剃头佬章太炎的家，章太炎的小牛犊套上了邱哥的桑木鼻桊。章太炎找他要剃头钱，他就给了。章太炎说：

"真不好意思，乡里乡亲。"

牤子说："该账的还钱。"

这是犴子见了狐狸后回到人间来碰到的第一个活人，虽说找他讨账，但有人间气息，犴子感到很温暖，就把买烟的钱给了他，章太炎要给他免费刮胡子，他说该回了，不回那个鬼妻又把冷饭给我吃。

犴子就回了。

妻拿着筛子盯他看，他莫名其妙。他感到很新鲜，妻从来不盯着他看的；他于是看看自己，四个口袋空瘪瘪的，有什么看头！妻说：

“小女咧？”

犴子说：“我下地薅麦子去了，我哪知道。”

妻说：“你不开玩笑呀！”

犴子说：“哪个跟你开玩笑。”

妻说：“小女不见了。”

犴子说：“她又没跟着我。”

妻说：“她去找你了。”

犴子说：“我在禾场那儿好一会儿。”

妻说：“那好，那好。”

犴子放下锄，就想端碗吃饭。妻夺过碗，放进碗柜里，说：“先把小女找回来。”

犴子无法，只好到老娘家去找。

“怎么，小女不见了？”老娘放下红筷子说。麻爹在猪圈和砖缝里找。老娘看着黑漆漆的门外，对青英说：“怕不是她舅和外公领去了吧？”

妻说：“不可能。”妻又说，“先到三忠桥去！”

犴子与妻同行，寂寂无声往果农家中赶。果农听说，暴跳如雷：“把娃儿丢了？见你妈的鬼！”鼓眼睛的舅哥说：“怎么带的伢子！还不快去找，说不定淹在哪口塘里了。也说不定被人贩子骗走了——现在卖伢子的多，把几颗糖给她吃，就哄走了咧。”

妻白惨惨的脸，看地下，舅哥披了衣服，说：“你们先去，我就来。”

犴子与妻拔腿往回跑，走得土路灰尘扑扑。

犴子到家了，老娘和麻脸爹都等在门口，电筒晃晃地说：“没找到？”

忙子不回话。一会儿，就对爹娘说："我们分头去找。"

爹娘在一路，忙子与妻在一路。找水塘和人家。

一家一家地问："见着我家小女了吗？""见着我家小女了吗？"都答："没呀！"

忙子与妻便喊："小女——""小女，回来呀——"

到处喊："小女，回来呀——"

忙子用电筒照水塘。一个个水塘照遍了，不见有人影。忙子扒枯蒲，细细看，自言自语地说："沉了？"妻的声音就有点颤抖了，喊："小女，小女，你在哪里——"

一直寻到湖，湖无光，湖不拍浪，冷冷清清的，像苦海。忙子的电筒照一个个湾子和滩渚，又照一蓬蓬荆棘，对着湖上唤："小女——小女——"

湖上有凄切的回音："小女——小女——"回音尽了，又空远。电光扫射，划破一条条黑夜，有三两只蛙呱呱地叫，又神秘又恐怖。

妻走累了，要死不活地坐在湖边，像水妖，不唤了，彻底失望了。

忙子站在一高一低的地方，左看右看。忙子问："你干什么去了？"

妻说："我没干什么。"

"打麻将。"

"我只看了两圈。"

忙子突然像一头野兽，抓住妻的肩衣，大声哭吼起来："你把她弄哪儿了！你把她弄哪儿了！你把她弄跑了找我！"

妻惊呆了，妻不还手，手抓泥，呜呜地只管哭。

忙子摇撼着妻，牙咬得嘣嘣响。"你给我小女，给我找回来！！"

忙子的哭吼在湖边异常苍凉。后来水起浪涛，风吹岸树，忙子声嘶力竭地在黑夜中，像抛失了幼崽的老狼。忙子不知道要对小女负什么责任，忙子感到失去了一切。忙子从小带了有异味的野种，忙子拍小女的屁股蛋睡觉，拍了四岁。小女喊他爸，他给小女搓泥球，忙子看小女笑，给她捉虱，给她铲路上的屎丢到粪池去。小女没了，忙子疯了。

忙子的血性激发起了，发誓要找到小女；忙子一发了血性才有智慧，陡然问：

“小女穿的什么衣服？”

“红春装……”

牤子听到之后就有一股柔情的暖流冲击心窝，丢下软了的妻一个人向坎上爬去，扫着电筒跑向茫茫的荒草。

“小女——小女——”

湖滩洼地，湖岗高处，连绵起伏。牤子跑，唤，大滴大滴的泪珠滚落下来；牤子飞跑，荒草中跑着牤子，一头什么也不顾的野兽。牤子闻到小女的体味，看见她摇摇摆摆地朝他扑来，喊他爸，嘴甜甜的。就只差甜甜的声音，牤子在这世上就这点盼头。

“小女——小女——爸在这里！答应我呀——”

牤子摔了几跤。牤子的脚崴了。牤子不知道坎坷，在掩盖了土地和麦子的荒垄中寻找他所有的希望。

红狐狸、火苗、女鬼，就是他目前的一切，他的生命，他的寄托。他不怕荒芜了，一个个地膜蒙的竹骨温室七歪八倒，一座座死城，迷失了一个红衣女孩。红衣女孩是去寻他的，寻牤子，爸。

牤子的忏悔变成了爱，牤子一下就原谅了一切；原谅了罪恶、欺骗、道德的沦丧和侮辱。

“小女——爸在这里——”

牤子且跑且蹴，且跑且爬。

他的声音突然凝固了，他的电筒僵在一个地方；他站住了，两眼圆瞪。

他看见了蜷在沟垄中的小女！

像接近一种幻觉，一种并不存在的物体，他一步一步地挪了过去，脚有千斤沉。

她困了，细黄的头发半拂小脸。她找不到家了。她的身上又是土又是稀泥。

牤子看着这团滚成泥形的怪物，感到她离他非常遥远。这不是他的一滴血，一泡尿，这是一个什么东西呢？

牤子的电筒死死地照着她。

忙子兀然觉得浑身乏力，骨头彻底散架了，像竹骨地膜棚，悄悄地塌了。

风呜呜地吹来，赶着草，唱着远古的死歌。

风抒发着忙子的悲怆。

忙子突然放声大哭起来。忙子俯下身，抱起这个怪物，抱起尚有微温的小女，用自己心窝的暖气偎她，紧紧地抱着，生怕谁把她夺跑了。

忙子把她放在肩头，背着她，弓着腰，头触荒草，悲切地哭。

忙子一步一步，稳稳地走着，向有几星灯火的村子走去，走出荒草……

# 抽　怨

与美人抽怨兮，并日夜而无正。

——屈原《抽思》

许许多多的偶然事件，组成了我们的生活。但是仔细想想又有一个早已设计好了的圈套，让我们去钻。谁呢，谁是那个圈套的谋划者？

赵五斤碰了无数次的壁，在京城，在南方。有一次，他带着南方的忧郁乘火车回来，在水泄不通的火车上，他把座位让给了一个站着睡觉的香港中学生。他知道那是些香港的中学生，趁暑假来内地旅游的。一看就是香港地区的，那大得可怕的旅行背包，背包的做工和质地，背包下吊着的既可煮面，也可煮水，又能当茶杯的炊壶，只有那些富得冒油了想着法子去玩的西方人才会发明出来。中国人出差游玩不是这样的，中国人穷得发慌，连玩的样子都很贫寒，不是双肩式的，是单肩式的黑挎包，像搞外调的样子，推销水产品的样子。车上因为大家都站着，香港的中学生也只有站着，站到半夜，香港的中学生就打瞌睡了。香港的中学生还睡得真香，看着看着倒了，又站直；看着看着倒了，又站直。赵五斤扶了几次，扶一个戴着太阳帽的光头小伙。他越看越想笑，就没有睡意了。他有个座位。于是他拍醒了那个光头，把座位让给了他，让他睡了一个有生以来最美的觉（绝对是最美的）。这个香港的中学生非常感激，他们原来是不想理内地人的，但这个中年内地人很好，就成了朋友。

把钱花得精光的赵五斤灰溜溜地回到小镇郎浦不几天，就收到了一封来自香港地区的信。信封很长，写信的格式也不同，让人兴奋的是有两张香港邮票。赵五斤是第一次收到内地以外的信。赵五斤祖辈务农，家里出过最狠的人物是一个叔叔，在镇上管计划生育。没有任何海外关系。这封信使他突然有了海外关系。写信的自然是那个站着睡觉的浑小子，他的父亲原来是香港地区的食品商人。信上说他父亲为了表示感谢，可以让赵五斤先生在本地批发他哄小孩的食品。于是赵五斤就干了两年买办，稀里糊涂地赚了四万块钱。他决定再来做其他的事，便一个人悄悄地住到了省城。

赵五斤是个作家，看小说的都还肯定记得一点儿影子，在二十世纪八十年代早期以题材取胜的创作热潮中，赵五斤写过一篇轰动全国的问题小说。哪个选刊好像还选过他一篇欧·亨利式的短篇小说。总之赵五斤是很有才华的，假如那一年他不进入思想的迷乱，再努一把力，很可能奠定他在中国文坛的地位。遗憾的是，他决定离开那个小城文化馆，并与稿纸、橡皮擦和冷板凳以及因构思而造成的失眠暂时断交，而去抓钱。他对文化馆的辅导工作已经没有兴趣了，甚至相当厌倦了。他总是骑自行车去走访，鼓励那些本来不太愿意搞创作的业余作者继续写作。另一类是神经兮兮的作者，三天两头到文化馆来打搅他，给他提一些粽子或是土豆。有一个作者每次总是给他提四个苹果来，让他忍无可忍。吃了人家的苹果，还得给人家写推荐信。赵五斤在全国认识的编辑就那么几个，且都是书信“认识”的，谈不上关系。拿着小镇业余作者的稿子，真不知道怎么向编辑提笔。

当然，促使赵五斤出走的还有那太久远了的在旧轨道上行驶的生活，特别是家庭生活。那一年，赵五斤老婆的脸上突然出现了一些难看的麻斑，岁月将他的老婆狠狠地埋汰了一顿。那一天他在街上和煦的阳光中走着，突然看见了他骑车的老婆。他的老婆他竟不敢认了，那已经完全不像他的老婆。似是而非，像个麻雀蛋，满脸的斑点。这在过去他怎么一点儿都没发现？他不敢喊他的老婆，让她从身边骑走。他想晚上我就得走到她家里去，跟她住在一起？为什么我不能随便跟着哪一个女人走到别家去呢，谁规定的，写进

《宪法》了吗，国务院有文件吗？他看着街上满街的女人，一个赛一个，他的小镇郎浦是水乡，女人水色都好。可是摊给他的这个女人却是这等样子。不过很多年以前他的老婆也是如花似玉的（至少他是这么认为的）。很多年以前，赵五斤作为反革命正在江北农场劳改，他的父母为思念他而过早双亡，正在劳改开机耕船的他对此一概不知，都是老婆一手操办安葬的。那时候，老婆还是他的未婚妻。面对严刑拷打都没流过半滴泪的汉子赵五斤释放回家后得知这一切，硬是伏在未婚妻的怀里哭了整整一晚。哗哗的泪水就像滑丝了的自来水龙头。他说，我娘生下我来的时候才五斤，瘦得像老鼠，我父母硬是把我养活了，我没能尽孝，我真浑啊！他说，小凤，我要报答你一辈子。他说泪水已流干了，这辈子没泪了，剩下的只是欢乐。那时候天空已经明朗了，广播里出现了《洪湖水浪打浪》这样优美动人的、久违的歌曲，每天的变化都会让人热泪盈眶。可是十年以后人的眼睛却变得十分锐利爱挑剔了，这是怎么一回事呢。在他的一些创作谈里他曾歌颂过他德行无双的老婆和爱弹吉他的女儿，这都是真的，但他要找借口离开她们，这也是真的。

借口就是穷。他对老婆小凤说，我一直愧对你的是生孩子后咱们没钱买鸡吃，咱只得一个人偷偷地背着个袋子到郊区逮田鸡。咱给你煨田鸡，咱说田鸡也是鸡嘛。咱在文化馆，人五人六地给作者大谈文学的永恒性，文学是人类精神和思想的精华，文学是崇高的，下午还得偷偷地背着个布袋子去小河边逮田鸡。文学崇高个鸡巴，那都是搞文学的人自己说的，自欺欺人，掏粪的也说自己很崇高呢。行了吧，至少咱们一家三口应当每天吃一只鸡。要吃土鸡，还不是洋鸡。洋鸡是用激素催起来的。

赵五斤是个朴素的人，他是背着那个印有“为人民服务”的黄挎包出门的，以后的数年里，他已经有了数十万元的家产，他还是背着“为人民服务”的黄挎包，就像阿拉法特的电视格头巾和一套黄布游击服，成为个人风格的象征。

赵五斤当了两年潮起潮落的资产阶级买办，并没有揣着他所有的四万元来省城打天下。他只带了一万元。余下的三万元给他的女儿存下了。至于他用这一万块钱干了什么生意，是怎么亏的，怎么发的，怎么小发，怎么大发的，我们还是省略它吧。拿赵五斤的话来说，生意就是把别人荷包的钱弄到你的荷包里来，要堂而皇之并不那么容易。赵五斤把抓钱的人分三等。三流抓钱者是那些偷的、抢的、杀人的；二流抓钱者是抓到了钱但难以启齿的人，像贪污的、受贿的、卖假烟假药的、靠假广告骗人的；一流的就是既抓到了钱，又可以在广播电视上宣传的人，像企业家、通俗杂志主编、歌星、玩噱头的小品演员和掮客。赵五斤坦言他干的是二流的事，“我本来也是个二流作家嘛”。

赵五斤住在一所大学里。他不需要付房租，那个房子是他过去一个文友的，文友去了澳洲，赵五斤就住了下来，他有任务，任务是替文友守着阳台上的几盆名贵花木，有一盆是六月雪桩头，一盆叫瓶兰花，另一盆充满激情造型的是绿蛾抱珠。

赵五斤是个节俭的人，他不烟不茶不酒，三不主义，这使他的生意没有过大红大紫的一天，真不知道他是怎么积攒钱财的。几年以后他有了手机（是一个叫江珊的女人给他买的，后面几乎全是他们俩的故事），他还是把手机放在“为人民服务”的黄挎包里。假如你在我们省城的街头见过一个背着二十世纪七十年代黄挎包、手拿手机的中年人，那肯定是赵五斤无疑。背着黄挎包的生意人赵五斤走在大学的路上，跟环境很协调，看起来就像个教师进修生。他的头发乱蓬蓬的（有时剪得很短），穿着灰色的夹克和花尼龙袜子，黄挎包里经常装有数万元巨款，南下广州，北上京城，总是安然无恙。

为了节省一百多元的房租住在大学里是很费事的，他常常出差几天就得回来，有一次去宁波谈生意，对方要他多住几天，他说不行有急事得回去，问到最后他说要回去给花浇水，硬是赶连夜的长途客车颠簸着回来了。为这百元的房租不惜舍弃数十万元的生意，真以为他是个书呆子，那就错了。大学里满当当的风景都是绿色，随便走一圈，看到的女孩子都不超过二十五岁。她们有知识，有活力，可谓是这世界上最美的风光了。这对慰抚他衰颓的情绪和精神无疑是一剂良药。有一次，赵五斤读着一个他所认识的诗人的诗歌，诗中有一股年轻的、探索的意味，诗人也的确活得潇洒，这些诗被评论家称为“校园派诗歌”，可陡地一想，这位诗人还大自己一岁。等你一清醒的时候就有四十岁了，哪儿还有二十岁校园的感觉，都校园的平方了。人生是一瞬间的醒悟，长久的大悲。

赵五斤借住的这个楼道里有许多神情落寞的研究生。不知为什么，研究生们较之本科生，大都缺乏朝气，但他（她）们办事毒辣，果断，有心计，又是本科生无法比拟的。有一天早晨，一个搞早锻炼的女研究生在楼下出口处遭到了一个小伙子的拦截强行接吻，女研究生没有喊叫，没有反抗，却在接吻的时候一下咬断了对方的舌头，小伙子当即惨叫着跑了。女研究生提着半截血淋淋的舌头去学校派出所报案。派出所马上通知了学校周围的医院。两天以后，这个伤者憋不住了，到医院去就诊，束手就擒，原来是个本科生。等待他的当然是残废和开除学籍。

江珊也是这个楼道的女研究生，是在偶尔一次借搓板时认识赵五斤的。赵五斤以后说是缘分，江珊说这是不应该有的缘分。缘分是禅说的，禅是靠悟的，但谁能把这个乱糟糟的世界悟透？假如江珊不认识赵五斤，她就会过另外一种生活，另外一种完全不同的生活，找个老公，生孩子，过日子。但是她认识了赵五斤。一个人的命运也是够玄的，所谓的命运，就是他（她）结识并亲近的人。命运，就是自己的妻子；命运，就是他心中的那位异性朋友。命运就是自讨苦吃。

显然，江珊成了在外挣钱的赵五斤的感情寄托。那个寒冷的冬天，赵五斤生意清淡，他每天下午归来经过学校的菜市场都要买一只羊胯和一堆胡萝卜让江珊煮。江珊有个电炉子，江珊吃不惯学校的伙食，江珊爱吃赵五斤的羊胯。从厌恶腥膻味到爱上腥膻味，这个漫长的过程也就是接受赵五斤的过程。虽然赵五斤长着一口白牙齿，但他全身的萎靡气氛甚至灰不溜丢的萎靡夹克都使江珊难以适应。还有那臭熏熏的花尼龙袜子，起初江珊怎么看赵五斤都像个修路的四川民工。女人并不都那么矜持，矜持的女人是一种虚荣，赵五斤事后说。江珊的长相——拿赵五斤的话来说（似乎是一首诗）：你的美让我不堪回忆 / 每一次回忆都刺痛我犯罪的灵魂。可是吃着那腥膻的羊肉，渐渐就吃出点儿味道来了，羊肉给人带来的躁动不安也是明显的，窗外，北风怒卷着山上大片凋落的枫叶，万物肃杀，喝着酒，自会生出人生无穷的感慨并且很容易产生共鸣。冰凉的心和被子都等待着温暖。

起初江珊以为赵五斤是个穷教师或是本科生的辅导员，后来发现他是个曾轰动的作家且有几个骚钱。江珊不是个世俗的女人。她并不爱财，也不爱才，她自己本身就是个才女。她是研究古楚方言的。她发现了在《楚辞》中有许许多多的方言，譬如，把“褋”称禅衣，用“篧”为笼，用“梦”为泽。还有“天何所沓”中的“沓”，“梗其有理兮”中的“梗”，“朝发轫于苍梧兮”中的“轫”等，把赵五斤都弄糊涂了。一个人总是靠经历打动别人的，赵五斤的入狱之苦在山畔的北风中尤其见味，他像李奶奶一样痛说革命家史。他在述说中歌颂他伟大的未婚妻，一点儿也不避讳。当冬天开始渐渐撤退时，江珊接受了他的全部，包括他的身体和已婚。所谓命运，就是心甘情愿地接受。

现在要说说江珊。江珊来自一个机械工程师的家庭，她的经历平淡无奇，她体会到这个世界的温暖是父母的温暖，体会到的寂寞是思念父母的寂寞。她有个在当地上师范的妹妹，妹妹美艳活泼，学的是钢琴。她认为自己长得太一般，就拼命地读书，穿着母亲穿旧了的呢大衣，式样老气横秋。她的眼皮是单的且深度近视，这使她从小就懂得了心怯而不走人前。在大三时她有过一次浅尝辄止的爱情，那个男孩也许根本不爱她，把她骗到家中同宿了几次就把她冷淡了。这样的结局使她觉得爱情是寡淡无趣并折磨人的事，她害怕走向风起云涌的社会（那时候社会像安上了“魔轮”），就留下来继续读书，然后成为一个头发花白而皱纹满脸的女学者，生炉子、买菜、讲课，然后到外地参加一些稀奇古怪的学术会议。

可是赵五斤发现了她的美。许许多多的美都是发现并一步步显露出来的。通过装饰，肯定某种自信。虽然装饰的是外表，但衬托的是气质和心灵。

省吃俭用的赵五斤有一段时间要疯狂地装饰江珊。他对自己的老婆和渐渐长大的女儿都没有这种装饰的热情。装饰另外的一个女人，也是满足自己的审美需求，证实自己在这方面有常人难以企及的高远境界。当然，前提是要有一个审美的客体，这就是江珊。江珊头发上出现的光晕和她光洁如蛋的脸是对赵五斤过去黯淡生活的一种否定。冬天里屋檐下飞跳的麻雀使他想到了妻子。他固执地对江珊说：你是美的。于是，他从头到脚地让江珊变了个人。大衣、皮鞋、牛仔裤甚至背包。琳琅满目的商场真正去叫价和试衣到折叠后装进纸袋，江珊和赵五斤都没有过。赵五斤的眼力是那么准确，总是能一眼发现衬出江珊气质的衣服，有时候衣服并不贵，几十元，一两百元。连内裤都换了，还有胸罩。赵五斤让她把过去的衣服通通塞到柜子底层去。朴素清寒的大学时代的自制裙、人革皮带、变形的卓别林似的皮鞋，江珊还擦得光亮如鲜哩。赵五斤牵着她的手，赵五斤背着他的发白毛边的黄挎包，穿着花花绿绿的尼龙袜子，十分老练而潇洒地与商家老板叫价，评论它的质地、做工、式样和牌子。江珊说，你自己也买一件吧。不，他说，我不需要，我这样挺好。我可以让你焕然一新，你无法让我焕然一新，因为我没有焕然一新的本钱，没有那种内在的东西。你穿就是我穿，你美就是我美，懂吗？他胡子拉碴地说。江珊不懂，这些话太深奥，比《楚辞》还深奥。江珊就一笑。

我要挖掘你的美，赵五斤坚定得有点恶狠狠地说。就这么，在他的挖掘下江珊从一个与世无争的、准备靠工资吃饭的女硕士成为广告公司的女老板、“江总”。江珊的导师气急败坏，他不知道在一个成功的女人背后有个穿花尼龙袜子的男人。不过在一个炎热的夏季，导师收到了一台制冷快但噪声大的国产空调，还是着实高兴了一阵子，认为他的得意门生江珊还是顶有能耐的，改革开放真锻炼人啊。

踏上经商之路的江珊让她的父母也担心了一阵子，父母认为这个完全没有社交能力又长相平平的女儿怎么能成为老板呢？要经商她开始顶多是个打工妹呀？江珊的妹妹带着父母的疑问来看姐姐，她发现姐姐正坐在她窗明几净的办公室里挺有派地叼着摩尔烟与人谈生意。修女式的姐姐怎么啦，她的自卑感到哪儿去啦？妹妹想，人能干任何事，只要你给他（她）干；一个扫街的，你给她干省长她也一样人五人六地发指示、搞视察。人真是个怪东西，像蚂蟥，要拉多长拉多长。

你甭问，别人给我投资，你莫管。江珊对妹妹说。这一趟妹妹来省城得到一些什么呢？得到一块非常漂亮的时装表，一件价值三千元的皮褛，一套女休闲装和一个麂皮背包。当然，没忘了给她的父母各买一件皮褛。临出商场的时候，江珊像想起了什么似的说，家里应该有个好照相机，于是就买了架千多元的日本相机。

在最后赵五斤才露面。江珊原是暂不想让赵五斤在她的亲人前露面的，但是赵五斤撞上了。江珊妹妹看到的这个男人是让她扫兴的男人。那天她正在姐姐的办公室试衣服，赵五斤就进来了，赵五斤像一个贼一样贼眉贼眼地看着她，这个男人背着个黄挎包，江珊妹妹以为是江浙一带推销什么塑料产品的乡镇企业业务员，但是这个男人坐下来就问她：你是江珊什么人？江珊妹妹说我是她妹妹。喔喔，我听她多次说过。这个男人就开始不停地打哈欠，他夹克上的拉链都锈了，穿着一双有花纹的绿色尼龙袜子，脚踝那儿好像还有个洞，皮鞋没有一点儿光泽，像驳落的庙门。这个男人不停地打哈欠，不停地流泪。江珊妹妹说，你是找我姐姐的吗？这个男人说，我坐坐，坐坐就走。后来江珊回来了，江珊对这个男人说，这是我妹妹。又对她妹妹说，这是大江文化科技新产品开发公司的总经理赵五斤，作家。

然后他们就去吃饭。渐渐地，江珊妹妹看出来了这个男人与她姐姐非同一般的关系。这个怎么看都不像个商人和文人的男人在菜单面前自作主张地就点了三个菜，两荤一素，也不问江珊妹妹吃什么（找餐馆也是选了几家才选中一个最差的个体餐馆），他让她们喝啤酒，因为啤酒便宜，两块多钱一瓶，他自己则喝茶。这个要死不活的总经理对江珊的妹妹说，喝呀，喝呀，我不能喝酒，我皮肤过敏，一喝就浑身起疹子。这个总经理、作家在结账的时候跟服务员一个菜一个菜地算，争得面红耳赤，末了掏钱时还说菜贵了，味道极差。说餐馆都是靠回头客的，这样我就不来了，你们的生意就熄火了。

晚上，妹妹问姐姐说这个男人给你投的资？你跟他合办的？

姐姐无言以对，姐姐说没你的事，也别给爸妈说。

我要问清楚，妹妹说。爸妈就是让我来问清楚的，怎么大学老师都不愿当了，愿搞个体户，原来是受了坏人的蛊惑，受了骗，上了当。这样的男人也值得你爱，比爸爸都老都丑。

妹妹大喊大叫，摔东西，结果她狠狠地挨了姐姐一巴掌。姐姐从来没打过她，现在打起来下手重，一掌下去妹妹的脸就肿成了西红柿。

妹妹气极捂着脸号哭着就冲出门去，去了长途汽车站搭夜班车回家。姐姐拿上她给妹妹及父母买的一大包东西去追赶妹妹。妹妹倒是追上了，但妹妹已经上车了，姐姐塞进车里的东西又被妹妹丢下来。姐姐说，妹，你误会了，不是你想的那样。

妹妹在车上说，我让爸爸来教训你和那个臭男人。

姐姐咬牙切齿地说，我的事我负责，给家里说，让他们别来管我，出了事他们莫后悔。

江珊在这个晚上哭得死去活来。她并没有跟赵五斤住在一起，这是她争来的一点儿自由。她打电话让赵五斤来一趟。她抹着泪对赵五斤说，事情就这样了，你看着办吧，不是我逼你离婚；要么是我离开你，把这个广告公司还给你，要么你离开你的妻女。

赵五斤的脸色发灰，露出那种惊恐不安的神态，他说，广告公司还给我？这个公司是你的，你明白吗，这是你的，你自己的广告公司。

你不要避开关键问题，江珊说，我都快三十了，我现在成了一个不想结婚的女人，一个有单身企图的现代女人，可我不是这样的，我想结婚，我想过单纯的日子，有个孩子，好好地抚养他。我不想当大款、富婆、女强人。这样，我只差吸毒了。江珊激动地说着，把枕边的一盒摩尔烟捏成一团丢到地下，把打火机向墙上砸去。“我有多痛苦，”她说。

这样，我总得有个时间，赵五斤说，我给你说了，我不是一个忘恩负义的人，我要给她五十万元后我就离开她了，这是你同意的，你也说人不能成为忘恩负义的人，你都清楚，以前的经历。

我把这账户上的二十万元给她们，难道你连三十万元都没有吗？给她们，我不要广告公司，全部家当给她们。假如这也不行，你认为离开她们很痛苦，那我离开好了，现在还来得及。

不！赵五斤突然有精神了，我说了，我有这个义务来让你过一种新生活。这二十万元是投给你的，与任何人无关。我以后就是去当乞丐，这二十万元也是你的。

你现在无法让我感动了，江珊说，何去何从，你看着办吧。

赵五斤是在江珊毕业的前夕发誓要挖掘她的美，重新塑造她的。赵五斤已经不适合在省城抛头露面了，许许多多的人都在寻找他，逼债的、打秋风的（混吃喝）、拉赞助的。我又不是一个沈万山，他说。有一天他在大街上行走，碰见了一个他过去的崇拜者，一个鼻扇特小的女人。那一天他是在看耍猴，几个肮脏的河南人用鞭打猴，猴夺河南人的鞭子，并抓河南人的头发，引起一阵儿哄笑。这时他看见了旁边夹着一个大文件夹笑得最响的是那个女崇拜者，因为鼻扇太小，气息在喉咙里发出母鸡一样的声音，这种声音太熟了。崇拜者对自己的崇拜对象依然崇拜，愿意赴汤蹈火，问起现在何处，原来这个女人调到市工商局了。我给你办执照，这个女人说，你要几个执照？我当然要执照，他说。过去他还真想办个广告公司呢。于是，他戏谑着说，我先给别人办一个执照。你尽管说吧。但是，一些手续……赵五斤为难地说。给赵老师办还要什么手续，注册资金证明、公司地址的租约、住房证等我都不要，你只说出法人代表的名字。赵五斤接过这个热情的崇拜者递过的笔，在她的文件夹上随手写下了“江珊”两个字。

不几天，营业执照就送到了赵五斤手里，女崇拜者自作主张地写下了注册资金二十万元。就这样，赵五斤只好将二十万元打到了广告公司的账上，他说这二十万元你亏了就亏了，赚了就把本钱还我，余下全部是你的，我撒手让你干，我把我所有的关系都给你，我还是干我的新产品开发。而江珊已决定留校了，系领导都安排了下学期她带大一学生的“先秦文学史”和一门选修课“楚辞的美学思想”。我把我这辈子交给你了？江珊对赵五斤说。赵五斤打着哈欠，说，我对你负责。你以后难道会后悔？为每月几百块钱的工资。二十万元你吃利息也够了。这难道是我的卖身价？江珊说。你反正现在是老板了。赵五斤说。这一夜，两人越谈越兴奋，把床都快压断。

但是赵五斤现在面临着抉择，他的搪塞让江珊越来越不耐烦了。

“你陪我回去一趟吧，回郎浦，”赵五斤说。

“我陪你回去见你老婆，让她揍我一顿，让她骂我婊子、贱货？”

“我想她不会，她不是不懂道理的人。”

“得了吧，你这是要我的命，”江珊说。

一年一度的春节就要来临了，赵五斤还是没给江珊一个准确的回答。江珊想回家去，但是家里的人会原谅她吗？江珊待在省城自己的广告公司里，她想让赵五斤陪伴，可是赵五斤执意要回去，他说我要回去给她做工作。江珊在赵五斤办公室的抽屉里偶尔看到了他老婆给他的信，信上说要他春节千万回家，“你回来吧，女儿想你都快想疯了。”江珊没有给他点破。而且江珊还知道了他在找一个单位租一辆破桑塔纳小车，只租借春节一个月，租金两千元，他自己开回去（他在当“反革命”劳改时开过）。他这是准备衣锦还乡，哪是去同老婆谈判离婚？

就是在这种忐忑的心境中，李格找上门来了。李格是江珊的师弟，但年龄与她相同。她跟李格在学校没有任何交道，也不知道李格分配到哪一家地方戏曲研究所了。李格开门见山地说，他是来找赵五斤的。看来，江珊跟赵五斤的事许多人都知道了。

我哪儿清楚，江珊说。

算了吧师姐，别打马虎眼了，我也是领了头儿的任务来的。

李格对江珊说，放弃了写作的赵五斤前几年成立过一个学会，挂靠在李格他们研究所，学会早就名存实亡了，赵五斤未给研究所分文。而头儿发现赵五斤最近的名片上依然有会长的头衔。他还在打我们的牌子招摇撞骗，李格的头儿说。

李格的头儿近来遇到了麻烦，春节的时候没有分文奖金发给研究所里那些德高望重的专家、学者们。头儿把这个任务交给了李格，因为李格曾对头儿说过他知道他的一个师姐跟赵五斤有特殊关系，通过师姐可能会找到赵五斤。头儿说要他拿钱来，否则控告他。头儿还说，你可以获得百分之十的提成。李格为了这百分之十的提成，终日走在城市弥漫的灰尘中，好不容易才找到了江珊。

江珊对这个穿着朴素、越来越像个寒碜学究的师弟说了直话，她说你得不到赵五斤的百分之十，赵五斤现在是个商人。

“你知道我们研究所的那些专家吗？”李格说，“就是戴上大红花，跟省长握手，也一个个像些破损了的出土古玩，你知道研究所无休无止的评职称和钻牛角尖似的学问吗？”

不要抱幻想，江珊对她的师弟说，赵五斤是个逃债专家，他居无定所，行动诡秘，何况他不欠你们的。

不过李格的到来，使江珊突然觉得有一块砝码，是块什么样的砝码呢？她也茫然。

我带你去，她站起来对师弟李格说。

这可是一种背叛，然而不行啊，她只能这样啊。现在的赵五斤早离开了大学，他如今住的地方江珊也没去过，但她知道那个地方。她跟李格一男一女走进了有菜畦和烂泥路的城乡接合部，越走越臭，越拥挤，房子（大多是两层楼房）横七竖八，与他们并肩站在一起的是各种垃圾堆和人兽的排泄物。在这儿租住的是一些山南海北的社会闲杂人员。晚报上经常有这儿的打、砸、抢、杀、嫖、赌的消息。

一路走一路有人跟踪，有鬼头鼠脑的半大小子牵着狼狗在土路上游弋，江珊紧紧护着她的八百多元的包（包里还有许多美元和证件），一只手紧紧拽着李格的衣角。李格也充满了警惕。好不容易问到了赵五斤租的房子，迎接他们的又是一群狗在楼顶上恶狠狠地狂吠。赵五斤租住的地方如此之差，这是江珊早料到的。他人不在，房门竟没上锁。与李格走进去，里面空空荡荡的，看不出有钱的样子。那个“为人民服务”的黄挎包就放在枕头旁。桌上倒还有几本书，几本时兴的杂志，如《收获》《飞碟》及《读者》之类。不过最显眼的是床头放的煤炉、铁锅和一些油盐瓶子，以及几个来不及洗的饭碗。让李格从头到脚都冰凉了。

正当李格想与江珊离开这儿的时候，他们听见了门口的汽车喇叭声。出去一看，是一辆破桑塔纳，那辆车样子恶心，到处都有磕磕碰碰后修补的痕迹。从驾驶室走出来的正是赵五斤，不过这个赵五斤差一点儿让江珊都认不出来了。他穿着光芒四射的西服，烫得像悬崖一样平整，头发也吹了，就好像是去演小品的演员。精神似乎也好多了，皮鞋和领带也不错；尤其是领带，打得跟电子计算机一样精确，可是，袜子还是他的本色演员，尼龙的，花的，顽强地显示着赵五斤的过去。

赵五斤抬头看见江珊与一个陌生的男子站在他租住的房间门口，露出吃惊的神色，说，是你们?

江珊说，你这下气派了。她指着李格，他是我师弟，地方戏曲研究所的，他找你有事，我就带他来了，没意见吧?

赵五斤有点发酸但又十分老练地笑着，说，嗯，嗯，好，好，我住的地方像狗窝。

李格说，你的车还不错。

赵五斤连忙说，别人的。

江珊说，春节回老家兜风去的。

赵五斤说，别笑我了，先找个地方吃饭去吧。

李格说，不了，先跟你谈一下。

他们进去后，江珊要求回避，赵五斤和李格都要她留下，李格说是找你要钱的事。并把要钱的原因讲了。

你说这世道，我怎么欠你们的?谁都想当黄世仁。赵五斤说。我们谈点儿别的吧，你真是江珊的师弟?

那还有假，李格说。

我研究《楚辞》，他研究《诗经》。江珊说。

《诗经》太好了，它保留了我们祖先生活的图景，还保留了人与大自然那种亲善和睦的独特关系。彼黍离离，彼稷之苗。行迈靡靡，中心摇摇。知我者，谓我心忧，不知我者，谓我何求?悠悠苍天，此何人哉!现在的人能写出这么好的诗?!赵五斤说。

李格不想跟他谈《诗经》，李格说只有酒足饭饱的人才谈《诗经》，我现在要吃饭，我搞地方戏曲研究去了，地方戏曲就是我的饭碗，头儿让我来，不想让我空手回去。

江珊对她的师弟李格说，你给赵总好讲。李格说，师姐，我看赵总心不诚，我无法好讲。他于是拿出了头儿给他的那张名片，送到赵五斤眼皮子底下说，不知道赵总怎么解释?

我是会长。依你们说我是冒牌的?谁成了新的会长?赵五斤也没打算顾惜江珊的面子了，就像她不在眼前一样。

这个学会早就不存在了，你不给钱，头儿说要控告你。

凭什么控告我？

招摇撞骗。

嗬！我真懒得跟你说了。赵五斤又打起哈欠来，一个接一个。

江珊拦住李格说，我带你来找他，不是让你们两人吵架的，你们想吵就继续吵，我走了。她果真走了，李格也赶了出去。后来，赵五斤开动了他借来的车，追上他们，并堵住了道路，说在车上有话说。江珊和李格只好上了车。可是上车后又没话说了，一直到市区下车的时候，赵五斤才对李格说，明天我给你回话。

到了江珊的广告公司，李格对她说我今天的话刺伤了他。江珊说他现在不是文人了，不会这么敏感了。他死猪不怕开水烫。江珊说要刺伤是我刺伤了他；如果他真要给钱，也是看我的面子。李格说这我相信。

江珊觉得她的目的正在达到，赵五斤已经有了些吃醋的情绪。早该如此，她想，我得把李格弄到我的广告公司来。她突然有了这么一个主意。

第二天，李格给江珊打来电话，说赵五斤答应了，给的不是钱，是实物，水果。结果到果行去拖的时候，发现是最差的水果，潮柑，不到二十块钱一箱，一个个大小不一，黑不溜秋的，所里的那些老专家却见了潮柑一个个乐得合不拢嘴。

到我的广告公司来吧，兼职也行。江珊对师弟李格说。她听见李格用一种怪腔怪调的声音在电话里说，只怕赵总不会让我来。你这是什么意思？老赵给你说了什么？江珊厉声诘问。电话里说，没别的意思，赵总也没给我多说半个字，我是想，赵总可能讨厌我了。江珊说，我又不是介绍你到他的公司去做事，是让你到我的公司来，明白吗？她把“我的”说得很重。

江珊一个人熬过了难熬的春节。春节没给驾车归去的赵五斤带来好运，他借来的破车跟别人的车撞上了。正月初十才出现在江珊面前，脸上结着血痂，手臂缠着绷带，走路一拐一瘸。赵五斤对她说，可能我思想开岔了。想什么呢？江珊问他。我也不知道想了些什么，赵五斤说。照我看，你是回家太兴奋了，归乡情更切嘛。多年没开，技术也差了，这车的离合器也有问题，赵五斤说。

李格来到广告公司的那天提着一对野鸭，这使江珊觉得异常有趣，野鸭，还有一包莲子，江珊看这个师弟很顺眼，提着野鸭的样子幽默极了。李格对他说，这是咱家乡的野鸭，他说我是在野鸭的叫声中长大的。故乡是个荒凉的地方，许多人背着铳在沼泽里走来走去，夏季荷花连天，芳香扑鼻。他还说他一共提了两对来城里，另一对给导师了。因为在他分配工作时导师曾四处奔走，最后总算还进了一个能拿基本工资的研究所。这年头硕士都差不多没人要了。

当即江珊就点火做野鸭，李格不让她做，他自己做。他要江珊去买酱、买生姜、买尖椒。他拔毛、开膛、剁、下锅，呛着喉咙炒，然后熄火。他炒的野鸭味道好极了，两人喝酒，酒也是滴滴香浓，意犹未尽。李格对她说，你少抽一点儿烟吧，于是江珊就把烟掐灭了。李格说研究所不死不活了。江珊说，上面为啥不把这样的单位撤销了？李格说，哪个领导都不愿意这个研究所在自己手里垮台，这说出去多不好，现在要尊重知识，尊重人才嘛。江珊说，拿这么多人的生命以至青春给他们图个虚名。李格，想通了没有，到我这儿来，我把总经理的位置让给你。好一阵儿，李格才说，你跟赵竟然没有结合？江珊说，你到我公司来，那样的事就不要打听了，纯属个人隐私，再说，这一切你都看到了。

江珊又拉着李格去看躺在医院的赵五斤。江珊对赵五斤说，我师弟给你拿莲子来了。她把李格给她的莲子给了赵五斤，赵五斤的表情越发难看，充满着灾难感。一身的西服都不知道哪儿去了，一件要长不长的灯芯绒棉褛裹着他饱经沧桑的身子，脸上的血痂都胀紫了，说，谢谢，谢谢，清火的哪。赵五斤说，这个春节砸了，撞上了，还要赔车。又问李格说，你们头儿还好吗？他跟我过去是好朋友。李格说，他让我来感谢你，感谢你的潮柑。赵五斤说，为什么国家养不起你们研究所这些专家呢？因为在养另外一些人，咱们每二十三个中国人，就得养一个当官的。养了他们，还得给他们上贡，这钱从哪里来？所以一个当官的富了，二十三个老百姓就只有穷了。穷了还要听他们发指示，服从他们的领导，维护安定团结的政治局面。再则地方戏怎么振兴，七八十岁的人了还要争演小姑娘、小伙子，满台的皱纹和男声女气。戏曲要成为偶像崇拜，全让年轻人来干就有救了。

江珊说，我师弟不想当地方戏的救星，他决定到我的公司来干。

喔喔，他来?！赵五斤一个激灵就从病床上坐起来，他发现自己失态，又强作微笑，说，好嘛，嗯，你是总经理，你看准谁就是谁嘛。我祝贺你们今年生意红火。

李格果真来上班了，兼职的，江珊把这个消息告诉了赵五斤，她等着赵五斤发炸。

赵五斤拆了绷带的那天就迅速地来到江珊的公司，他进门就看到了江珊和李格头挨着头在研究一个广告方案。他对他们说，我没有打扰你们吧？不碍事吧？

没有，你坐。江珊说。她言语平淡，动都没动一下，继续旁若无人地与李格研究。

赵五斤坐在那儿，浑身不自在，望着墙上的钟看它一格一格地走，不停地打哈欠、不停地捂嘴、抹泪。终于他说，你们忙，那我走了。

李格忙抬起头来说，你有事找江总吧，那我先走。

不，让我先走。赵五斤说。

江珊还是没有动一下，也没有阻拦他们中的任何一位。结果是赵五斤匆匆地走了，李格站在门槛的两边，一只脚里，一只脚外。

你直接给我说了吧，师姐。李格大声求情地说。

这时江珊秀美的眼中流出了眼泪，无声地，簌簌地往下淌。江珊说，没啥好说的，你都猜到了。她的声音很镇静，一点儿没变。

那你该怎么办呢？李格说。

我也不知道啊。没有你的事，明天你还得继续来，我现在没有任何倚靠了。

晚上赵五斤拍窗找来了，进来没有话。江珊也没有话，江珊抽烟，赵五斤帮她点燃。赵五斤低声说，为什么撞车，只有你清楚，我的心里是乱的。

江珊吐着烟说，怪我啊，这事扯到我头上来了。

赵五斤说，你是拿李格要挟我？

就是，江珊说，一个旷男，一个怨女。我可能会爱上他，我想过正常女人的生活，我不是你的长包女！

赵五斤被这句话噎了半天，他的手就那么指着江珊，你，你，你说这种难听的话。

还有难听的呢，江珊说，你妻也要，妾也要，你口口声声说挖掘我，你挖掘了我什么？还不过是像人家说的，挖掘了我的“两个中心，一个基本点”，你不过对我进行了“一次性处理”。

这竟然是你说的话？！赵五斤说。

这是泼妇说的话。江珊说。

她赶在赵五斤面前发炸，她想她也应该发炸了。赵五斤的情绪坏得一塌糊涂，口里像含了块烧萝卜似的嗫嗫嚅嚅着说，我得到了什么样的回报？我不企求回报，难道我给你这个广告公司有什么先决条件吗？我全是虚情假意吗？

江珊说，这就是你的狡猾之处，对老婆诚心诚意，对情人也真心真意。我信你的真心，如果你继续这样拖下去，你多真的心我也得离开你了，广告公司我原物奉还，然后……

然后你去那里？赵五斤问。

学校是回不成了，我到深圳去。

赵五斤说，我不是在拖，我拖我就应该待在家里养伤，对家里我已经没兴趣了。伤未好我就来了。

是来处理汽车赔偿问题的吧？江珊说。

也是也不是。我活得多累啊，赵五斤说。

你都筹齐了五十万元吗？江珊说。

钱的事你不要操心。我想我这一辈子应该得到你，我就是这么想的。

你不是早得到了吗？

赵五斤摇着头，他脸上露出那种绝望而茫然的神色，显得可怜极了。他动情地说，珊，等着我，我们以后会幸福的。后半辈子的幸福，我要交给你。

假如我不接受呢？

我也交给你，珊，我没有别人。

假如我要爱上别人呢？

李格吗，你的师弟吗？不过，那也不能强求。如果发生那样的事，我的心还是属于你的。只是，我的心已经苍老了，像吊在秋风中的丝瓜。

江珊的心也软下来了，她说，什么也不要说了，我希望你不要犯重婚罪。至于你为我做出的牺牲，我会记住的。

在赵五斤失踪大约有三个月的时间里（估计要么是继续筹那五十万元的巨款，要么是回郎浦与妻女谈判去了），李格竟然自作主张地接到了一个大型演唱会的广告代理权。这种代理权既难接，接了也难搞，需要耗费大量的精力，全身心投入，弄得不好还会亏本。如果是江珊一个人，她是没有这种工作的激情的，她已经伤心透了，情绪低落。

你应该用他的钱来生钱，否则你永远欠他一笔良心债，李格对江珊说。

我不想生钱了。金钱是罪恶，使人迷惘，使人残暴，使人狡诈，江珊说，钱让我们变得面目全非了啊！

对你，钱不是主要的，你应该振作起来。李格说。

江珊被迫振作起来了，她们雇请了十多个美术学院的学生来设计和制作广告。她与李格一起去深圳印制精美的宣传画册。李格真正显露出来的经商才能让江珊发现了新大陆似的五体投地。这个精力充沛的师弟可以三天三夜不睡觉并且不打一个哈欠。在印制大的广告横幅时，他的艺术变体字写得比美院的学生还要好，就跟电脑里敲出来的一样。

活动结束的时候，他们双双搀扶着进了医院打点滴，两人都有些虚脱了。但是这一次活动因为李格的运筹帷幄和事必躬亲，竟然创造了难以想象的奇迹，纯利润十五万元。两人打了一天点滴出来，神清气爽了。李格对江珊说，金钱的确是罪大恶极，它把我们弄成患者了。看来我们应该恶狠狠地对待金钱才对。于是，那天晚上他们去了省城最豪华的夜总会，喝XO，又洗桑拿，然后又去通宵的士高舞厅。

要好好地补一补身子了，你看你脸上瘦得只剩下一副眼镜了，李格对江珊说。

第二天李格来到公司，老远就喊，师姐，看我提什么来了！江珊抬头一看，吓了她一大跳，一只足有篮球大小的鳖张牙舞爪地在她眼前晃。这才是大补的，李格说，这要抵我在研究所半个月的工资。江珊说，分账吧。李格说，先把它炖吃了。我在研究所一辈子也吃不到这么好的东西。

江珊早领教过李格的野鸭，至今想起还口齿留香。李格的鳖更是做得出类拔萃。他把鳖做成了凉拌鳖、红烧鳖、冬瓜鳖裙羹，并且还买了一瓶他最喜欢喝的红星二锅头。

李格说，这东西我们小时候从来不吃，钓鱼钓到鳖了会远远地扔掉，以为晦气，那时候咱们老家吃什么鱼，都是有讲究的，春节吃才鱼，夏季吃鲫鱼，秋季吃肥坨，冬季吃黄鲴。哪晓得现在鳖最值钱了，这世道变得莫名其妙啊！

江珊说，是啊，许多过去值钱的现在不值钱了，许多过去一文不值甚至恶心的东西却价值连城了，有什么办法呢。

江珊要喝二锅头，李格不让她喝，她说她想喝。李格举杯向她表示感谢，他说，师姐让我发了一笔财。

这是你劳动的果实，江珊说，把你该得的一份领走吧。江珊两杯酒下肚就有了醉意，吃着鳖说，钱真是王八蛋，说来就来了，这些钱够你娶个不错的媳妇了吧。

李格说，师姐，我看还是不分的好，现在我给你说，你应该把二十万元还给他。

江珊说，还给谁？

李格说，当然是赵五斤。

江珊的眼直视着李格，说，那又怎么样呢？

李格说，公司还存在，咱们作为共同投资，重新开始干吧。我现在可以完全离开研究所了，你也……应该完全离开赵五斤。你同意吗？

江珊在李格的眼里发现了爱意，如果接受，该多么自然，一点儿都没有心理上的障碍。而跟赵五斤，她有多大的障碍啊！都积为心中的一个块垒了，谁来清除？就是眼前的这位师弟吗？

他是一个苦命的人，江珊低声地说，虽然我有时恨他，但只有我了解他，江珊说。

你少怜悯这样的人，他是一个吝啬鬼、土财主、感情骗子。旁观者清，我知道他是怎么来讨你的欢心的，那样的伎俩我也会，可我不想这样。当然，是穷，咱们学生是穷，穷也当初不能让这样的骗子得逞。现在应该是你跟他清算的时候了。李格醉了。

江珊也醉了，她一口就喝干了一大杯白酒，她被李格说得无地自容了，她猛敲着杯子说，李格，你没有发言权，你以为我是个傻瓜，你以为我白活了几十年，以为我白读了十九年书。你不要否定我的过去，你没有权利这样做。

我不是为自己，我是为你鸣不平。李格气冲冲地喝干了酒，扬长而去。

那以后的几天里，李格去了郊区赵五斤租住的地方，他发誓要找到赵五斤并问个明白。赵五斤用了大约二十箱劣等潮柑等于羞辱了他李格一顿，李格就是这么看的。当然，他最恨江珊至今执迷不悟，她应该走出赵五斤可怕的阴影，否则，等待她的将永远是痛苦。

赵五斤在郎浦家里的电视上早已看到了江珊广告公司在那次大型演唱会上的代理名字，那么多的充气广告、似银河飞瀑的条幅广告，铺天盖地，他就明显地感到了是李格或是别的男人的杰作。那时候，赵五斤刚跟妻子从法院里走出来，手上拿着一纸离婚证书。但是他们还是双双一起回到了家。赵五斤还是跟以往一样，要女儿给自己泡杯莲心茶，把臭鞋臭尼龙袜脱掉换上拖鞋。他说，家里的东西就不要动了，以后我还是要回来的。书房也不要动我的。他的离了婚的妻子给他洗着衣裳，说，要买米了，还要灌气。赵五斤说，这些等我歇口气了去搞。

赵五斤办了离婚手续的第三天走出来，还是背着他的“为人民服务”的黄挎包，他摸着女儿的头说，长大了当歌星，音乐学院我去找人。

女儿说，跟妈离什么婚哪，爸，你在外面学坏了。

赵五斤装着无事地说，离黄昏！你妈、你、我的照片不在家里挂着吗。

这可不同了，爸，女儿说，挂着是挂着，你就回来得少了，就像你死了。

赵五斤的脸顿时煞白，白得像一张风筝纸。他说，童童（女儿的名字）

你瞎说，你怎么这么不会说话，你怎么对爸放咒。

女儿说，那我说错了。

你看，我这就跟出差一样，他拍着空空的黄挎包，我啥都没带走，又没分家分财产。爸的东西都在家里。

这不是你的家了，你的家在外面，在省里的婊子那儿！女儿号哭着跑走了，跑回屋里去。

赵五斤回过头看了看他熟悉的窗户一眼，泪水也出来了。他微笑着安慰自己说，还不是要经常回来的，离婚能说明什么呢。

当他一回到租住的地方准备用手机给江珊打电话时，就被李格堵住了。

又是来要钱的？赵五斤说，他对他有些不耐烦了。他讨厌这个家伙。

我现在不缺钱花，广告公司的事想你听说了一二，感谢你的贷款使我们发了一点儿小财。李格说。

我给你们贷款？赵五斤糊住了。

二十万元哪，不是贷款是什么。今天我是想跟你讨论一下德行。李格说。

赵五斤又打起了哈欠，德行既不是《楚辞》也不是《诗经》，更不是地方戏曲。

我看你在对我师姐的问题上有什么德行，李格说。

她出了什么事吗？赵五斤问。

没有，李格说。

没有就无可奉告了，赵五斤说。

你像个无赖，李格说。

就算是吧，赵五斤说。他的疲倦不堪的眼眸突然放出剑光，这关你什么事，你有什么资格来质问我？

德行的问题人人都有资格来过问。李格也凶相毕露，针锋相对。德行是我们这个社会、这个民族存在的根本理由。

算了吧，德行先生，要谈德行你跟历史谈去，跟现今当官的谈去。德行是什么呢！1970 年我读到了一本《三曹诗选》，我在一个笔记本上抄了“对酒当歌，人生几何，譬如朝露，去日苦多”这几句，落款是 7 月 1 日，被人发现了，说我是反党，判刑七年。朋友，这就是一个时代的德行。你知道你的德行是能充分发挥你的才智，成功地搞一次广告代理，而我的德行是在你这个年纪时，吃着猪狗不如的牢饭，每天干繁重的苦力，被批斗，被毒打，让你几天几夜不睡觉逼迫交代问题，唯一想到的就是怎么自杀才好。德行先生，现今最有德行的是谁呢，是你？对，是你，是学者、教授、作家、解放军同志，官不扰他们，匪不扰他们，连妓女都不扰他们，这就是德行。不过，你要讲德行，怎么不像屈原去投江呢？干吗也要来疯狂地挣钱呢？赵五斤口齿伶俐，慷慨陈词。

我说的是你与我师姐。李格说。

我追求自己的幸福就是没有德行？我们的青春交给了过去那个没有德行的时代，难道还要把我们的中年和老年全搭进去？

他说到这里拿出他的离婚证书，谁能像我们这么艰难啊！李格先生，结婚和离婚，咱们这一代人真是无比艰难啊。其实这是最简单的，对于你们这一代而言，就像打个喷嚏一样简单，可是，对于我们……并不是它的程序多么复杂，也并不是吵闹，而是，跨过这一步，犹如跨过喜马拉雅山！这你明白吗，你体验过吗？

江珊听到赵五斤离婚的消息最早还是来自李格，李格回市区的公司就告诉了江珊。而赵五斤等李格走后突然感觉到自己病了。他预感到离婚之后他会大病一场的。他躺在租住的房子里，给江珊打电话时的第一句话就是“我病了”。而江珊赶来时看到那张有了些污渍的离婚证书放在桌子上，用一个喝空了的汽水瓶压着。那张寒碜的、捡垃圾的人都不会在意的离婚证书，使江珊觉得情啊爱啊真是顶顶无聊又虚幻的东西。她说，你把它收好。赵五斤笑着，赵五斤果然浑身滚烫发烧。江珊守着他，给他吃药，听他在谵妄中的胡言乱语，喊着他女儿童童的名字并背诵曹操的《观沧海》，还有曹丕的《燕北行》等一些诗，背得抑扬顿挫，像个教私塾的老先生。江珊摸着那张粗糙的、薄薄的离婚证书，叠好，放到他的枕头底下，她想，我跟他结婚吗？跟他过一辈子吗？他多苍老啊，多没有情趣啊。岁月在他身上心上刻下的痕迹多深啊，就像被有履带的推土机从他身上碾过一般。结婚就结婚吧，这是一个没有激情的时代了，她有些苍凉地想。

大病初愈后的赵五斤头发突然花白了，不过他的精神却一日好似一日，哈欠少了，也不再整天眼泪汪汪。

江珊想征求李格的意见，李格却不再照面，回研究所上班去了。结就结吧，随你的便，江珊对赵五斤说。随你的便是赵五斤爱说的一句话，现在轮到江珊说了。

赵五斤在积极筹办他们的婚事，他庆幸江珊没有变心。首先是买房子，他看中的是他租住地方的一栋两层楼房，开价才五六万元。江珊不干，她对那儿充满了恐惧，她说与其住在那儿还不如住在屠宰场好。赵五斤说这是什么意思？江珊说瞎联想的。不过这话后来竟应验了。但赵五斤看中的是它的便宜，民房，虽然差点，用两三万块钱装修也共不到十万元，而在市区购房，最便宜的两室一厅二手房也不低于十五万元。

我喜欢过乡村生活，我本来是个乡下人，我想金盆洗手不干了，钱够花了。他对江珊说。他设想的是把那个院子全搭成葡萄架，院子里栽上一些果树，像桃呀，梨呀，石榴呀。我向往这样的乡野生活，不喜欢市区，他说，在葡萄架下，躺在躺椅里，读一本书，或在晚上瞧天上的星星，听知了和蟋蟀的鸣叫，该多么美妙啊。所有的院墙都让它爬满汤菜、丝瓜、苦瓜和南瓜。如果你害怕，我们就喂一头大狼狗，然后再请个小保姆。保姆在我们的家乡郎浦去请，那样放心些、保险些。

赵五斤对他未来的日子描绘得像天堂一样美好，他要成为一个都市里的隐者，江珊拗不过他，让他去办。

他买下了房子，紧接着就是装修。那时候，李格又被请回广告公司，并且接受了赵五斤和师姐江珊的婚姻事实。江珊要他帮忙，做装修监工。请工购料、二级吊顶、裙墙地板。

拿了结婚证以后，江珊非得要去拍一张婚纱照，但赵五斤不同意。他说那只是一个形式，我看重的是内容。江珊坚持要照，说一辈子只有一次。赵五斤认为自己太老了，头发也花白了，站在那儿让人笑话。结果两人在走进摄影中心之前还在吵架，不过赵五斤那时已把头发染了。那张照片看出赵五斤气极不顺，坐在那儿真像个蜡人，一脸找不到感觉的茫然样子；江珊穿着曳地长裙依偎在他的膝头，两个人的感情没有任何交流，都在那儿笑着，但笑得都不像自己。

就是在取了婚纱照的第二天，赵五斤决定将他的大江文化科技新产品开发公司的营业执照复印一个副本，让一个要好的朋友搞分公司去经营。本来他在市区任何一家复印店都可以复印的，江珊广告公司的斜对面就有一个复印店。但是他接到了李格的电话，李格说这天搞装修的师傅没有来，他也有事（大约是政治学习）要回研究所，让赵五斤打打招呼，候候装修师傅；如果师傅来了见门锁着又要误一天工。这样赵五斤就坐了个“电麻木”（三轮摩托）往郊区赶去。

在市区尾部，赵五斤突然看到路边有一个门面写着三个不太显眼的字“复印店”，就想起了复印营业执照的事，忙要“电麻木”司机停下来，付了车钱，走进那个复印的地方。进去后喊了半天竟没有营业员，好一会儿才从里间走出一个叼着烟的小青年，小青年说你复印吗？赵五斤说是。小青年生硬地摆弄着复印机，东摁一下，西摁一下。赵五斤从他的黄挎包里掏出那份执照，但被手机和买装修材料的许多钱压住了。他只好先把手机和钱拿出来，放到复印机桌子上，然后就拿出了那份执照。这一切，叼着烟的小青年都在盯着看。他感到很稀奇，这人怪，讲一口乡下话，像个修路的民工，背着旧书包，包里竟有手机和那么多钱。又看他复印的营业执照，上面的注册资金明明白白写着：八十五万元人民币。这是个主儿，你复印几份？小青年问。两份吧，多少钱？赵五斤问。一块钱。小青年说。可是他总放的不是地方，不是复歪了就是墨打淡了，或是卡纸。赵五斤说，是新手吧？小青年说，这是我妈的，她买洗衣粉去了。赵五斤说，怪不得，你手艺太差了。

复印两份，竟然废了十几张，磨磨蹭蹭了半天。选了两张看得过去的，交了钱，收拾好东西就出来了。

没想到他就这样被跟踪了。那个小青年看着赵五斤一个人孤零零地往郊区的土路上走，他立马叫上了一个半大小子，同样是个劳教人员。

他们跟着掉了阳气、慢慢吞吞的赵五斤，赵五斤完全没有察觉。赵五斤回到他装修的新居，打开小院的铁栅门，又打开大门，正看着乱七八糟并充斥一股化工原料气味的客厅，他的头就遭到了重重的一击，他来都没来得及看清他背后使砖头的人，脑袋就开花了。那两个家伙怕他没死，掏出刀来在他的身上扎了至少二十个孔。他们拿走了他的手机和钱，也就两千块钱；还有一块表，双狮牌的机械表，估计也值不到了两百块钱；楼上楼下翻遍了，啥值钱的东西都没有，全是装修材料。那两个小子洗净了手上和身上的血污，大摇大摆地走了。临走时还把门掩好了。赵五斤做梦都没有想到，他会无缘无故死于两个游手好闲的劳教分子之手。

下午李格办完事就去了郊区，他记着让赵五斤暂去照看装修的，在单位给他打手机，没回音，于是就去了郊区。路上想着装修师傅说过还要买一些材料，得找赵五斤拿钱。他汗流浃背地走到了那儿，看院子没锁，就推开铁栅门进去了。院内静静的。大门也没锁，半掩着。等他抬脚进去，他就吓得不敢动弹了:赵五斤倒在一堆水曲柳地板和白松木条上，面目全非，惨不忍睹。那个黄挎包还背在腋下，上面“为人民服务”的五个红字都模糊一团了。

老赵，你怎么啦?！好久，李格才这样喊。不过他的声音已经完全变了。空空的屋子里到处是他惊恐而绝望的声音，那种声音好像要把整个世界都喊醒一样。

# 归去来兮

## 一

大哥是一个乡村发明家。后来他在监狱里发明了写诗。在江北农场的监狱里，他在大墙上写着：天杀的仓霸／我不会屈服／我的两个弟弟决不会饶恕你。他对我们说，我什么都咽下了，就是咽不下仓霸的那泡屎，那泡屎恶臭。大哥面目惊恐，内心恶躁，这表明他还没有改造好。监狱要把他们的心磨得像常人一样平静，不再想入非非，心怀歹意。大哥他们是社会的渣滓，他们惯于做阴暗之事，暴虐、变态，最后危及他人的生活和社会的法则；在高墙里，大哥成了诗人，他在一首试图总结他一生的诗中写道：

郎浦的水天和云彩／成全了我的幻想／天空搁着一堆齿轮／我把我自己喂了进去。

大哥写着伤感的诗歌，这首诗的确是他命运的写照。他让他自己砍制的齿轮给吞噬了。大哥是一个异想天开的人，一个乡村知识分子。他在他的那个镇农具厂里，发明过双桅机耕船。我再也没有见过如此美丽的机耕船了，我到过许多地方，到过一年三熟的稻乡海南，任何地方的机耕船都不如大哥的发明。在犁耙水响的春天，大哥驾驶着他的双桅机耕船，那是一种什么样的帆影啊，一双红色的帆片，是他特地选制的；双桅红帆，在机声中行走在水平如镜的乱泥田里，周围是荡漾的秧苗和一畦畦开得肥茂的油菜花，那两片红帆啊，在郎浦的水田里就像梦境一样，开到哪儿增添哪儿的景色。以后郎浦那些模仿他的机耕船，已经没有情致可言了，三桅、四桅，但那些拙劣的模仿者的帆片，不再兜着春风和诗意，那帆片上写着“含氮量 95%”“日本株式会社”等乱七八糟的字眼，那些帆是用化肥袋子缝缀的，就像扯着东洋鬼子进村的旗帜。

在郎浦扑鼻的荷花香里，大哥是靠摆弄齿轮起家的。郎浦陆离的夕阳和夕阳中白鹭金色的翅影刺激着大哥的幻想；他首先是个幻想家，然后才是个乡村发明家。大哥最大的幻想就是想发明永动机，这是他悲惨结局的根源。

那一年，大哥在乡镇企业的农具厂里决定发明永动机。事情的起因在于户口，上面规定乡镇企业每增加一千万元产值解决两个城镇户口，推销员推销三十万元的机械可解决户口。对于三百多号人的农具厂，产值吭哧吭哧地才弄到两千万元，驴年马月也排不到大哥的名下，虽然大哥是厂里举足轻重的技术员。在他女朋友的催促下，大哥只好改行去当推销员，以便弄到城镇户口后与女友结婚，但是一年下来，大哥仅推销了十部犁铧计八百二十五元。看起来，他的户口和女友都遥遥无期了。他每天在他女友上班的那个供销社门口转来转去，看他女友的那双小耳朵和金鱼眼。他深深地爱着那个吃商品粮的金鱼眼，他甚至有一次在镇郊的一个荒凉的涵闸管道上写下了二十个这个金鱼眼的名字，但是这并不能使金鱼眼女人心动。于是，大哥终于下了决心，发明永动机。

在野蒲摇动的郎浦岸边，大哥心仪于永动机已经有些年头了。大哥是有一次在小学校长的家里翻看《辞海》时，被《辞海》里那种冷冰冰的、过于武断的口气所激怒了，他说：“《辞海》，你算个什么东西，你算个雠！”《辞海》在“永动机”的条目里，以教训的口吻对大哥说：

> 不可能实现的空想发动机。曾有人企图制造一种不消耗任何能量就能永远做功的机器，这是违反热力学第一定律的，故名第一类

永动机。还有人企图制造一种能在没有温度差的情况下，从某一巨大物质系统（如海水、空气）不断吸取热量而将它转变为机械能的发动机，这是违反热力学第二定律的，故名第二类永动机。

在小学校长阴暗的茅屋里，《辞海》板着发黄的脸，以一种僵硬的傲睥之气企图吓倒大哥，那时候大哥打着红薯嗝儿，穿着松紧鞋。他是个乡下人，可他那时已经对齿轮、连杆等了如之掌，他盘弄过各种各样的机械传动系统，有一段时间，他曾入迷地说，郎浦的天空上飘满了齿轮，它们互相啮咬着、交错着、密合着。大哥从小学校长的茅屋里出来，怀着对《辞海》的极不信任感和仇恨，心里说："《辞海》，咱们走着瞧！"

但在以后的日子里，大哥和农具厂为求得生存，被裹挟进一种脱扬机的研制与改进中，整整三年。大哥把脱粒和扬场的功能放进一部机械中去，他在提高导向板的排草速度、提高滚筒转速、减少出草口茎秆与谷物的混合等问题上弄得焦头烂额，眼窝深陷。等他们的新式脱扬机获得成功后，他也未能得到吃商品粮的机会，只是每人奖给了六百元现金。这六百元他马上悉数交给了供销社站柜台的金鱼眼女人，但是金鱼眼用大哥心血换来的钱把自己全副武装，打扮得妖冶异常后，还是不让大哥进她家的大门。大哥曾对我和二哥——他的两个弟弟说："我知道所有机器的内部结构，可我不知道女人的心是啥东西长的。"

他在那个月戴上了庆功的大红花从台上走下来之后，就身无分文了，他依然吃着青菜，偶尔吃一个炒菱角。在郎浦，大哥的口碑是很好的，当然，他比不过我的以孝顺闻名的二哥。但大哥的聪明是公认的，他十四岁就发明了一种坐着踏水的龙骨水车，他的发明惊动了县里的科委，遗憾的是，大哥那时已经下学，不然的话，他很可能会保送读大学的。当他以一个脱扬机发明者、一个有功之臣的身份要求当推销员时，已经解决了户口成为国家干部的厂长无言以对，大哥的执意使他达到了目的，穿着松紧鞋的大哥，满脸苍白学生相地踏上了去推销农具的征途。一年以后宣布失败。他对父母和两个弟弟说，他要发明永动机。

大哥和我们俩弟，三兄弟一起抬着一根根虫蛀的杨木，那是他吃咸菜、双足步行省下的旅差费从堤防段买来的木料，用来砍制齿轮的。我的二哥那时候在县城的一所小学里谋到了一份清洁工的差事，他能拾到许多的饮料罐，健力宝、雪碧什么的，每个月他都会把这些罐子如数送回郎浦，送到大哥的手上，让他去剪一些齿轮凹处的垫片。二哥暗暗地对我说："大哥中邪了。"

## 二

大哥剪裁着那些罐子，砍制着那些齿轮，许多人还抱着将信将疑的态度看他的永动机准备掀起的世界上的第三次工业革命。郎浦的人是一些未见过世面的糊涂蛋，他们反应迟钝，相信神灵。他们认为郎浦也许该出一个伟人了。无数个世纪以来，郎浦都处在荒夷之中，除了有一些民歌、荤故事和一些带有忌讳的习俗外，没啥从古代流传下来值得提起的；郎浦的人在自卑感中过着四季，一代又一代生儿育女。我们叫居仁的大哥可能就是上天安排了即将降临的一代伟人，会给郎浦带来好运，以便冲冲几千年的晦气。郎浦人虽然糊涂，还是知道名人的好处，名人可以证明咱们这儿风水的特异，可以使满宗族的人走到哪儿都跷二郎腿，还可以修一部庞大的族谱，修庙（就叫"居仁庙"吧），文武百官前来拜谒，必须下马步行进郎浦。

多么风光啊！大哥在茭苞芳香，芦苇摇曳的郎浦湖边也就是这么想的。他手拿计算尺，踩在湿湿的湖埂上，松紧鞋底沾满了腐泥和草茎。他说，他运用的是杠杆的原理，在一个物体上使重量偏向一方，在远距离的连杆传递出能量，又根据能量守恒的原则，的确可以增加一点点能量，虽然微小，微小到忽略不计。那么，即使他的永动机成功，那也是一个庞然大物。

为了获得准确的数据，他找到了一个合作者，郎浦中学的一位数学老师。这位老师很愿意成为大哥的助手。大哥穿过中学那个水洼遍地的球场，他的头顶是木板腐朽的球架，大哥面带凄苦的微笑，怀抱齿轮，叩开了那位民办老师的门。他们想成就一件世界的大事。有时候，人就被这样一些突如其来的幻觉弄得神魂颠倒，不能自制。这两个乡下人，会以为马上就成为世界级的发明家了，获诺贝尔奖了。他们关起门来，吃着萝卜和红薯，在一张缺角的桌子上开始了数万个数据的运算，用一个计算器和一支铅笔。这时候，郎浦的小镇上依然行人稀少，到处堆满了甘蔗皮和家畜的粪便。洋灰驳落的低矮门面都关门睡去了，另一些人正围在电视机前看一些低级无聊的连续剧。而郎浦湖上，星河倒悬，渔火缕缕，蛙声和夜雁露宿沙洲的鸣叫成为千古不变的景色。田野上清风如织，风把植物生长的消息带向各处。而大哥和数学老师正睁着通红的眼睛运算着那些违背科学规律的数字。在深夜的电视里，传来了中东战火的消息，和美国、俄罗斯的宇航员在太空轨道上对接成功。大哥他们啃着郎浦的红薯，埋头运算。

这一天，大哥手举着一封信件从镇上一直跑回家来，他因为剧烈的长跑而面色发青，鼻扇张大，歪歪欲倒的单薄身子因营养不良出现畸形，背部高耸、脖颈下陷。他说中央来信了，中央知道了他们的发明。他给总理写信，他手举这封信，就是总理办公室回的。这封信只有简短的几句话，大意是：你们精神可嘉，建议最好找专业部门联系。

大哥激动的样子就像范进中举。他说总理知道这件事了，总算有眉目了。这封信在郎浦引起了一阵震动，人们都想争相看看这中央的信件，大哥常常被许多人围着。人们向他打探，找他讨烟吸，要他请客，都嘻嘻哈哈地说居仁你这要提拔到中央去了，少说也要到县里当个县长，总理一句话，你就成县长了。大哥把别人的逗趣当作了即将向他走近的现实。他想着这事肯定传到县里了，这事县领导会指示镇领导找他的。我的乡村发明家的大哥在家里静等着一声汽车喇叭声，从车里走出县委书记，或者镇长，说，你真的为我们郎浦争了光，现在，我们决定先解决你的户口问题，转为国家干部，有什么要求尽管提。于是，领导从包里拿出那个红塑料皮的户口簿，递到他手上，报社和电视台的人连忙把这个镜头抢拍下来，成为报上的新闻。

我想大哥就是这么幻想的。大哥是一个可怜的幻想家，郎浦水天一色的天象害了他，就像一种寂寞的乐园，让人走火入魔。大哥跟我们说过，他会得到一切的，女人、工作、户口。大哥说这些话时坐在一堆他精心砍制的齿轮中间，那些精巧的、密合严实的齿轮，绝不会出自一位精神异常者之手，它需要忍耐、自制和清醒，大哥是一个清醒的人。

但是，并没有谁来找他。农具厂倒是来找过他，要他去上夜班，否则扣罚他全年的奖金。大哥在休息的某一天拿着这封他视为生命的信去了县里找科委。他换来的是一顿语重心长的教训（好在不是嘲笑）。老主任对他说，你还是多发明点儿坐式龙骨水车吧，脱扬机也不错，双桅机耕船也不错，在郎浦，如果你有发明一种剥菱壳机器的打算，我们就给你经费。老主任动情地说："越穷越爱幻想，看看吧，现代生活中与我们息息相关的东西，哪一样是中国人发明的？电脑、电视机、洗衣机、电灯、空调、火车、飞机、熨斗、录音机、录像带，等等，不要幻想了，居仁同志，中国人总不能老躺在指南针和老气横秋的印刷术上吃饭。"大哥居仁说，我们的永动机正是要为中国人争一口气。但是老主任不再跟他说什么，只是摇摇头，又摇摇头，最后摸摸他的额角，说："回郎浦去吧。"

大哥那天回到了郎浦他的农具厂里，妈给他纳的松紧鞋底都走破了，据说那一天晚上他和那位中学的数学老师一人灌了一斤散装白酒，两人抱头痛哭，并且刺破指头，发誓将永动机研制出来。

大哥认为谁都不理解他，这个周围的世界是一个陌生的世界。在农具厂他郁郁寡欢，他的那个金鱼眼未婚妻在看到那封被大哥都折叠破了的信件后，仅仅兴奋了几秒钟，就骂了他一声"疯子"，拂袖而去。大哥对我和二哥说，没有谁理解我。他摆弄着二哥带回的一些饮料罐子，他说，谁给我钱呢，谁给我钱买那么多材料，才能制造一台木制的永动机。他说，那是多么气派的机器啊，不要油，不要水，它自己运动着，带来无穷的能量。当它摆放在郎浦的湖边，在早晨，当它不停地运动着，那是一种怎样的景致啊！你看太阳把它的影子投在大地上，齿轮的影子，支架的影子，那是一种世界最新的机械，有了它，世界就会大变。

## 三

大哥带领我们伐尽了我家后园的大树，这事把我老实本分的爹给气傻了。他一脚揎出了给他做好的棺材，说，这个也抬去吧。我妈和二哥及我一样，不知道偏向谁。当我和二哥帮大哥拉锯挥斧时，我们的心是涩苦的。关于永动机，我们对它没有奢望，我们只希望大哥不要出事，我们想的是千万不要刺激他，最好是顺其自然，让他在最后的失败中醒悟过来，成为（或者说回归）一个郎浦的常人，吃饭、睡觉、生儿育女，喝点儿酒、发点儿火，但不傻笑。

在一次农具厂的夜班里，神思恍惚的大哥被机器绞掉了两个指头，送往县医院也没能接好。是我陪哥去的，大哥那天晚上浑身是血，他似乎不知道疼痛了，抱着血肉模糊的手竟打出了鼾声。他太累了，又要上班又要计算和砍制齿轮，几乎夜夜不眠。当他走上手术台后又一次香甜地睡去了。醒来之后当我告诉他手指无法接好时，他轻轻地说："那就算了呗。"我总想着祸兮福所倚这样的古训，想着就像是上天的惩罚，刚好绞掉了他右手的两个指头，这是否逼着他醒悟呢？但失去了两个指头的大哥依然一如既往，用他残损的手在房间里握斧捏鑿劳作着，没有任何洗手不干的打算。

我的右手残损的大哥，就是在那个秋天的早晨爬上云端的。我说的云端，是指那架庞大无比的机器。那架木制的、被称作"永动机一号"的机器，像一个结构古怪的大坟，我和二哥热汗水流地帮他安装，搁在郎浦湖边的高地上。那个大坟啊，哥就爬上去了，他的脚下，是丰收的田野，稻香莲熟。哥站在顶端，金风吹着他的衣襟。但是我们听见了那些木制齿轮不怀好意的嘎嘎声。那些木架到处是虫子蛀过的空洞和凹槽，寒碜的机械呀，它们在郎浦的湖边转动着，以一种羞涩的、让人好笑的表情出现在乡人的视野里。那个早晨，田垄寂静，湖上野鸭翻飞，大哥神秘地试验着他绝世的发明，他跟我们说，成功的日子为期不远了。但是，那是一个让人哭笑不得的早晨，我和从县城赶回来的二哥坐在不远处的大树下，我们终于看见大哥在那架机器的顶端摇晃起来，我们看他飞身而下，滚在一堆烂泥和晾晒的薯藤之间，当他踉跄着爬起来时，一阵坍陷的轰响漫过郎浦的上空，惊飞了所有的水鸟和秧鸡。大哥的永动机像个散了骨头架子的人，四分五裂了。大哥跌得鼻青脸肿，他看着那一堆残骸，那些扭曲的齿轮和齿轮间闪着折磨之光的白铁皮。我的大哥，无言地坐在他的杰作面前，他像一个摆弄玩具的傻孩子，抹着脸上的泥，任秋天依然毒辣的太阳把他烤焦。

大哥黯然神伤地收拾起他的机械，他向我们笑着，向我们表示歉意。这一切似乎都在他的意料之中，他没有呼天抢地。他说："我都二十八了。"他说我还不老，还可以干上几年。他摸着满脸杂草般的胡子，没有血色的脸愈加苍白。这个想以木制的机械证明时间永恒的发明家，他在那高不可测的天穹里究竟悟出了什么？不消耗任何能量的是一尊木头，人不可能不死去，连太阳也会衰老，大哥无非想证明那些枯萎的落叶会重新回到枝头，女人永远十八岁。这是多么不可能啊！供销社的金鱼眼都等得不耐烦了，她身上的肉都开始松弛了，瞪着金鱼眼，看着手拿钳子和斧锛的大哥。后来，她离他而去，嫁给了一个举止刚健、额手如宾的军人。大哥笑着，许多人想以此来刺激他，让他去拼命，让他索回那数百元的奖金和一往情深。大哥说："天要下雨，娘要嫁人。"大哥回到他的宿舍，点燃一支常德牌香烟，对着一根圆木比画起来，角距、齿轮、内径、俯视图、剖面图。我二十八岁的大哥，有时候也会一个人孤寂地自问：这有什么意义啊，这部机器试制成功后，我又献给谁呢？大哥在他的一张晒图纸上写道：

生命在转动 / 不变的是梦境 / 恒定在凄苦的命运之轴里 / 精神是不灭的 / 依附于躯体或者太阳般的齿轮 / 吱吱呀呀地轮回。

茫然无助的大哥，把他的心全都投进那堆机械中了，谁也不会相信，这个羸弱的乡村发明家，会被投进大牢。

# 四

那个傍晚像郎浦无数个傍晚一样，红云涌动，水波万里，湖堤上散发出来的强烈的苦蒿气息饱含着劝诫人逆来顺受的征兆。在郎浦，生活其实在悄悄地变化，那些田坂里传来了大哥和他的农具厂发明的双桅机耕船的震响声和脱扬机的轰隆声；那都是耕耘或者丰收的声音，喜庆和吉祥的声音，祈祷日子风调雨顺的声音。可是，大哥就从那样的声音里由两个警察押走了。大哥被押出农具厂，从他那个狗窝般的、散乱着一堆堆木制的机器零件的宿舍里，神情倦怠地跟着警察出来，一句话也没说。他穿着妈给他纳的松紧鞋，胡子拉碴，许多人打探后以一种睥睨和怜悯混杂的神情望着他，望着这个杀人犯，这个难以让人启齿的罪人，说，居仁怎么是这样的人，真是人不可貌相啊。当那个与他合作的中学数学老师准备娶妻结婚时，他以刀相逼，最后刺伤了人的腹部。那些下流的人损大哥说："他是个鸡奸犯。"有点知识的人评价说："居仁搞同性恋。"

那个傍晚风萧水寒，大哥面带着一丝凄楚的微笑，昂然离开郎浦。人们看到,那不是拿刀子的手,残忍的手。那是一双写字和劳动的手。那双手瘦小，青筋突凸，缺了两个指头，其他的指头上有因不停砍制零件而被利器碰伤的新老痕迹，可以说是痂瘢累累。大哥看来是要永远地离开郎浦了，他目光深情地平视着这儿熟悉的一切。有人还坐在他十四岁发明的坐式水车上车水，水波粼粼，水由龙骨板带向稻田。而他的眼里一定会浮现出郎浦第一张双桅红帆在水田里扬帆驰骋的情景；美丽的双桅帆，就像一双火鸟的翅膀，他把它用进劳动的场面，他将浪漫带进我们含辛茹苦的贫寒日子，教会我们瞩望和品味贫穷生命与劳动的美丽。

这里，我要说到一条由郎浦开往县城的船了。其实是两条对开的小火轮，一日两班；它把郎浦湖行完后就进入一条大台渠，一直进到县城的后门。这两条对开的小火轮一模一样，到处露出木胎，盖舱用的是油毡，两个船工穿着朴实，赤着脚在船边荡来荡去。舱里有两条歪歪曲曲的木凳，如果你穿上好料子坐下去,就会被凳上的毛刺刮得稀烂。舱里的货大多是些腥臭的水产品。大哥就是坐上这只船押往县城的。他在上船的时候头碰到了舱顶，碰得咚的一声响，头有些闷疼了，但他很快坐下来。但是不多久他就坐不下去了。舱里的乘客都怪异地打量他，以一种自由人的得意窃窃私语。这是他所熟悉或不熟悉的人。熟悉的人给他递烟，把烟点着了栽到他嘴上，同时打量他腕上锃亮的手铐。他吸烟，警察并未阻拦他，他们分坐在他的两边。但是他受不了舱里那些怪异的目光，他要求警察把他押出来，让他坐在船头。警察开始不同意，他们怕他投水自尽，大哥说："你们把我铐在缆柱上还不行吗？"后来警察同意了，他们遵照大哥的指示把他铐在了一个铁打的大环上。他宁愿忍受浪沫和湖风的欺凌。

在进入台渠的当儿，这艘开往县城的小火轮与另一艘开往郎浦的小火轮擦肩而过，船上正好有我二哥。他听到有人在向另一条船上指点说那上面有个犯人好像是居仁，他马上跑出舱，终于看见了大哥被锁在船头的大环上，满脸都是风浪。这太突然了,太令人难以置信了。我二哥是个感情深厚的男人，他还背着一大袋空空的饮料罐子准备去交给大哥的，他顾不了许多就跳进深秋的湖水里，他在跳下的一刹那就喊着大哥居仁的名字，有点歇斯底里。

他是从船头跳下去的，我的二哥，人们看到他被湖水吞没又从船尾浮出来，他的头皮被车叶子（螺旋桨）旋掉了一块，血从头上汩汩地冒出来，他追赶着载大哥的那条小火轮，他看见了大哥望着他潸然泪下的表情，一晃而过，消逝在暮霭的深处。二哥爬上岸来，坐在台渠上，他始终不知道发生了什么。

大哥的丑行让母亲当即就气瞎了双眼。这种事在郎浦属十恶不赦，一向爱热闹的爹从此沉默寡言了,在以后的整整一年中,他把屋前屋后种满了烟叶，又没完没了地卷着烟抽，一直到他从郎浦消失，最后证实客死他乡。

## 五

爹认为这是他祖上未积阴德的缘故，祖坟没有埋好，郎浦的风水太差，滋养出来的后代乖戾而尖怪，一个个就像些从坟岗里爬出来的獾子，鬼头鬼脑的，干出的事让人骂八代。我们是偷偷去探视大哥的。我和头伤未愈的二哥见到了羞愧万端的大哥，他剃着光头，看起来像个歌星，令人感到滑稽。他说："你们给我把齿轮保管好啊，"他说，"我服罪。"大哥的刑期是遥遥无期的，他把人刺成重伤，他不仅毁了他自已，也毁了中学老师的锦绣前程。他依然说着《辞海》的坏话，他说："只有我知道，《辞海》是错误的。"大哥在高墙和铁丝网里，目光炯炯高飞，像天空中倏然消逝的不安的鸟。他说："你们给我把齿轮保管好啊！"他反复叮咛，对我们拿去的食物，如卤猪蹄都不屑一顾，没一句感激的话，只是记挂那些使他走火入魔的什物。

说到爹，爹彻底地绝望是在大哥入狱一年以后。他因为整天含着他自种的烟卷已经满脸灰黑，烟雾把他的皮肤镀上了一层死亡的阴影，他变得有些痴呆，一个人坐在郎浦湖边，这使人想到大哥当初的举止。但是，他并不是一个老年痴呆症患者，他脑存重重的心事，最后死于南投山下，在伟人诞生的脚下殒命于野松之间，这表明他是一个清醒的人，一个为后代死而无憾的父亲。

关于郎浦，我总是说它的好话。事实上，它的确是一块美丽的地方，它地处低洼，万物水灵，所有有生命的东西都似乎饱胀着汁液，女孩聪慧无比，风情万种，渔歌悠扬温润，连郎浦湖底也绝少污泥，而是细细的白沙，它们被城市挖去建造成高楼，或是砌成花坛。但是这样的乡情只是被热爱故乡的郎浦人所赏识，往往出现在初、高中生的作文里。这些学生惯于使用华丽的辞藻，虚情假意地在末尾加上一句："我一定要学好文化知识，把我的家乡建设得更美好。"这种老八股式的文章出现在全国所有歌颂家乡的中学课堂上，贻害无穷。如果真正写起来，郎浦是个怪异之地，这块蛮荒的沼泽在两百年前还鬼狐奔窜，老虎出没。有了人烟之后，他们的生活中充满了对巫鬼的敬畏，这应该来源于它周遭的水雾蜃汽，在天象揉动的水波里，人们普遍有过宿命的幻觉。湿气使很多人害上了风湿病，年轻人大多想离家远走，不再每天对着茫茫的湖野和泥泞，对着水腥味太重的食物，让人寂寞得发疯。大家一致认为风水不好是有些道理的。这儿的地挖进三尺就渗水如泉，祖先们的亡棺总是被无情地浸泡在阴冷的水里，人们每当看见这副下葬场景，就联想到自己死后，归属依然凄凉。在郎浦，没有一块向阳的高地，人们生死都被水侵扰着，水属阴，阴气太重，村里人说，大哥居仁就是因为阴淫之气而出现了变异。于是，我爹暗暗决定了去找一块风水宝地自杀，让他的躯体自葬于高山之阳，以此为儿孙带来光宗耀祖的灵气。

爹的失踪事前没有一点儿先兆，没给我们留下任何蛛丝马迹，他揣着一大袋郎浦的红薯就远走高飞了。但是，我们都以为他因痴呆而跌入了湖中。

那天早晨，我看见他从茅厕里出来提着裤子。爹是有皮带的，他的那根生锈的皮带叮叮当当响着，这是我听见爹最后弄响的一种声音。双目失明的妈也说，她听见了老头子的咳嗽声。她说老头子痰多，他整天抽烟的恶果带来的是一肚子的痰液；他从茅厕出来就使劲地咳嗽着，在茅厕旁的一棵楝树下好像甩了一挂鼻涕，并且把鼻涕抹到树干上了，这是妈听来的；妈说，老头子在薯窖里翻呀，翻呀，她还以为是老头子勤快心发了整理薯窖呢。妈说，爹是从薯窖里消失的。因为后来她并未听见老头子跨出门槛的声音。

在爹失踪后，我们把薯窖翻了个底朝天，并没有找到爹的影子，连一条蜈蚣一只地鳖虫也没有找到，爹没有像神话中说的变成一种秽物。那些红薯也不像是爹变的。爹就那么失踪了。村里出动了十只船用围网捞爹，他们都相信爹是失脚了，或者因水鬼的蛊惑而投进水底（这种事在郎浦发生过），但是，那一天的围网捞上来许多闻所未闻的东西，也没发现爹的影子。那些东西是：一个叫秀芝的人二十多年前遗失的钱包，包里一块多钱，一斤多粮票和夹着的一张她本人在“农业学大寨”草帽下傻笑的照片都鲜艳如初，只是一碰即成泥；两颗手榴弹和一把印着“民国五年醴陵瓷器”的夜壶；一头形状可怖的江猪。江猪马上就被十只渔船瓜分了，这表明郎浦湖过去与长江相通。当然，还有一些鱼。只是没有爹的一根毛。

## 六

知道爹的下落是在三个月之后，那时湖已经开了，雁已经来了，冬天就那么含含糊糊地过去了。爹没忘了揣上他的身份证，南投山的人正是根据身份证而找到郎浦的。我们顶着吹面不寒的杨柳风向南投走去。我和二哥手拿着地图，沿着地图标出的红线，走向大山深处的南投。根据南投当地人的讲述和我们的想象，假如把前后三个月的时间重合，那就是我们父子三人一起向南投走去。而不是爹一个人或是我们兄弟两个分开走的——我们看到了爹的一切。爹说："咱们走吧。"爹指了指地图，说："应该是往南方走的。你看，鸟都在往南方飞呢。南方有终日照耀的阳光。"

爹的第一站应该是个叫清水台的地方，那儿依然氤氲着水汽，旅社的被子潮湿，人睡下去就会浑身发痒。被子里生着跳蚤和淋菌，床下到处爬着百足虫。爹让我们睡下了，他自己露宿街头。他的兜里没有钱。他睡在一家磨坊的草垛下，含着那根水竹的铜烟杆。他说，我去哪儿呢，这么寒冷的日子何时才走到南方呢？他因为贪睡让老鼠把他袋子里的红薯啃得稀烂，早上他在磨坊帮工的呵斥下揉着眼睛爬起来，吃着被老鼠啃坏了的红薯，在旅社唤醒了我们，说："走吧，天不早了。"爹和我们就这么漫无目的地走着，沿着那鲜红的地图找到一个叫任桥的地方，太阳还没有西斜。那天许多人正在任桥的桥头堡上垂钓。对于钓鱼，我爹是老手，他是郎浦的鱼鹰。他背着红薯袋子，带着我们走上了任桥。任桥是一个地名，也是一个有江南特色的长桥。那是一种木结构的桥，用无数颗巨大的爪钉才把它们绑在一起。我爹对着他们嗤笑，发出的声音有点像驴的叫声，这激怒了任桥的垂钓爱好者，他们看着这个衣冠不整、满脸灰土的外乡人，正准备用拳头教训他，哪知爹脱口说出了一连串的鱼经，他说春钓滩，夏钓潭，秋冬要钓背风湾。他说河边有腥气，钓鱼好运气，水翻花，无鱼虾。他说钓翁钓翁，不钓南风。深水钓边，浅水钓渊。水下小鱼多，大鱼不在窝。他的鱼经马上见效了，那些人按他的方法钓起了一条又一条大鱼。那些人为了感谢他，对他说："你有什么需要我们帮助的吗？"我爹需要的是问一块地方，出过大人物。他非常容易就得到了，人们告诉他往南有座南投山，那儿的风水好啊，出了中央委员。爹说："终于有地方了。"爹拉着我和二哥的手，几乎是一气不歇地连夜跋涉，向寒星闪烁下的层层山影跑去。

爹在大肚溪停下来，他害上了严重的肠胃病，不停地腹泻。那时候，他已经看见了丘陵，越过丘陵就是山区了。大肚溪还存留有绿色的植物。这是他行走的第七天。他攀着纤细的地图红线走到了大肚溪，但是他走不动了。他对我们说："我才不想死在这里，我爬也要爬到南投去。"大肚溪都要被他排泄一空了，他发现他拉出来的就像溪水，散发着一股来自郎浦的草腥气。在大肚溪的土洞里，爹对我们说："路不远了，咱们都坚持住。"他的红薯差不多吃完了，他在洞口趴伏在地上不停地喝着山溪水。那儿，大肚溪的丘陵上稀稀拉拉长着些马尾松，冬天的红土地里已经没有了能吃的块茎植物，那些红土裸露着，陌生的红土，跟郎浦污臭的黑泥有天渊之别。他看着丘陵顶上一抹靛蓝的天，捂着肚子，想怎样把他的腿抬起来，向羊肠似的进山的路攀登。

爹在大肚溪那个干燥的土洞里躺了两天两夜，我们守候在他的身旁。爹躺在一堆玉米秸秆上，瑟瑟发抖，高烧。老天有眼，一个下套子的猎人发现了爹。猎人说你这么要死去的。猎人给了爹一个烧饼，爹迫不及待地放进布满了燎泡的嘴里，狼吞虎咽。烧饼进了他的肚子，猎人又回家给爹拿出了两块姜，说你嚼姜吧。爹就嚼姜，爹嚼出了一身汗。猎人又给了他一个玉米，他吃了，奇迹般地站起来，拍拍自己单薄的骨架子，没事一般地说："咱们走吧。"他唤着疲惫的我们，他站在丘陵发白的小路，回过头来对我们说："磨蹭什么，向南投走呀，别夹卵了躺下！"爹走向那棵长相怪异的马尾松，在丘陵的尽头，一朵浮云正从马尾松的根部缓缓升起。那一定是一个大肚溪冬季的晴天，我和二哥吃着烟，我们默默地拍打着屁股钻出土洞，呆望着天，看远去的爹。

看他的影子进入大山的腹部。

现在，从弯曲的红线上我们走到高塘。走到两个细小的宋体字里，在那儿，土地呈现出血红的颜色，山上植被斑驳，草木茂盛；在这条从大肚溪到高塘的皮肤划痕里，爹昏倒过三次。他的鞋已经走散了，大小便失禁，眼前出现了各种各样的幻觉。他告诉我们，他看见郎浦的鱼飞了起来，羊群如瀑向天下直泻，大哥的脸像镶嵌在云端里，他看见大哥戴着一顶金光灿灿的帽子，长袍曳地，气质绝尘。别人跟他说，不远了，只有两里路，就到南投了。后来他走了大约两个两里，别人又跟他说，不远了，只有五里了。他说他跟着天上的鱼阵和羊群又走了五里，别人跟他说，大约还有五里地。山里的人是比咱们郎浦水乡人活得粗糙的一种人，他们缺少数字的思维，这就难怪了，这就难怪不会出现永动机的发明者而会出中央委员。爹带领我们走着，跌倒了爬起来，一个五里又一个五里，爹说：“咱要把最后一口气留在南投。”

到南投，爹已经薄得像一张纸，只剩下两只眼睛还充满着热望。爹啊，他在南投的那汪水库里是否看见了郎浦的渔帆？

## 七

爹微笑着，他有满腹的话要向人说。

南投山，树木苍苍，云锁青峦。爹在那位伟人的故居里看到了一些简介和照片。他看到了这位伟人做过木匠，他肯定想起手拿锛子、斧子砍制齿轮的大哥。他按照指点爬上了山顶。在水库上是一个巨大的平台，那就是龙椅，爹说，真像啊，两边的山就是扶手，而椅背是一片光秃秃的金色的悬崖。在南投的傍晚，风景单一，似乎所有的阳光都是为了衬托那把巨大龙椅的威严，别无他意。这种简单的风景真使人产生一股直截了当的雄气。爹说：“真是好风水啊，怎么不出人！”爹坐在龙椅上，从水库这边望去，爹就像“龙椅”上的一只蝼蚁。爹，他坐在龙椅上，他说，这才值得。爹对我和二哥说：“我先走了，你们回去，不要管我。”他说：“早该到这儿来的，不然，你们大哥也不会落到被万人唾骂的下场。”

我们就那么远远地看着爹。爹在林子里徜徉了整整一天。那个晚上，爹把身上带着的所有烟叶都卷成一筒抽了，那暗红的火星在他的烟杆里闪着最后的光影。爹说 ：“嗯，这儿很好。”爹真是面带着微笑，他望着两个跟他而来的儿子，手扶着龙椅上生长的野松，他解下那根生锈的皮带。我要说那个晚上南投山肯定是异常的安静，到处都缄默着等待一个苍老生命的结束。一个郎浦人，一个痴呆的老者，一个微笑着的游魂，远行人，朝圣的圣徒。

就是这时候我们听到了爹再一次响起的生锈的皮带声，他不是想干脏事。在黑暗中，他把皮带套上自己的脖子，另一头系在野松的枝干上。他想，力量还是够的，虽然他已经精疲力竭，死去的力量还保存着。为了这一刻，他等待了一生。

爹是带着无比的愧疚走向野松的，那片林子，到处响彻着一种山蟋蟀的叫声。爹在山区的夜晚看到的是山的威严和冷酷，但是，他却像回到了家一样，拼命地与这儿的岩石亲近。郎浦的人，爹，他是在湖上奇诡的天象中度过一生的人，那种神秘兮兮的云形和大气揉动的蜃景总给我们宿命的暗示，可以说，郎浦人一代又一代，就是在这种暗示中稀里糊涂地生活的。当他们死去的时候，他们会看见星河倒悬，无数的神怪从水里爬出来，犹如郎浦的另一种生活，梦中的或者像大哥一样在傍晚遐想的生活。

爹那时候可能从他清寒的意识中泛起了这种虚拟的、华贵的图景。对于山区人来说，这些图景是奢侈的，但对郎浦人来说，却是唾手可得、司空见惯、俯拾即是的。但是对子孙的愧疚基本上占据了他整个的心灵，他像个罪人，以赎罪的心理靠近那棵野松，仰视着它枝丫繁茂的顶端，天空辽远高旷，深不可及。我们看见他在深重的山影里挂系着那根皮带，假设他产生过疑问，关于这儿的风水。不，这样将亵渎了爹，他不会怀疑自己的行为，一个朝圣者的灵魂是纯净的，他们的心就是圣殿，那里廊柱高耸，穹隆如盖，响彻着天国的钟声。

我和二哥就站在那乱石堆成的坟茔旁，我们给爹加了些石头，以便作为更清楚的标记，年长日久不会被暴雨冲坍。南投的春天啊，的确美，映山红悄悄地开放了，东一丛，西一丛。山风带着暗崖的野花香气，向我们鼻子里吹送。我说："二哥，爹就留在这里了。"二哥说："这地方干爽啊。"二哥眯缝着眼睛看一只野蜂时起时落在他脚下的一朵野菊上。我们坐在懒洋洋的春日里，在龙椅上，望着山脚。我们好好地睡了一觉，然后摘来了一大把血色的映山红，放在爹的坟前。二哥说："人死去后，有时候会连自己都吃惊。"他说："咱们的爹竟然长眠在这里了，只是把咱们祭坟的路拉长了。"他说："这倒是个好地方。""是啊，"我说，"爹真是个能人，爹值得我们学习。你别看他平时不声不响的，他是个有心人啊！"我说，"扫墓让大哥来扫，等他一出来，就让他来南投。"二哥唬住了我，二哥大声向我喊叫着说："不许提他，不许损大哥！"后来，我的以孝心闻名的二哥就号啕大哭起来，他用头擂着野松，他呜呜地哭着，哭得山梁上到处是他悲惨的回声，好像所有的山都哭了起来，南投一片悲恸，那龙椅的靠背——那一大片万仞金色的绝壁，被二哥的哭声撞得黯然失色。

二哥双手捧着爹留下的水竹铜嘴烟杆，一步一回头。他的眼睛都哭肿了，他一张一张地撒着纸钱，是那样精确，每隔十八步就撒一张。他背着一大袋纸钱，从南投一直撒到郎浦，那是一条让爹回来的路，不会迷失的路。

我和二哥把爹的烟杆埋在了郎浦岸边。这样，当爹回来的时候他就可以抽着烟，呆望着湖上蛊惑人心的云彩，想他的心事了。

## 八

妈是幸运的，我一直以来都用祸兮福所倚这样的古语来安慰自己和遭遇不幸的亲人们。古代的人是多么善解人意啊，如果没有他们留下来的一句句化解不幸和痛苦的话，我们活下去是十分困难的。从这点意义上说，古人是没有死去的，他们时刻在我们身边鼓励我们活下去。郎浦的碧水青天，使得人情淳厚，乡亲们对妈产生了极大的同情。那时候，我因为生活所迫跟上了一条渔船，去长江捕捞一年一度的黄鱼。二哥依然每个星期坐着小火轮回郎浦一次，带给妈县城好吃的东西，给妈洗头、剪指甲。应该说，二哥能做到的他都做到了，但是这并不能解决双目失明的妈的根本问题。妈虽然在极短的时间里学会了做饭、洗衣和剁猪菜，但是她不能出门去挑水。妈没有方位感，一出门就不辨东南西北，有一次出外挑水她差一点儿跌进湖里淹死。还有一次，她上渠挑猪菜一直走到了郎浦镇上，半夜才摸回自己的家。妈虽然瞎着眼睛，可她还喂了一头猪和一群鸭子。她说我要它们给我做伴，我一听见它们的声音我的心里就平和多了。二哥的劝说没有任何作用，他只每次星期天在回郎浦的小火轮上，边乘船边铰湖草，回到家里，就有满满一担给猪对付一个星期的槽食。二哥星期天给妈挑两担水（缸只有那么大），再用桶趸一担水。但这三担水妈总是用不到下个星期天，这就只有靠乡亲们帮助给妈担水了。还有那群鸭子。鸭子是不会自己回家上笼的，它不比鸡，不比鹅，没有人赶它们，它们就会露宿沙洲和渠坎。傍晚，左邻右舍的孩子们就会帮妈去拦鸭，他们拿着竹竿，吆喝着我家的鸭群，鸭子嘎嘎地叫着，妈就在门框上眨着坍陷的眼睛迎接鸭群的归来，并且感谢那些孩子们，摸摸他们的头，把二哥从县城带回来的糖果分给他们吃。

除了这些，乡亲们还经常给妈一些做好的菜，腌制的菜，一碗煨藕，一碗酢鱼，一碗酱黄瓜……头疼脑热的时候，乡亲们就会给她扯痧、熬姜汤、煎鱼腥草水或者给她两颗咳特灵。

妈是幸运的，这样的日子她完全可以熬到大哥出狱以及我捕猎黄鱼归来。二哥为了回郎浦省钱，他找人买了一辆旧自行车，那是花十块钱从一个老师手上买来的，是一堆荒货，他东拼西凑把它盘得能转了，能骑从县城到郎浦的长途了，虽然骑起来老有不平的感觉（内胎打了太多的补丁），哐哐当当筛糠一样响，但二哥很高兴拥有了这个交通工具，他把每个星期一次看望妈改成一星期两次。在星期三晚上的时候，二哥清扫完了小学的里里外外，他就骑上自行车直奔百里之遥的郎浦，大约到了早晨六点钟的时候，他又能准时地打开小学的大门，给每个办公室灌好开水。整整一夜他大概都在路途上，不停地骑着他的那辆破车，无论刮风下雨，他都会这样。二哥跟妈有说不完的话，他给妈扯新罩衫，给妈买香蕉吃，给妈买了个收音机，让她听我们时代美妙的音乐。他说："妈，你脚头冷吗，我给你焐脚。"他说："妈，不要吃人家端来的酢鱼，说不定是人家吃剩的，老鼠蟑螂爬了吃了拉肚子。"他说："妈，我梦见老弟逮着了大黄鱼，梦见鱼要发财的。"他说："妈，天气不错。"

二哥说得最多的是要妈别吃人家的东西，可妈骂他，她说乡亲们好，没有乡亲们活得就没有意思了。二哥不想让乡亲们对妈表现出过分的关心，他喜欢在星期天晚上让乡亲们听到他的自行车硌出响声后探出头来，说："居义回来了。"在半夜两点钟的时候，他的自行车又硌出的响声惊扰了一村人的睡梦，让他们在暖和的被窝里说："居义走了，这么好的儿子哟。"二哥居义在他上班的时候不停地打着哈欠，张着一张吞得下老虎的嘴，他没精打采地扫地，有时候忘了关上大门，让拾荒货的人进来把老师学生的衣物、雨伞以及背课本都给"拾"走了。"是搓麻将去了吧？"他就承认。在无数次忍无可忍之后，小学辞退了他。这曾经是一个多么好的清洁工，他还免费为老师买煤买米，为老师的家里做房子守夜，为老师掏下水道，修理门窗，配钥匙，驱赶在校门口无理取闹的无赖、疯子和小商贩。但是后来——老师们一致说——他栽在麻将上了，他通红的双眼和哈欠连天的懒相只有郎浦人知道个中原因。被辞退的二哥经一个好心的老师介绍进了一家腌制咸蛋的食品仓库里打工。这是一个承包的仓库。二哥要给新鲜的鸭蛋裹上草木灰。他的双手一天到晚浸泡在带碱性的草木灰浆中，老板让他每天至少裹六百个鸭蛋。裹好的咸鸭蛋装进龙缸，运往香港地区，在运送的途中这些鸭蛋就熟了。香港人爱吃的"龙缸味蛋"正是我们县的一大特产，而这许多出自二哥之手。

在那个空气污浊的食品仓库里，二哥的手泡得不成样子了，像一双死人的手，溺水者腐烂的手。他得一刻不停地为鸭蛋裹泥，累得腰酸背痛。这还不是要命的事，要命之处在于他没有了休息日，晚上也不准离开食品仓库。一个月只能轮休一天。贪婪、狠心的老板为了发财，要把这些打工者们的血汗刮干。那怪谁呢，送上门去的，你不干，想干的人多呢。一个月以后，二哥拿着他用血汗换来的钱，沾满了草木灰浆的带咸味的钱回到郎浦，把钱悉数交给了妈。他没给妈说他被学校辞退的事，他只是说学校不让回。"是啊，"妈说，"居义，妈想死你啦，盼星星，盼月亮。你这一说，妈就知道了，县城里的灰多，打扫不完。”妈穿得干干净净，妈收拾得清清爽爽，跟二哥过去一星期回来两趟的情形差不多。妈生活得井井有条。妈眨巴着瞎眼说：“这桌子腿，是他们给我修的；灶跑烟，他们给我重砌了；偏厦漏啊，他们给我捡的漏。你看，乡亲们多好。”二哥听着这些，心里不是滋味。他挑水，他打猪草，他把碗柜的一个老鼠啃出的洞用木头钉好，他没有话给妈说，默默地做着，不敢见乡亲。他连饭都没吃就赶回了县城。

第二次回来，他看见一群乡亲在我家的屋顶上给妈用砖砌屋脊，估计又是屋漏了，油毡坏了。那些人坐在屋顶上，和二哥打招呼。他们没提那些砖和几块油毡是哪儿来的。这让二哥无地自容，他像个客人，而那些乡亲成了主人。二哥去小卖部买了一包好烟，一包白沙烟，用力甩上屋顶，让乡亲们分吸。他爬上梯子时，屋顶上的人说：“都做完了，小心摔着。”

又一个月后第三次回来，他看见一群乡亲在我家的后园里给妈搭豆架和葫芦架。那些人砍着竹子，编着草绳，和二哥笑着，不说话。二哥真是无地自容，他站不是，坐不是。他又去小卖部买烟，买了一包很好的烟——红塔山，亲自送到每一个人的手上，剩余的给了一个老者。他去用草绳捆扎时，乡亲们说：“居义，你歇着去。”

二哥突然对郎浦和干净但瞎眼的妈陌生起来。他当时一定怨我，怨他的老弟居礼怎么没个音讯了呢？长江的鱼汛已经过了，老弟未必把妈都忘了？他这么想，可口里还在搪塞妈对我的叨念。二哥说他看见了我，说我逮到了大黄鱼，起了篓子，说我可能会成为有钱人了，说不定会给妈带个撒网的媳妇回来。其实二哥根本没有我的消息，我懒得跟人说我正在做啥。我早就没有打鱼了，长江上已没有黄鱼可打，我去了一条货船上。我煎鱼的手艺让他们留下了我，我当了炊事员，管五个船工的饭食。对于煎鱼，我当然不在话下，从小我就懂得郎浦各种各样的淡水鱼的吃法，我让这五个猪一样好胃口的船工吃得满面红光，分不清谁是船长谁是水手了。我一天管他们四顿饭（半夜还一顿“枕头酒”），有时还得为他们带上船来的女人做糖醋带鱼。我整天围着锅台转，已经对郎浦和我们家的事心若止水了。我知道，妈有孝顺的二哥照看，二哥行着苦孝，还有郎浦那些心似菩萨的乡亲，我还是走掉去奔自已的生活为好。

还是要说到第三次回家自尊心受到极大伤害的二哥，我的二哥藏着那双被碱水泡烂的手，他推出自行车离开家门，告别妈时，看到妈像个庙里知足的老尼，一点儿都没有了依恋他的意思，这使他多么失望啊！过去妈总是在风中盼望着他的二儿子归来，给她带回吃穿，妈掰着指头念星期三和星期六。但是，现在妈已经适应了她所有的儿子都不在身边，她瞽盲着双眼，活在乡亲们中间。二哥一定在想，乡亲们怎么在指戳着他啊！这个孝顺的儿子，不能忍受乡亲们对妈的热情和关照，那样，他就成了不肖之子。他在骑往县城的路上，喃喃地自语道："妈，你不能活了。"

## 九

二哥照说是一个传统的儿子，他从来没有稀奇古怪的想法，对待父母就像一条狗对待自己的主人，除了忠诚和尽责以外，不生旁骛。他曾要割股给母亲煨汤治病，这样的人却将要用自己的手结束母亲的生命。这世界，这生存的道理怎么才算让人明白啊。二哥说："妈，你不能活了。"他摇摇头，说着，又摇摇头，一直呢喃到食品仓库。那天，他亲手捏破了许多鸭蛋，黄色的、黏稠的蛋液漂浮和混杂在草木灰里，老板敲着他的脑袋，恶狠狠地说："你想干什么呀！你说谁不能活了？我看你不想活了。"二哥望着他，望着老板，把老板看愣了，老板也看着他，又看看自己。老板用手在二哥的眼前晃了晃，自嘲地说："你想把我当咸鸭蛋捏？！"

我又要说到晚上了，那一夜晚上月光如水，雁声如云。二哥从食品仓库翻窗溜了出来，他骑上他的破自行车，在白昼般的月光里赶回郎浦。在进村时，他悄悄扛上自行车，一点儿声音都没有地溜进了村子。郎浦的夜啊，就像是用银子装饰成的，银子的屋顶，银子的树，银子的庄稼和池塘。我没有向你们描绘我们郎浦的夜，要说，郎浦的夜比它的晨昏更迷人，更容易误入歧途。还是说那一夜吧，虫蝼的声音从地里传来，那些离土最近的生灵的声音，象征着我们的前生和来世。固执的、犹如倾诉般的鸣叫，是我们郎浦代代的命运。还有那些在水面和大野中游动的萤火和磷火，在月光下就像梦的眼睛，迷蒙地彳亍在那块巨大的洼地中，魂无归所。还有星星，我们郎浦的星星成倍地出现在我们的眼前——天上的星星，水里的星星；那些星星不是一个一个地排列的，而是一嘟噜一嘟噜地垂挂在天上，就像我们丰收的票子和棉花。温暖的、给人厚爱的星星，它们在我们头顶拥挤着，既赐予我们柔情，又给我们霪湿的洼地注入乖戾和莫名的悸动。

我还是要说二哥，他踏着遍地的月光和星光进村，口里反复地叨念着："我要成为忤逆不孝的人，我要成为不肖之子了。"他说，一天的星月都在嘲笑他，他成了一个无颜进村的人，大家会看不起他的，他连自己的母亲也照顾不了。二哥在如此美妙的月光引诱下现出了惊悸和乖戾的本性，那种冲动不知从何而来，他甚至流着泪，品尝着自己身体里委屈而咸腥的液体，把自行车放在了一个草垛前。

村里真静啊，万籁无声，大家已经睡去，把那些让人胡思乱想的星月隔在了户外，进入简朴的梦里。二哥敲开了妈的门。他听见妈打着慵懒的哈欠，一点儿都没有因儿子的突然回来而惊喜，也没有问问学校的情况（她不知道儿子正在碱水里滚泥蛋），说："还有菜呢。韩三爹端来的野薤炒肉。他们帮我买来的野鸡，我吃了两天还有一大碗。"二哥没吃，二哥站在门口一动未动。瞎眼的妈感觉到了什么，说："居义，咋的啦，关上门去添饭吃啊，饭还是热的呢。"二哥还是不说话，他迟迟疑疑地挪进屋内，他有点慌乱，但是很快就镇静下来了。二哥在离开学校之后的日子里一直没睡好觉，眼里充着血，好像害着严重的眼病，他的耳鸣也很厉害了，老是觉得有人在用一把钝锯子锯他的胳膊，耳朵深处的嘶鸣就是那种声音。现在有人把钝锯带回了郎浦，在他从小长大的地方摆开了阵势，又开锯了。二哥来不及想那么多，在耳鸣即将爆发时，他把灶角的一瓶农药"井冈霉素水剂"倒进了一杯水里。

他从怀里掏出两个从县城买回的黄桥烧饼，给妈吃。妈起先不想吃，说明日过早呢，二哥强迫妈吃，妈就吃了。妈咬了两口，干涩的黄桥烧饼把妈的喉咙堵得厉害，二哥就把那杯水递给了妈。妈喝下第一口就品出了异味。

妈在双目失明后听觉、触觉、味觉都异常灵敏了，她想把那个杯子推开，但她的头被二哥卡住，二哥捏着妈的鼻子，妈想说句什么，就咕噜咕噜地把那杯水喝下肚去了。妈好一阵儿缓过气来，说："居义，你给我喝的啥呀？"二哥说："妈，没啥，是防治血吸虫的，有点苦，我怕你喝不了，只好哄你这么喝了。"妈说："哪是喝呀，是灌。我没有血吸虫。"二哥说："有血吸虫无血吸虫都要喝，妈，这是政府的号召。妈你知道，郎浦是血吸虫窝子。"妈说："是的，郎浦是血吸虫窝子。"接着，妈的肚子就开始疼了。

妈到临死都丝毫没给二哥说破那杯水的真正内容。二哥后来对我说，妈其实一喝就知道是啥了，她摸摸索索治虫的"井冈霉素水剂"，她还闻不出气味吗？妈说："二子（二哥的乳名，她多年未喊二哥的乳名了），肚子疼啊。"二哥说："妈，我送你上医院？"妈咬着青紫的嘴唇哆着，呕着，笑着，说："二子算了，算了，深更半夜的，一挺就挺过去了。"妈说："这治血吸虫的药，真厉害啊！"二哥说："不厉害不能杀死血吸虫。"

肚疼三阵百骨响，二哥这时候就听见妈全身的骨头开始散架、脱节了。他首先听到的是腕骨、桡骨。在他的耳畔，那个紧紧追赶他的手拿钝锯的人放过了他而把妈的臂腕给锯断了。接着是肱骨、股骨、跗骨、跖骨、髌骨、颅骨。最后二哥听到的是与二十四个农历节气相对应的二十四节脊椎的脱散。妈将坍塌，如一蓬燃烧的劈柴走到尽头，坍成一堆灰烬。妈将再也爬不起来。他听到妈颈椎那儿从玉枕关开始的第一节清脆的崩脱，那是大雪，大雪。接着是小雪、立冬、霜降、寒露、秋分、白露。到了胸椎，从夹脊关开始，妈支撑着她生命处暑的骨头瓦解了，第九节就是立秋、九月九，重阳。然后就是大暑、小暑、夏至、芒种、小满、立夏、谷雨、清明、春分和惊蛰。这些生命中最重要的季节，骨节里最柔韧的地方，妈，母亲，弯着腰，伸起来；弯着腰，伸起来，不停地劳作，喂养我们的骨头，早就被郎浦的岁月挤压得佝偻的骨头，深深伛下去的骨头，散了。再就是腰椎，从雨水开始，大寒、小寒一直到冬至，这孕育我们的骨头，孕育了大哥、二哥和我的骨头，寒风刺骨的季节和骨头啊，辛苦的骨头，使人类延绵不绝的骨头，没了。然后呢，然后是骶骨了，是尾闾关了，我们就是从那一节骨头旁诞生的，我们出来，看着郎浦人世的美景，我们劳动和哭泣，充满爱恨。可是，当我们离开以骶骨做环廊的家，我们就再也无法回去了。陌生的二十四节气，母亲农历的骨头，在二哥手下以疲倦的绝唱全部解体了。

妈躺在床上，神志还是清醒的，但是她无法动弹了，她没能看到二哥的泪水在斜窗的月光中一颗一颗地往下滴落。他抓着妈软绵绵的手，说："妈，今夜月亮多好啊！"妈说："嗯。"二哥说："是南风，你看风把麦子的香气都送来了，麦子灌浆了。"妈说："是啊，二子，是个好年成呀。"二哥说："妈，你脚头冷吗，我给你焐脚。"妈摇摇头，说："二子，真难为你了。"二哥说："妈，看你说的。我是你的儿子。"妈说："是呀。有人说儿多不养母，我看不是这样，二子，我真高兴你记挂我，你看，你还给我焐脚，天气暖和啦。"二哥说："天气是好，天气真好。"二哥给妈焐着脚，妈的脚渐渐冰凉了。二哥睡着了，他打出了如雷的鼾声，好久他都没这么睡觉了，他睡得真香。

## 十

大哥对外面的事一概不知，我也不准备告诉他了。反正他将会在监狱待一辈子，告诉他，又有什么用呢？可是最后，他都知道了。那是在一次放风晒太阳的时候，他偶尔在一个死囚仓里看见了二哥。他说："那是谁呀，那不是居义吗？"二哥说："我不是居义。"大哥说："那你是谁？"二哥说："我是居礼。"大哥说："你骗不了我，不是居礼，居礼是不会犯事的。你也不是居义，居义是个孝子，除非居义杀掉了侮辱我妈的人。"二哥说："我不是居义。"大哥说："你不配做居义。我大弟居义不是你这种死囚犯，看人民怎么惩罚你！"在二哥被押出去处决的那一天，大哥还在里面对着二哥大喊："你不是居义！你不配做居义！你罪有应得！你不是我弟弟！"

我在那一年暴烈的太阳里回到了郎浦，已接近秋天了，到处是金黄的信息。我家里堆放着满满一屋锃亮的、用白铁皮垫槽的木制齿轮，还有一摞摞的图纸和数据。乡亲们从镇上农具厂拖回了有关大哥的一切东西，他们说："有用的，这么好的东西怎么会没有用呢。看，还有中央的来信哩。”

晚上，我按照随便抽出的一张图纸就把那些齿轮全安装好了，而后，我垂着手，就看到它们转动起来，我听见了那悦耳的、机械摩擦的声响。我说：“别逗啦，爹、妈、二哥，你们不要在那儿摇啦。”

我和从屋外窜进的风说话，开着玩笑。我走出大门，来到妈和哥的双坟前，轻纱似的月光笼罩着我们的郎浦，那些模糊的景物都像含着微笑，都像是欲言又止的群像。他们都是我们死去的亲人，在晚上，他们都站在郎浦潮湿的洼地里，和我们在一起。这些依恋的魂，亲人们，郎浦总有办法让他们回来的，谁都躲不掉。

**图书在版编目（CIP）数据**

黑艄楼 / 陈应松著 . -- 南京 : 江苏凤凰文艺出版
社 , 2019.12（2024.2重印）
（陈应松文集）
ISBN 978-7-5594-4132-4

Ⅰ . ①黑… Ⅱ . ①陈… Ⅲ . ①中篇小说 – 小说集 – 中
国 – 当代 Ⅳ . ① I247.5

中国版本图书馆 CIP 数据核字 (2019) 第 231574 号

# 黑艄楼

陈应松 著

出 版 人　张在健
责任编辑　张　倩　王　青
特约编辑　王美元
装帧设计　WONDERLAND Book design 仙境 QQ:344581934
出版发行　江苏凤凰文艺出版社
　　　　　南京市中央路 165 号，邮编：210009
网　　址　http://www.jswenyi.com
印　　刷　三河市同力彩印有限公司
开　　本　650 毫米 ×920 毫米 1/16
印　　张　13.25
字　　数　195 千字
版　　次　2019 年 12 月第 1 版　2024 年 2 月第 3 次印刷
书　　号　ISBN 978 - 7 - 5594 - 4132 - 4
定　　价　48.00 元

出 版 人_张在健
责任编辑_张 倩
王 青
特约编辑_王美元
装帧设计_WONDERLAND Book design 仙境 QQ:344581934

阿尔法二维码

凤凰传媒
PHOENIX MEDIA

陈应松用极富个性的语言，营造一个瑰丽多姿、充满了梦魇和幻觉的艺术世界。这个世界建立在神农架上但又超越了神农架，这是属于他的王国，也是中国文学版图上的一个亮点。

——著名作家莫言

陈应松的创作个性及为明显，他的小说总是直面人生的种种惨淡相，以疯狂的心理折射出社会发展中的某种让人感到震撼的痛苦。

——复旦大学文学院博导、著名评论家陈思和

ISBN 978-7-5594-4132-4

9 787559 441324 >

定价：48.00元